A Filha da Rainha Sereia

TRICIA LEVENSELLER

A Filha da Rainha Sereia

tradução
Marcia Blasques

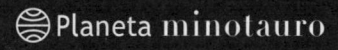

Planeta minotauro

Copyright © Tricia Levenseller, 2018
Publicado em acordo com Feiwel & Friends, um selo do Macmillan Publishing Group, LLC.
Copyright © Editora Planeta do Brasil, 2023
Copyright da tradução © Marcia Blasques, 2023
Todos os direitos reservados.
Título original: *Daughter of the Siren Queen*

Preparação: Ligia Alves
Revisão: Tamiris Sene e Maitê Zickuhr
Projeto gráfico e diagramação: Márcia Matos
Composição e ilustração de capa: Dark Stream

Dados Internacionais de Catalogação na Publicação (CIP)
Angélica Ilacqua CRB-8/7057

Levenseller, Tricia
  A filha da rainha sereia / Tricia Levenseller; tradução de Marcia Blasques. - São Paulo: Planeta do Brasil, 2023.
  336 p.

ISBN 978-85-422-2462-7
Título original: Daughter of the Siren Queen

1. Ficção juvenil I. Título II. Blasques, Marcia

23-5825   CDD 808.899283

Índice para catálogo sistemático:
1. Ficção juvenil

MISTO
Papel | Apoiando o manejo florestal responsável
FSC® C019498

Ao escolher este livro, você está apoiando o manejo responsável das florestas do mundo

2023
Todos os direitos desta edição reservados à
EDITORA PLANETA DO BRASIL LTDA.
Rua Bela Cintra, 986 – 4º andar
01415-002 – Consolação
São Paulo-SP
www.planetadelivros.com.br
faleconosco@editoraplaneta.com.br

Para minha mãe,
que me disse que eu podia escrever um livro
em vez de arrumar um emprego de verão.
Amo você.

E ISSO FOI SEM UMA ÚNICA GOTA DE RUM.
Capitão Jack Sparrow
Piratas do Caribe: No fim do mundo

CAPÍTULO 1

O som da minha faca deslizando em uma garganta soa muito alto na escuridão.

Seguro o pirata antes que seu cadáver desabe no chão, e o abaixo gentilmente pelo resto do caminho. É só o primeiro membro da tripulação de Theris – não, de Vordan, recordo a mim mesma – que morrerá hoje à noite.

Minha própria tripulação está espalhada pelas ruas de paralelepípedos, despachando os homens de Vordan um a um. Não consigo vê-los, mas confio que todos cumprirão seus papéis esta noite.

Levei dois meses para rastrear o senhor pirata e reunir informações suficientes para me infiltrar em seus domínios. Vordan pensou em se proteger de mim viajando para o interior. Estamos a quilômetros do porto mais próximo, e, ainda que não tenha como repor minhas habilidades, eu vim totalmente abastecida.

Minha fonte me deu todos os detalhes de que eu precisava. Vordan e sua tripulação estão morando na Estalagem Urso Velho. Consigo vê-la logo adiante, uma estrutura de quatro andares com um telhado quase plano e paredes pintadas de verde. A entrada principal é formada por uma arcada impressionante e uma grande placa mostrando um urso adormecido se projetando no topo.

A tripulação de piratas de Vordan se transformou em uma gangue de ladrões em terra firme, atacando os habitantes de Charden, a maior das Dezessete Ilhas. Ele comprou a estalagem e paga os salários de todos os empregados, mantendo o lugar como se fosse sua fortaleza pessoal. Parece que ele não tem medo de viver à vista de todos. O total de homens a seu serviço é de quase cem, e não há uma força de segurança nesta ilha que seja grande o bastante para se livrar deles.

Mas não preciso me livrar deles. Só preciso conseguir entrar e tirar Vordan e sua parte do mapa de lá sem alertar o restante de seus homens. Seu interrogatório e tortura inevitáveis acontecerão assim que voltarmos ao meu navio.

Eu me esgueiro pela rua, me mantendo próxima à casa geminada que está à minha direita. A cidade dorme a esta hora. Não vi uma alma se movendo, exceto os homens de Vordan que estão de vigia.

Um som de tilintar me faz parar no meio do caminho. Seguro a respiração enquanto espio pela próxima esquina, pelo espaço entre essa casa e a próxima. Mas é só um garoto de rua – um menino, talvez oito ou nove anos – revirando uma pilha de garrafas de vidro.

Fico surpresa quando ele vira a cabeça na minha direção. Sou mais silenciosa que os mortos, mas suponho que, para viver nas ruas, é preciso sentir quando uma ameaça está por perto.

Levo o dedo aos lábios, e então jogo uma moeda para o garoto, que a pega sem tirar os olhos de mim. Dou uma piscadela para ele antes de atravessar o espaço até a casa seguinte.

Espero aqui, observando a névoa da minha respiração diante de mim sob a luz da lua. Ainda que eu tenha vontade de me aquecer, não posso arriscar o som das minhas mãos se esfregando uma na outra. Não há nada que eu possa fazer além de esperar totalmente imóvel.

Por fim, ouço um piado de coruja. E outro. E mais outro. Espero até ouvir sete deles – indicando que cada cruzamento de rua e telhado protegido já foi liberado.

Observo as janelas da grande estalagem diante de mim. Não há uma única vela acesa, nem uma silhueta ou movimento atrás dos vidros. Eu me arrisco e corro até a estalagem.

Uma corda já pende do telhado. Sorinda foi mais rápida do que eu. Eu escalo andar após andar evitando as janelas, até que minhas botas se firmam nas placas de pedra do telhado. Sorinda acaba de embainhar a espada, com quatro homens de Vordan mortos aos seus pés. Não há nada em que ela se destaque mais do que em matar.

Sem dizer uma palavra, ela me ajuda a puxar a corda e a amarrá-la novamente, de modo que fique pendurada do lado ocidental do telhado. A janela de Vordan fica no último andar: é a terceira da direita.

Pronta?, pergunto movendo a boca, sem emitir som algum.

Ela confirma com a cabeça.

Segurar minha faca contra a garganta de Vordan adormecido me enche com a mais doce sensação de justiça. Com minha mão livre, cubro sua boca.

Ele abre os olhos, e eu aperto a faca um pouco mais, só o suficiente para cortar a pele, mas não o bastante para fazê-lo sangrar.

— Peça ajuda e eu corto sua garganta — sussurro. Tiro a mão de sua boca.

— Alosa — diz ele, em um amargo reconhecimento.

— Vordan. — Ele é exatamente como eu me lembro. Um homem de aparência comum: cabelo e olhos castanhos, constituição mediana, altura mediana. Nada que o faça se destacar em uma multidão, e é assim que ele gosta de ser.

— Você descobriu — diz ele, obviamente se referindo à sua identidade, sobre a qual ele inicialmente mentiu. Quando eu era prisioneira no *Perigos da Noite*, ele fingiu ser um dos homens do meu pai e atendia pelo nome de Theris.

— Onde está o mapa? — pergunto.

— Não está aqui.

Sorinda, parada como uma sentinela silenciosa atrás de mim, começa a se movimentar pelo quarto. Eu a escuto remexendo nas gavetas da cômoda e depois levantando as tábuas do piso.

— Você não tem utilidade para mim se não me disser onde o mapa está — comento. — Vou acabar com sua vida. Bem aqui. Neste quarto. Seus homens encontrarão seu corpo pela manhã.

Ele então sorri.

— Você precisa de mim vivo, Alosa. Caso contrário eu já estaria morto.

— Se eu tiver que perguntar mais uma vez, começarei a cantar — aviso. — O que devo obrigá-lo a fazer primeiro? Quebrar as próprias pernas? Desenhar figuras na parede com seu próprio sangue?

Ele engole em seco.

— Tenho três vezes mais homens do que você. Não vou a lugar algum, e essa sua voz não servirá de nada, já que você só consegue controlar três de cada vez.

— Seus homens não conseguirão lutar muito enquanto estiverem dormindo em suas camas. Minhas garotas já os trancaram nos quartos.

Os olhos dele se estreitam.

— Pena que você não pegou meu espião em suas fileiras, e que chato que não percebeu que ele trocou todas as trancas nas portas. Sim, eles estão trancados pelo lado de fora agora.

— Eles já foram alertados. Meus homens de vigia...

— Estão todos mortos. Os quatro que estavam no telhado. Os cinco nas ruas. Os três no teto do açougue, do curtidor e da loja de suprimentos.

Sua boca se abre de modo que eu possa ver seus dentes.

— Seis — diz ele.

Minha respiração para durante um segundo.

— Eu tinha seis homens nas ruas — ele esclarece.

O quê? Não. Nós saberíamos...

Um sino toca tão alto que acorda a cidade inteira.

Xingo baixinho.

— O garotinho — digo bem quando Vordan enfia a mão embaixo do travesseiro. Ele busca a adaga, que eu já removi de lá. — Hora de ir embora, Sorinda.

Levante-se. Digo as palavras para Vordan, mas elas não são um comando normal, dito com minha voz normal. As palavras são cantadas, cheias da magia passada para mim por minha mãe sereia.

E todos os homens que a escutam obedecem, pois eles não têm escolha.

Vordan se levanta da cama imediatamente, colocando os pés no chão.

Onde está o mapa?

A mão dele vai até a garganta, e ele puxa um cordão de couro escondido sob a camisa. Na ponta há um frasco de vidro, não maior do que meu polegar, tampado com uma rolha. E enrolada lá dentro está a parte final do mapa. Com a qual meu pai e eu finalmente viajaremos até a ilha das sereias e reivindicaremos seu tesouro.

Meu corpo já está vivo com minha canção, meus sentidos amplificados. Consigo ouvir os homens se mexendo nos andares de baixo, calçando as botas e correndo para as portas.

Puxo o frasco do pescoço de Vordan. O cordão arrebenta, e eu guardo o colar no bolso do espartilho preto que uso.

Faço Vordan sair do quarto na frente. Ele está descalço, é claro, e usa só uma camisa de flanela larga e calça de algodão. O homem que me trancou em uma jaula não merece o conforto de sapatos ou de um casaco.

Sorinda está bem atrás de mim quando saio para o corredor. Lá embaixo, escuto os homens de Vordan arremessando os pesos de seus corpos contra as portas trancadas, tentando responder ao sino de alarme. Maldito sino!

Minhas garotas ainda não chegaram ao andar superior. Os homens deste andar e do que está logo abaixo saem para o corredor. Não demora muito para localizarem seu capitão.

Canto uma série de palavras para Vordan que não são mais do que um sussurro.

Ele grita:

— Lá fora, seus tolos! São os homens do rei das terras. Eles se aproximam pelo sul! Vão lá e os interceptem.

Muitos começam a se mover, seguindo as ordens do capitão, mas um homem grita:

— Não! Olhem atrás dele! É aquela sereia vadia!

Decido que este homem vai morrer primeiro.

Vordan deve tê-los advertido contra uma situação como esta, porque os homens desembainham seus alfanjes e atacam.

Malditos sejam.

Expando a canção, colocando mais dois dos homens de Vordan sob meu encanto, e os coloco na nossa frente para lutar contra os outros que se aproximam.

O corredor estreito funciona ao nosso favor. A estalagem é retangular, com quartos enfileirados em um dos lados do corredor e uma balaustrada do outro. Por sobre a balaustrada é possível ver claramente o térreo. Uma escada em zigue-zague segue até cada andar, único meio de subir ou descer, fora as janelas e a longa queda até lá embaixo.

Eu me alinho com os três homens sob meu feitiço para lutar contra a primeira onda. Acerto meu ombro no pirata que ousou me chamar de "sereia vadia", arremessando-o por cima da balaustrada. Ele grita até atingir o chão com um estalo alto. Não paro para olhar – já estou enfiando minha espada no estômago do próximo pirata. Ele cai no chão e eu passo por cima de seu corpo moribundo para alcançar o homem seguinte.

Os piratas de Vordan não têm escrúpulos em matar seus companheiros, mas não vão tocar em seu capitão. Assim que um dos homens que encantei cai, encanto o que está mais perto de mim, preenchendo o lugar e mantendo três sob meu controle o tempo todo.

Sorinda está logo atrás de nós, encarando os dois homens que saíram dos quartos no final, e não me preocupo em olhar por sobre o ombro. Eles não vão passar por ela.

Em pouco tempo os homens de Vordan percebem que, se matarem seus companheiros, serão as próximas vítimas a cair sob meu encanto. Eles recuam, descendo correndo as escadas, provavelmente esperando levar a batalha até o amplo térreo da estalagem. Mas minhas garotas, aquelas que estavam trancando as portas, os encontram no segundo andar. Dez mulheres, treinadas pessoalmente por mim, lideradas por Mandsy, a médica do meu navio e minha segunda imediata, impedem que eles desçam as escadas.

Agora eles estão lutando em duas frentes.

— Saia dessa, capitão! — o homem incomumente alto que luta comigo grita para Vordan. — Nos diga o que fazer! — Depois de bloquear seu último golpe, eu acerto uma cotovelada por baixo de seu queixo. Sua cabeça vai para trás, e eu interrompo seus gemidos passando meu alfanje em sua garganta.

Os números deles estão diminuindo, mas os que estão trancados nos quartos passam a arrombar as portas com seus alfanjes e se juntam à luta.

Homens começam a pular por sobre a balaustrada do primeiro andar, aterrissando sobre as mesas e cadeiras do refeitório no térreo. Alguns caem e quebram as pernas ou torcem os tornozelos, mas muitos conseguem se recuperar e tentam atacar minhas garotas por trás.

Ah, não. Vocês não vão fazer isso.

Pulo por cima da balaustrada, aterrisso facilmente em pé e ataco os quatro homens que se aproximam das minhas garotas. Ouso olhar para cima quando consigo me equilibrar e vejo que Sorinda despachou os homens que estavam atrás de mim e agora assumiu meu posto.

— Sorinda! Desça aqui — grito, parando minha canção o suficiente para pronunciar essas palavras.

Corto a coxa de um dos homens que ataquei. O seguinte recebe a ponta da minha adaga enfiada na base da coluna. Os outros dois me cercam, finalmente conseguindo ficar em pé.

O menor dos dois homens me encara, reconhece quem sou e sai correndo pela entrada principal, voando pelas escadas.

— Deixe esse comigo — diz Sorinda assim que chego ao térreo, e passa correndo por mim.

O último homem no meu caminho larga a espada.

— Eu me rendo — ele diz. Eu o acerto com o cabo da minha espada. Ele desmaia aos meus pés.

Sobram aproximadamente quarenta deles, que tentam abrir caminho pela minha tripulação. Vordan e dois de seus homens permanecem no fim da fila, ainda sob meu encanto, lutando contra a própria tripulação.

Mas meus poderes estão se esgotando. Precisamos dar o fora daqui. Olho pelo salão, notando as lanternas apagadas penduradas nas paredes, e contemplo o óleo dentro delas.

Pule, ordeno para Vordan. Ele não hesita. Se joga por cima da balaustrada. Aterrissa com uma das pernas dobradas de um jeito estranho embaixo do corpo, bem como eu queria.

Libero Vordan e os dois piratas do fundo da fila do meu feitiço para direcionar o que resta dos meus esforços para o três que estão bem na frente da minha tripulação.

Mantenham formação, ordeno. Eles se viram imediatamente, voltando suas espadas contra seus próprios homens. Para minhas garotas, eu grito:

— Descarreguem a pólvora extra de suas pistolas nas escadas.

Mandsy dá um passo para trás, puxa a bolsa de pólvora perto de seu coldre e a joga no degrau logo abaixo dos homens sob meu feitiço. O restante das garotas a imita, e mais nove bolsas de pólvora são jogadas no chão.

— Peguem Vordan! Levem-no para a carruagem.

Vordan xinga a plenos pulmões agora que recuperou o juízo. Minhas garotas o seguram em pé, já que a perna dele está inutilizada, e o carregam para a saída. Estou logo atrás delas, puxando a pistola da lateral do corpo e mirando na pilha de pólvora.

Eu atiro.

A explosão pressiona minhas costas, me fazendo avançar mais rápido. A fumaça enche minhas narinas e uma onda de calor me envolve. Sou lançada para a frente, mas recupero o equilíbrio e corro. Olho por sobre o ombro, observando a destruição. A estalagem ainda está em pé, mas queima por dentro. A parede que cerca a entrada principal agora está em pedaços na rua. Os piratas que ainda estão lá dentro queimam até se tornarem cinzas.

Viro na próxima rua, correndo até o ponto de encontro. Sorinda se materializa na escuridão e corre silenciosamente ao meu lado.

— Entrar e sair sem que ninguém perceba — diz ela, impassível.

— Mudança de planos. Além disso, eu tinha todos os homens de Vordan empilhados em um único lugar. Como resistir à tentação de explodi-los? Agora ele não tem nada.

— Exceto uma perna quebrada.

Dou um sorriso. Sorinda raramente demonstra bom humor.

— Sim, exceto isso.

Dobramos outra esquina e alcançamos a carruagem. Wallov e Deros controlam as rédeas. Eles eram os únicos homens da minha tripulação até que Enwen e Kearan se juntaram a nós, mas deixei os dois últimos no *Ava-lee* para proteger o navio sob o comando de Niridia. Wallov e Deros são os guardas da minha carceragem. Eles saltam de seus assentos e abrem as portas da carruagem. Lá dentro há uma gaiola. Deros pega uma chave e destranca a porta, deixando-a aberta.

— Wallov, coloque nosso convidado lá dentro — ordeno.

— Com prazer.

— Vocês não podem me colocar aí — diz Vordan. — Alosa, eu...

Ele é interrompido pelo punho de Sorinda acertando seu estômago. Ela o amordaça e amarra as mãos dele nas costas. Só então Wallov o enfia na gaiola. É bem pequena, feita para um cão ou algum tipo de gado, mas conseguimos espremer Vordan ali.

Subo na porta da carruagem e olho lá dentro. Dois baús de madeira repousam nos assentos, com os cadeados quebrados.

— Conseguiram tudo, então? — pergunto.

— Sim — confirma Wallov. — As informações de Athella foram precisas. O ouro de Vordan estava no porão, embaixo do piso falso.

— E onde está nossa informante?

— Aqui, capitã! — Athella sai do meio do grupo que está atrás de Mandsy. Ainda está disfarçada, o cabelo escondido sob um tricórnio e um cavanhaque falso preso ao queixo. Ela usou maquiagem nas sobrancelhas para alargá-las e escurecê-las. Linhas ao redor das bochechas fazem seu rosto parecer mais alongado. Blocos em seus sapatos lhe dão a altura extra necessária, e ela usa um colete volumoso sob a camisa para preencher as roupas de homem.

Ela arranca os apetrechos masculinos do corpo e limpa o rosto até parecer consigo mesma mais uma vez. O que resta é uma garota magra, com cabelo macio e negro que cai sobre os ombros. Athella é a espiã designada do navio e nossa mais renomada arrombadora.

Eu me volto para Vordan, que encara com olhos esbugalhados a garota que ele pensava ser um membro de sua tripulação. Ele volta o olhar para mim, a expressão fervendo de ódio.

— Como é ser a pessoa que está trancada em uma gaiola? — pergunto.

Ele puxa as mãos amarradas, tentando se libertar, e minha mente volta àquela época, dois meses atrás, quando Vordan também me prendeu em uma gaiola e me obrigou a lhe mostrar todas as habilidades que possuo, usando Riden para me fazer cooperar.

Riden...

Ele também está no meu navio, se recuperando dos ferimentos a bala provocados por Vordan. Eu terei de finalmente reservar um tempo para visitá-lo quando voltarmos, mas por enquanto...

Fecho a porta da carruagem na cara de Vordan.

CAPÍTULO 2

Não sei como as pessoas que vivem em terra firme aguentam isso. Navios não deixam as coxas doloridas. Não deixam montes malcheirosos no chão. Cavalos, concluo, são nojentos, e fico aliviada por me livrar deles quando finalmente chegamos a Porto Renwoll, uma semana mais tarde.

Meu navio, *Ava-lee*, está ancorado no porto, esperando por mim. É a embarcação mais bonita já construída. Pertencia à frota do rei das terras antes que eu a comandasse. Deixei o barco com a cor natural do carvalho com o qual ele foi feito, mas tingi as velas de azul royal. O *Ava-lee* tem três mastros; o do meio tem uma vela quadrada e os outros dois têm velas latinas. Sem castelo de proa e só com um pequeno castelo de popa, acomoda confortavelmente todos os seus trinta e três tripulantes.

Pode até ser um navio pequeno, mas é também o mais rápido que existe.

— Eles voltaram! — uma voz exclama do alto do cesto da gávea. É a pequena Roslyn, filha de Wallov e vigia do navio. Ela é o membro mais jovem da tripulação, com seis anos de idade.

Wallov conheceu a mãe de Roslyn apenas por uma noite. Nove meses depois, ela morreu dando à luz uma garotinha. Wallov assumiu a responsabilidade pela filha, ainda que não tivesse ideia do que fazer com ela. Ele tinha dezesseis anos na época. Antes ele trabalhara como marinheiro em um barco de pesca, mas foi obrigado a desistir dessa vida, já que agora tinha uma criança para cuidar. Ele não sabia como iria alimentar a si e a filha até que me conheceu.

— Capitã a bordo! — Niridia grita quando piso no convés. Como minha imediata, ela estava capitaneando o navio na minha ausência.

Roslyn já desceu até o convés. Ela se joga sobre mim, abraçando minhas pernas. Sua cabeça mal alcança minha cintura.

— Você ficou fora tempo demais — diz ela. — Da próxima vez, me leve com você.

— Teríamos luta nesta excursão, Roslyn. Além disso, eu precisava que você ficasse vigiando meu navio.

— Mas eu posso lutar, capitã. Papai está me ensinando. — Ela enfia a mão na parte de trás de seu culote grande demais e tira uma pequena adaga.

— Roslyn, você tem seis anos. Espere mais dez, e então veremos.

Ela aperta os olhos, me olhando feio. Então me ataca.

Ela é rápida, vou ser sincera, mesmo assim desvio de sua lâmina sem grande esforço. Sem uma pausa, ela dá meia-volta e me ataca novamente. Salto para trás e chuto a adaga para fora do seu alcance. Ela cruza os braços, com ar de desafio.

— Tudo bem — digo. — Veremos novamente daqui a oito anos. Satisfeita?

Ela sorri, então corre na minha direção e me dá outro abraço.

— Até parece que eu não existo — Wallov diz para Deros em algum lugar atrás de mim.

Roslyn, ouvindo a voz dele, me solta e corre em sua direção.

— Eu já ia cumprimentar você, papai.

Supervisiono todos a bordo. Deixei doze para trás, para proteger o navio. Estão todas no convés agora, exceto nossos dois mais novos recrutas.

— Algum problema por aqui? — pergunto para Niridia.

— Um tédio só. E vocês?

— Tivemos um pouco de ação. Nada com o que não pudéssemos lidar. E trouxemos alguns prêmios. — Puxo o cordão do colar improvisado, mostrando o mapa para que todos possam ver. Já tenho uma cópia dos dois primeiros pedaços, e, enquanto voltamos para a fortaleza, vou pedir que Mandsy faça uma réplica deste também. Meu pai vai liderar a jornada até a Isla de Canta, mas quero estar preparada para o caso de nos separarmos ou de uma tragédia se abater sobre o navio dele. Seria tolice ter apenas uma cópia de itens tão valiosos.

A bombordo, Teniri, a tesoureira do navio, olha na direção das carruagens e pergunta:

— O que mais? Alguma coisa do tipo dourado e brilhante, capitã?

Mandsy e as garotas sobem pela prancha. É preciso quatro delas para erguer cada baú. Deros e Wallov já depositaram nosso prisioneiro, com gaiola e tudo, no convés. Vordan está deitado ali, amordaçado e ignorado, enquanto as garotas circundam os baús. Até que todos recebam sua parte justa, ninguém tem permissão para tocar no ouro, exceto Teniri. Ela é a mais velha do navio, com vinte e seis anos. Embora ainda seja bem jovem, tem uma mecha de cabelo branco na parte de trás da cabeça, que tenta esconder em uma trança. Qualquer um que ouse mencionar isso ganha um chute bem no meio do estômago.

Ela ergue a tampa dos dois baús de uma só vez, revelando uma bela quantidade de moedas de ouro e prata, além de algumas joias e pedras preciosas de valor inestimável.

— Tudo bem — digo. — Já tiveram a chance de olhar o que trouxemos. Vamos guardar tudo em segurança e seguir nosso caminho.

— E quanto a ele? — Wallov pergunta. Ele chuta a jaula, e Vordan enruga o nariz em sua direção, sem nem tentar gritar com a mordaça.

— Eu diria para colocá-lo na carceragem, mas preciso me reabastecer lá hoje à noite. Melhor colocá-lo na enfermaria, então. Mantenha-o na gaiola.

— Capitã — diz Niridia. — A enfermaria já está ocupada por um prisioneiro.

Eu não tinha esquecido. Jamais me esqueceria *dele*.

— Ele será realocado — afirmo.

— Para onde?

— Eu cuido disso. Assegure-se de que todo o resto seja colocado no lugar adequado. Onde está Kearan?

— Você tem uma chance para adivinhar.

Solto uma bufada.

— Tirem-no do meu suprimento de rum e levem-no até o leme. Vamos partir agora. — Para bem longe do fedor dos cavalos. Preciso de um banho.

Depois que minha navegadora anterior perdeu a vida durante a batalha no *Perigos da Noite*, roubei Kearan do navio de Riden. Ele é um bêbado inútil na maior parte do tempo, mas também é o melhor timoneiro que já conheci. Só que nunca lhe direi isso.

Eu me viro para a enfermaria e encaro a porta.

Não vejo Riden há dois meses. Eu o deixei sob os cuidados de Mandsy, confiando nela para ajudar a curar suas pernas e garantir que fosse alimentado diariamente. Se fosse qualquer outra pessoa, a ideia de deixá-la sozinha com ele faria meu sangue ferver. Mas Mandsy nunca demonstrou o mínimo interesse por homens ou mulheres. Ela simplesmente não é feita desse jeito.

Então, como médica do navio, ordenei que ela cuidasse dele e me deixasse atualizada: quando ela tirou os pontos, quando ele começou a caminhar usando a perna machucada novamente.

— Ele pergunta por você, capitã — ela disse antes que saíssemos para capturar Vordan, mas eu nunca estava pronta para vê-lo.

Quando eu estava presa naquela jaula, Vordan ameaçou Riden em uma tentativa de me controlar.

E deu certo.

Riden foi meu interrogador quando eu era prisioneira no *Perigos da Noite*. Ele era um meio para um fim. Uma distração do tédio de vasculhar o navio de cima a baixo – embora uma distração muito atraente e que também beijava muito bem. Foi só diversão. Só um jogo.

Pelo menos era o que eu pensava. As palavras de Vordan para Riden na ilha ainda me assombram. *Há pelo menos uma coisa com a qual ela se importa mais do que com a própria justiça. Você.*

A ideia de falar com Riden, mesmo que isso signifique que eu posso me aproveitar de sua condição de prisioneiro, é perturbadora.

Porque ele sabe que deixei outro homem me controlar pelo bem dele. Ele sabe que me importo com ele. Mas *não estou* pronta para aceitar que me importo com ele. Então como eu poderia encará-lo?

Agora, porém, não tenho escolha. Precisamos daquele aposento para Vordan. Riden vai se juntar a Kearan e Enwen no convés. Não posso mais evitá-lo.

A porta se abre rápido demais, e encontro Riden em um canto, alongando a perna machucada. O cabelo dele cresceu um pouco, e agora os fios castanhos estão passando dos ombros. A barba sem fazer há alguns dias marca seu queixo, já que ele só tem permissão para se barbear quando se banha. Ele não está menos em forma do que me lembro, então está fazendo bom uso do tempo em que está preso aqui.

As mudanças só o fazem parecer mais malvado. Perigoso. Quase irresistivelmente bonito.

A primeira coisa que ele precisa fazer ao deixar esse quarto é se barbear. Caso contrário as garotas não vão conseguir se concentrar em suas tarefas.

Ele ergue os olhos quando fecho a porta atrás de mim, mas não diz nada, apenas me analisa da cabeça aos pés, sem se importar com o fato de estar me encarando por muito mais tempo do que o necessário.

Uma fagulha de calor arde no meu estômago. Tento me livrar dela tossindo.

Ele sorri.

— Você demorou para vir me ver, Alosa.

— Andei ocupada.

— Ocupada passando o tempo com seu pretendente?

Eu tinha uma lista curta de todas as coisas que ia falar para ele, sobre o motivo de realocá-lo, ou mesmo de mantê-lo no navio, em primeiro lugar. Mas tudo foge da minha mente com suas palavras.

— Meu pretendente? — pergunto.

— O cara loiro com os cachos. Parece um pouco com uma garota. Diante da minha expressão confusa, ele acrescenta.

— Aquele que ajudou a tomar o *Perigos da Noite* com seu pai.

— Ah, está falando de Tylon? Ele não se parece em nada com uma garota — respondo, mas eu seria capaz de pagar uma fortuna para que Riden dissesse isso diante dele.

— Então é seu pretendente, hein? — ele pergunta, de maneira bastante casual. Um sorriso ainda repousa em seus lábios, mas com uma mudança mental consigo ver que ele está cercado por um verde-escuro turbulento. Ciúme, em sua forma mais crua e profunda.

Ele me olha feio.

— Não faça isso comigo. Pare agora.

Eu recuo, surpresa com seu olhar frio e sua explosão, antes que consiga me recompor.

— Esqueci que você percebe quando estou usando minhas habilidades.

— Isso dificilmente importa. — O sorriso retorna. — Achei que você odiasse usá-las. Não era para elas deixarem você com o estômago enjoado? Você deve se importar muito com o que eu penso.

Não gosto do rumo desta conversa, então trago o assunto de volta.

— Tylon não é meu pretendente. Nós somos *piratas*. — Casamento não é algo que costumamos fazer.

— Como devo chamá-lo, então? Seu amante?

Eu bufo. Bem que Tylon gostaria, mas eu nunca deixaria aquela enguia asquerosa encostar em mim.

Riden não precisa saber disso, porém. Estou me divertindo muito com sua acusação. Prefiro ver como isso vai acabar a negar.

— Claro — minto. — Pode ser amante.

Desta vez ele não consegue se esconder por trás da indiferença. Seus olhos ganham um brilho negro perigoso, e ele cerra os punhos de leve. Finjo não perceber.

— Devo entender, então, que vocês dois têm um relacionamento aberto?

Quando não respondo, ele acrescenta:

— Ele não se importa de você ter passado a maior parte de um mês dormindo na minha cama?

Ele e eu sabemos que dormir foi tudo o que fizemos naquela cama. Bem, isso e alguns beijos.

— Eu tinha uma missão a cumprir, Riden. Me aproximar de você era parte dela.

— Entendo. E de quantos homens você já se aproximou a fim de cumprir suas missões?

Não gosto nada deste tom. Riden precisa se lembrar de com quem está falando.

— Estou com seu irmão trancado na cela mais profunda e mais escura da fortaleza do rei pirata — digo. — Ele está pagando por tudo o que fez, e tentou fazer, comigo. Um gesto meu e eu poderia ter a cabeça dele. Foi só por um pedido seu que ainda não o matei, mas isso não é mais o bastante.

Riden endireita o corpo. Tenho a atenção dele agora.

— O que está dizendo?

— Ter prisioneiros custa caro. Eles precisam ser alimentados e mantidos limpos. Meu pai raramente mantém prisioneiros por muito tempo. Ou eles dão o que ele quer ou são mortos. Não precisamos de nada de Draxen. Ele é inútil para mim. Você, no entanto, não é.

— O que você quer de mim?

— Acabei de capturar Vordan e seu pedaço do mapa... o último pedaço de que meu pai precisa antes de irmos para a Isla de Canta. Quando a frota partir, você se juntará à minha tripulação para a viagem.

Riden estreita os olhos.

— Por que você precisaria de mim? Certamente Sua Alteza de Coração Negro Real tem piratas suficientes em sua frota.

Ele certamente tem. Mais do que possivelmente precisaria. E tenho algumas das marinheiras e combatentes mais habilidosas em toda Maneria a bordo do *Ava-lee*. Não *precisamos* de Riden, mas não consigo libertá-lo. Como meu pai veria isso? E não posso trancá-lo na fortaleza porque não há motivo para mantê-lo vivo. Meu pai vai matá-lo, assim como a Draxen. O único motivo pelo qual Draxen ainda não está morto é porque eu disse ao meu pai que precisava dele vivo para conseguir que Riden cooperasse. Então, agora que Riden está melhor, essa é minha última opção. Ele precisa vir comigo. Ele precisa fazer parte da minha tripulação. Mas como posso explicar isso para Riden sem que pareça que tenho algum sentimento por ele?

Digo a mim mesma que estou fazendo isso porque devo a ele. Ele me salvou. Ele levou dois tiros por mim. Posso tê-lo trazido de volta de um quase afogamento, mas aquilo também foi minha culpa, para começo de conversa. Não estamos quites, não ainda. É o único motivo pelo qual ainda o mantenho vivo.

Se eu pensar assim várias vezes, talvez se torne verdade.

Por fim, eu digo:

— Não sei o que vamos encarar na viagem. Posso precisar de mais músculos. Com Kearan e Enwen, tenho quatro homens no meu navio. Enwen é tão magro que tenho quase certeza de que Niridia consegue levantar mais peso do que ele. E a única coisa que Kearan levanta é uma garrafa até os lábios. Não pretendo recrutar qualquer pessoa de fora da fortaleza, porque preciso de gente em quem confio.

— E você confia em mim? — ele pergunta, erguendo uma sobrancelha.

— Não preciso. Sei que você fará qualquer coisa para proteger seu irmão. Posso contar com sua cooperação total enquanto ele estiver preso. E você me deve isso por salvar sua vida patética, em primeiro lugar.

Ele faz uma pausa, provavelmente pensando no que acabei de dizer.

— Vou continuar trancado?

— Só se fizer alguma coisa estúpida. Você é livre para circular pelo navio tanto quanto qualquer outro marinheiro. Qualquer tentativa de fuga, no entanto, fará com que eu ordene aos homens que permanecerão protegendo a fortaleza que removam a cabeça de Draxen do corpo.

Riden vira o rosto para longe de mim.

— O que foi? — pergunto.

— Eu tinha esquecido como você pode ser cruel.

Dou um passo na direção dele e o prendo com meu olhar.

— Você ainda não me viu ser cruel.

— E rezo para nunca ver. Vou com você até a ilha, com duas condições.

— Quer barganhar comigo? Eu tenho todas as cartas.

Riden se levanta em um movimento fluido.

— Ir com você é inútil se você for matar Draxen assim que voltarmos. Quero sua palavra de que ele será libertado assim que eu ajudar você na viagem de ida e volta da ilha.

— E suponho que a segunda condição seja sua própria liberdade.

— Não.

Eu pestanejo e dou mais um passo na direção dele.

— O que quer dizer com *não*? Você considera a vida de Draxen mais importante que a sua? Ele é um verme nojento. Merece se contorcer a sete palmos do chão.

— Ele é meu irmão. E você é hipócrita. — Riden também dá um passo adiante.

— O que isso quer dizer?

— Seu pai é o homem mais desprezível a cruzar os mares. Me diga que não faria qualquer coisa por ele.

Eu avanço ainda mais, ficando a menos de meio metro agora, decidindo se acerto ou não meus punhos nele. No fim, dou um passo para trás e respiro fundo para me acalmar.

— Qual é sua segunda condição?

— Você nunca mais usará suas habilidades de sereia em mim. Mesmo que seja só para saber o que estou sentindo.

— E se sua vida estivesse em perigo e eu pudesse salvá-lo com minha voz? Você preferiria que eu o deixasse morrer? — Por algum motivo, sinto a necessidade de me defender. E às minhas habilidades. Para ele. Por que para ele? A opinião que ele tem sobre mim não devia importar. *Não* importa.

— Sobrevivi todo esse tempo sem você, e continuarei assim.

— Ah, mas você nunca navegou comigo antes. O perigo está sempre por perto para minha tripulação.

— Com você no meio deles, como poderia ser diferente? — ele diz baixinho para si mesmo, mas ainda consigo ouvir.

— Vai viajar comigo ou não? — pergunto.

— Você concorda com os meus termos?

Olho para o teto. Terei a viagem inteira para decidir o que fazer com Riden e Draxen depois que voltarmos. Por enquanto, posso concordar.

Riden estende a mão para selar nosso acordo. Estendo a minha também, antecipando um aperto firme.

O que não espero é a onda de calor que sobe pelo meu braço a partir do ponto em que nos tocamos. Embora eu mande minha mão soltar a dele, ela não me obedece, e meus pés parecem enraizados no chão.

Ergo os olhos das nossas mãos, e vejo a barba por fazer ao longo de sua mandíbula. Me pergunto qual seria a sensação dela raspando no meu queixo e no meu rosto se ele me beijasse.

Pisco várias vezes. *Mas que... eu estava encarando a boca dele? Será que ele percebeu?*

Ergo os olhos. Os olhos de Riden capturam os meus, brilhando com malícia. Ele é o primeiro a falar:

— Certamente será uma viagem excitante. Nós dois presos em um navio. — O polegar dele faz círculos nas costas da minha mão, e minha respiração acelera. Parece que meus pulmões também esqueceram como se faz para funcionar adequadamente.

Riden começa a se aproximar, e minha mente enfim se lembra de algo.

Ele é meu prisioneiro. Tudo o que ele fizer será um ato para atingir o objetivo de libertar a si e ao irmão. Não posso confiar em nada disso. Afinal, eu também não tentei usar a proximidade física com Riden para atingir meus objetivos quando eu era a prisioneira e ele o captor?

Seu rosto bonito não vai lhe garantir privilégios neste navio. Nem eu permitirei que ele o use para se aproximar de mim.

Digo para meus membros se comportarem e finalmente me afasto dele.

Passei dois meses sem seus beijos. Posso passar o resto da vida sem eles também.

— É um navio bem grande — alego por fim, embora seja uma mentira. E então, porque quero vê-lo se contorcer, lhe dou o sorriso mais sedutor que tenho, e molho os lábios com a língua bem de leve.

O jeito como os olhos dele se movem para minha boca – e o movimento de seu pomo-de-adão quando ele engole em seco – é recompensa mais do que suficiente.

Sim, sou eu quem está no controle.

Eu me viro para abrir a porta e estendo uma mão na direção do convés, em um convite para que Riden saia na minha frente.

Ele caminha perfeitamente até a porta, sem mancar nenhuma vez. Ótimo.

Eu o examino descer a escada, observando a tripulação em seus afazeres. Seus olhos analisam as nuvens, passeiam pelo mar, e me sinto mal por tê-lo deixado trancado por dois meses inteiros.

— Admirando a vista, hein, capitã? — uma voz pergunta. Lotiya e Deshel, irmãs que peguei na ilha de Jinda há dois anos, param ao meu lado.

— Ele parece delicioso — acrescenta Deshel.

— Por trás, pelo menos — diz Lotiya. — Não dá para julgar um homem adequadamente até que possamos vê-lo de frente.

— Sem mencionar *pelado*.

As duas começam a rir.

Riden olha por sobre o ombro, parcialmente divertido, ainda que um pouco desconfortável. Ele as ouviu. Com certeza estou feliz por não ser propensa a corar. Porque eu vi Riden de frente. E pelado. A conversa das irmãs imediatamente traz a imagem à superfície da minha mente.

Olho feio para as duas.

— Temos um novo recruta — grito para que toda a tripulação escute. — Este é Riden.

Muitas das garotas erguem os olhos de suas tarefas. Duas delas baixam as velas agora que o navio está em movimento. Vejo muita curiosidade em seus rostos. E algum interesse em outros.

— Riden! — grito, lembrando-me de uma coisa. Ele ergue os olhos novamente. — Vá lá embaixo se barbear. Você parece abatido.

Ele ergue uma sobrancelha, mas não ousa desobedecer à primeira ordem que lhe dou depois do nosso acordo. Ele se encaminha para o porão. Lotiya e Deshel tentam segui-lo.

— Voltem para seus postos — grito para elas. As duas suspiram resignadas e se afastam.

— Abatido? — pergunta Niridia. Ela está ao leme. Aparentemente, Kearan ainda não chegou. Eu me junto a ela. — Aquele homem é bonito como o inferno.

— É mais provável que seja uma encrenca dos infernos — digo. — Não sei o que vou fazer com ele.

— Eu poderia dizer o que eu gostaria de fazer com ele.

— Niridia — eu advirto.

— É brincadeira, capitã.

Eu sei. Niridia não conseguiu suportar o toque de um homem depois do que passou antes que eu a encontrasse, mas isso não a impede de me provocar. Como minha melhor amiga, é seu dever. Ela é capaz de alternar entre os papéis de amiga e imediata sem esforço algum, sabendo quando cada um é apropriado. Eu a amo por isso.

— Vamos ficar com ele, então? — ela pergunta.

— Sim.

— Hummm. — É tudo o que ela diz. Niridia é do tipo supercauteloso, a mais responsável entre todos neste navio. Sempre tem algo a dizer.

— O quê?

— Só se lembre de que ele é filho de Jeskor. Suas famílias são rivais. Já se perguntou se este navio é exatamente onde ele quer estar?

— Assim como quando eu era "prisioneira" no navio dele? — Eu pretendia ser capturada, tudo porque eu tinha um mapa para encontrar no navio do irmão de Riden.

— Exatamente.

— Riden não é assim. Ele não tem ambições próprias. A única coisa que o move é seu irmão.

Niridia sopra uma mecha de cabelo loiro para afastá-la dos olhos azuis.

— Eu não diria que é a *única* coisa, capitã. — Ela me encara, deixando bem claro o que quer dizer.

Para mudar de assunto, eu pergunto:

— Onde está Kearan?

Niridia acena na direção da proa, e fico surpresa agora por não o ter visto antes. Kearan é imenso. Seu corpo está envolto no casaco escuro de sempre, uma jaqueta cheia de bolsos onde ele guarda todos os seus frascos de bebida. O homem bebe como uma esponja.

Mas agora parece que ele exagerou um pouco. Está reclinado sobre a amurada a estibordo, depositando o conteúdo de seu estômago no mar lá embaixo.

Estou tentando pensar em uma punição adequada para ele quando Niridia e eu vemos Sorinda se materializar das sombras perto do mastro de traquete. Seu cabelo negro como a noite é só um tom mais escuro que a pele. Está preso por uma faixa, cujas pontas descem pelos ombros. Sorinda nunca se incomoda em usar um tricórnio. Ela passa a maior parte do tempo no escuro e não precisa manter o sol longe dos olhos. Em vez de um alfanje, ela carrega uma rapieira na lateral do corpo, preferindo a velocidade à força.

Neste momento, no entanto, ela segura a ponta de uma corda.

— O que ela está fazendo? — pergunta Niridia.

Eu pedi que Sorinda ficasse de olho em Kearan logo que ele se juntou à tripulação. Ela odiou, embora a tarefa se mostrasse bem fácil, uma vez que Kearan não conseguia tirar os olhos dela. Ela ameaçou arrancar os olhos dele várias vezes, mas eu proibi expressamente. Ele não pode conduzir meu navio sem eles.

Agora que voltamos da nossa missão, parece que Sorinda retornou ao ponto em que estava quando partimos. Tolerando Kearan.

Ela amarra a ponta da corda que está segurando ao redor da cintura de Kearan. Ele nem percebe, apenas se mexe com outra onda de enjoo. Já que ele tem o corpo dobrado na amurada, Sorinda precisa de bem pouco esforço para jogá-lo para fora completamente. Dá para ouvir um grito rápido seguido do barulho de algo caindo na água.

E Sorinda – minha sombra e silenciosa assassina – sorri. É uma coisa linda, mas fugaz. Ela se recompõe antes de espiar por sobre a amurada, o único sinal externo de que está comemorando sua vitória.

Tosses e palavrões vêm do lado de Kearan, mas Sorinda simplesmente retorna às sombras sem outra palavra.

Às vezes é fácil esquecer que Kearan é só alguns anos mais velho do que Sorinda e eu. A embriaguez constante envelhece um homem consideravelmente.

— Peça para alguém ajudá-lo a subir, sim? — digo para Niridia.
— Ele e o restante dos homens precisam cobrir os ouvidos. Vou me reabastecer.

— Agora? — ela pergunta, cautelosa. Ela sabe exatamente o quanto eu odeio essa parte em particular de ser metade sereia.

— Precisa ser agora. Não me sobrou nenhum canto depois da luta em Charden, e vou precisar disso para interrogar Vordan adequadamente. — Então eu dou um sorriso, pensando na diversão que nós dois teremos.

Meus métodos de interrogatório são conhecidos por fazer os homens perderem a cabeça.

CAPÍTULO 3

Só uma cela na carceragem tem almofadas: a minha.

Uma pelúcia macia e fofa cobre o chão e reveste as paredes de madeira. Eu tiro as botas e as deixo bem distante do alcance das grades. Então desamarro meu espartilho e o coloco sobre as botas. Entro na cela, usando apenas minha meia-calça e uma blusa simples de mangas compridas. Não posso usar roupas com botões, rendas ou grampos de cabelo. Não aqui.

Eu me fecho e tranco a porta. Sacudo as grades com o máximo de força que consigo. Sei que não ficaram menos resistentes, mas sempre tenho medo de conseguir escapar. Prefiro verificar toda vez, só para ter certeza de que o metal não se dobrará sob meus dedos.

Mandsy desce com um balde d'água. Ela o coloca do outro lado da cela, de modo que possa pegá-lo por entre as grades. Então recolhe minhas botas e meu espartilho. Eu lhe entrego a chave.

— Todos os homens estão com os ouvidos protegidos, capitã — diz ela. — Eles sabem o que fazer.

— E quanto aos novos recrutas?

— Bem, é provável que Kearan esteja bêbado demais para ser despertado até por suas habilidades, ainda assim Sorinda se assegurou de proteger os ouvidos dele. Enwen usou cera suficiente para os ouvidos de três homens, dizendo que cuidado nunca é demais. — Ela ri. — Tenho uma afeição especial por ele. É um cara divertido.

— E Riden?

— Ele pegou a cera calmamente, sem fazer perguntas.

— Você explicou para ele o que eu estava fazendo?

— Sim, capitã.

Tenho vontade de perguntar mais. Que expressão ele tinha no rosto? Ele parecia enojado?

Ele fez questão de me dizer que eu nunca deveria usar minhas habilidades nele. Será que tem desprezo pelo que sou? Mas então me lembro de que não deveria me importar com isso. Eu *não* me importo.

Meus dedos formigam quando meu olhar chega ao balde d'água. Ainda que eu tema o que isso faz com minha mente, meu corpo se deleita com essa proximidade. Sem pensar mais, enfio os dedos no balde e puxo a água para dentro de mim.

Tudo se intensifica imediatamente. O ranger da madeira, o bater das ondas do lado de fora do navio, o assobio de uma mulher lá em cima, as botas no convés, tosses, risos. Sinto as respirações de todas as pessoas ao meu redor – bonecos com os quais posso brincar.

Como se tocasse a corda em um instrumento, minha voz atinge uma corda da consciência humana. *Venha até mim.*

A humana diante de mim sorri.

— Não vou seguir essa ordem, capitã. Só vou levar essas coisas lá para cima.

Uma garota humana. Eu sibilo para ela. Ela é incapaz de se juntar à diversão. Ela me dá as costas, e meu sangue ferve. *Como ela ousa me desprezar!* Eu me jogo contra as grades, batendo e puxando, mas elas não se movem. Eles me prenderam. Os humanos nojentos. Eu os sinto se movendo lá em cima. Canto para cada um deles, tentando encontrar um ouvido que possa me libertar, mas ninguém responde ao meu chamado.

Um pouco do poder me abandona. Meu corpo coça de tanta necessidade. Olho rapidamente ao redor, e meu olhos pousam em um balde d'água. Meus dedos afundam, trazendo o líquido até mim, e eu suspiro de prazer. Bem abaixo, sinto a vida marinha. Água correndo por guelras, curvando-se em tentáculos, borbulhando no fundo arenoso. Um peixe assustado muda de direção quando o navio se aproxima. Um golfinho se prepara para sair à superfície. Uma baleia murmura ao longe.

E eu sou a rainha de todos eles.

Esta gaiola não pode me prender por muito tempo, e, quando estiver livre, farei os homens deste navio dançarem para mim até seus pés sangrarem.

Há um rangido baixo de dobradiças, um sussurro de passos. Um rosto aparece em um canto.

É um dos homens. Dou um sorriso tímido para ele, mostrando apenas um vislumbre dos meus dentes. Não o bastante para ele conhecer a predadora que sou. Curvando um dedo, eu o incentivo a se aproximar. Ele me obedece, mas não dá mais do que alguns passos, mantendo-se vários metros longe de mim.

É um rapaz bonito, com cabelo castanho sedoso. Posso imaginar perfeitamente como ele ficaria submerso na água, as mechas sendo penteadas pelas ondas enquanto seu cadáver é levado para a costa.

Há uma fagulha de medo naqueles lindos olhos castanhos. São salpicados de ouro. Fascinante. Se conseguisse alcançá-los com a ponta da unha, eu conseguiria arrancá-los e...

Aqueles olhos me encaram com determinação. Será que ele resolveu não ter medo de mim? Bem, deixe-me ajudar o tolo a enganar a si mesmo. Abro a boca e deixo algumas notas saírem pelos meus lábios. É um ritmo lento e sensual que deve fazê-lo vir até mim mais rápido do que um piscar de olhos.

Mas o homem não se mexe. Ele aponta para os ouvidos. Ah, sim. Os humanos acham que estão em segurança se não conseguirem me ouvir. Será que ele não sabe que consigo fazer mais do que cantar?

Com muito cuidado, dobro as mangas da camisa até acima dos cotovelos, mostrando mais pele. Passo os dedos lentamente pelo cabelo, deixando as mechas caírem sobre os ombros. O homem está fascinado, observando cada um dos meus movimentos.

Por fim, me recosto nas almofadas, arqueando os seios para o alto, e acaricio as almofadas perto de mim com langor, em um convite.

Ele dá meia-volta e vai embora, sem olhar para mim uma segunda vez. Eu meio grito, meio canto para que ele retorne, mas é claro que ele não consegue ouvir coisa alguma. Tudo o que isso faz é me obrigar a tomar mais água.

🐚

Eu me espreguiço e bocejo depois de acordar na manhã seguinte. Niridia espera por mim do lado de fora da cela com meu desjejum e minhas botas.

— Dormiu bem?

— Como os mortos.

Satisfeita por eu ter voltado ao normal, ela abre a cela e me entrega a bandeja de comida. Enquanto me ocupo com o pão e os ovos, Niridia pega o balde.

— Teve uma noite e tanto, hein?

— O que quer dizer? — pergunto, limpando as migalhas de pão do rosto.

— Não sobrou nenhuma gota.

Depois de um tempo, a sereia que existe em mim desiste de atrair minha tripulação com seu canto. Costuma sobrar bastante água no balde. Mas a noite passada foi diferente.

As lembranças retornam rapidamente.

— Riden — resmungo.

— O quê?

— O idiota desceu aqui ontem à noite. — Enfio o resto do café da manhã na boca e calço as botas enquanto caminho.

— Que as estrelas o ajudem — Niridia murmura atrás de mim.

Estou no convés em um instante, analisando os rostos ao meu redor. Vejo Mandsy em um canto, dobrando algumas roupas que ela provavelmente acabou de costurar.

— Onde está ele? — explodo.

Riden estava sob a responsabilidade dela até terminar de se recuperar. Ela sabe exatamente de quem eu estou falando.

Ela aponta para perto dos barcos a remo que temos guardados, onde Lotiya e Deshel encurralaram Riden. Isso só faz meu temperamento explodir ainda mais.

— Allemos! — eu grito. Acho que nunca o chamei pelo sobrenome antes, mas estou tão furiosa que não consigo fazer seu primeiro nome sair da minha boca.

Ele ergue os olhos das irmãs, e o alívio se espalha em suas feições. Até que ele vê meu rosto.

— Venha até aqui agora!

As garotas dão risadinhas quando ele passa, encarando o traseiro dele enquanto ele se afasta.

Quando ele finalmente se aproxima de mim, é impossível manter minha voz calma.

— Draxen pode ter sido leniente com o fato de você não seguir ordens, mas *eu* não vou tolerar isso.

Ele não parece preocupado parado ali. O vento sopra em seu cabelo, pressionando as mechas contra seu pescoço. Mas estou furiosa demais para me deixar distrair com a inclinação de seu pescoço.

— Eu fiz alguma coisa? — ele pergunta. O restante da tripulação finge estar concentrado em seus afazeres, mas sei que todos estão prestando atenção.

— Você recebeu ordens para permanecer no convés a noite passada, mesmo assim desobedeceu deliberadamente e se aventurou na carceragem.

Ele olha para os outros ao seu redor.

— E quem afirma ter me visto desobedecer?

— *Eu* vi você. — Idiota.

Ele arregala os olhos momentaneamente.

— Eu não sabia que você se lembrava das coisas de quando está... diferente.

— Se você pensou que ia ser pego ou não é irrelevante. Você é meu prisioneiro. Desobedecer não é uma opção para você. Preciso lembrar que a cabeça do seu irmão não precisa permanecer presa ao pescoço?

As narinas dele se abrem, mas ele controla o próprio temperamento e se aproxima, falando baixo o bastante para que apenas eu consiga ouvir.

— Eu só estava curioso. Queria ver você quando está toda transformada. Mas não tirei a cera em momento algum. Tomei cuidado.

Eu falo tão alto quanto antes para que todo mundo possa ouvir.

— Não me importa. Você colocou todos neste navio em risco com sua curiosidade.

— Todos estavam perfeitamente seguros.

Penso na maneira lasciva como me comportei, como tentei atraí-lo para perto usando meu corpo como incentivo. Eu odeio a sereia.

— Sabe o que teria acontecido se você tivesse dado mais três passos? Deixe-me contar, já que você parece gostar de me subestimar. Eu teria alcançado você por entre as grades. Teria puxado seu braço até arrancá-lo do corpo. Teria esculpido os ossos dos seus dedos até transformá-los em gazuas. Quer saber o que teria acontecido assim que eu saísse da cela?

Riden permanece paralisado, sem expressão. Ele consegue dar um único aceno de cabeça.

— Não consigo controlar a sereia. Ela é um monstro, e é por isso que tomamos essas precauções.

— Eu não sabia... — Ele para de falar e sua voz fica firme, como se ele pudesse consertar a situação. — Eu não teria me aproximado. Sua sereia não me interessa.

— Niridia — eu praticamente grito. — Tranque-o na carceragem. Riden precisa de algum tempo para pensar. Peça para os rapazes colocarem Vordan lá também. Em celas separadas. — Riden odeia Vordan tanto quanto eu. Ele pode tentar alguma coisa.

— Sim, capitã — diz ela.

Dou as costas para ambos e sigo para meus aposentos. Preciso me trocar.

🐚

Quando volto ao convés, não estou menos furiosa com Riden. Este navio é pequeno demais, decido. Eu podia ter ordenado que ele fosse levado para a enfermaria, mas isso seria menos que uma punição.

Só um quarto menos confortável. Não, a carceragem é o lugar ideal para o bastardo arrogante.

Estou indo direto para a escotilha que leva ao porão quando tenho que parar para deixar Enwen sair primeiro. Ele é tão alto que tem dificuldade para se abaixar e passar pela escotilha. Com os olhos pequenos, as bochechas encovadas e o nariz perfeito, ele parece um tronco de árvore.

— Enwen, onde você estava?

— Ajudando Teniri com o tesouro, capitã. Há muito ouro para ser contado.

Eu estreito os olhos para ele.

— Vire os bolsos para fora.

— Não é preciso. Teniri já me revistou antes de eu sair. Você mesma pode perguntar para ela. Eu não roubaria da minha própria tripulação. Ao contrário de quando eu estava no navio de Draxen, eu gosto de verdade de morar no *Ava-lee*.

— Então por que você ficava com Draxen?

— Quem mais ia ficar de olho em Kearan?

— Que belo trabalho você está fazendo. Por que não o mantém longe da minha adega? Estou cansada de vê-lo vomitar pela amurada do navio.

— Eu estava me referindo ao bem-estar emocional dele, capitã.

— Você não pode estar falando sério. Kearan tem a profundidade emocional de um molusco.

— Bem, um homem pode tentar, não é mesmo? Eu não cumpriria meu dever de amigo se não tentasse.

— Quantas vezes preciso falar para você? — Kearan grita da outra ponta do navio. — Não somos amigos!

— Somos sim! — Enwen grita em resposta.

— Parem de gritar — digo para Enwen. — Resolvam isso entre vocês. Tenho mais o que fazer.

— Capitã, espere! — Uma voz diferente dessa vez. A pequena Roslyn. Ela me intercepta antes que eu coloque um pé através da escotilha. — Preciso falar com você sobre fazermos uma celebração!

— Uma celebração?

— Por conseguir o mapa e roubar o tesouro do senhor pirata! Niridia disse que não podia ser ontem à noite porque você precisou se trancar na carceragem para deixar a sereia sair.

— É verdade. E agora tenho um prisioneiro para interrogar. Que tal esta noite?

— Para mim está bom — diz ela. Como se pudesse ter algum outro compromisso importante. — Posso ajudar com o prisioneiro?

— Não.

Ela cruza os braços, pronta para argumentar.

— Já praticou caligrafia hoje?

Ela joga a cabeça para trás e dá um suspiro zangado.

— Nada de interrogar prisioneiros quando você ainda não fez suas tarefas. — Não que eu a deixasse ajudar. Ela não precisa me testemunhar torturando um homem. — E nada de celebrar se não tiver praticado.

— Ah, está bem — diz ela, se afastando.

Wallov e Deros estão jogando cartas na carceragem quando chego. Vordan finalmente pôde sair da gaiola, e em seguida foi colocado em uma das celas. Está desamarrado e sem a mordaça, de costas para nós. Riden está a duas celas de distância, sentado no chão com os braços sobre os joelhos. Ele não olha para mim.

Ótimo.

— Sua filha está ficando muito atrevida, Wallov — comento.

— Não tenho ideia de onde ela está aprendendo essas coisas, capitã — diz ele.

— Espero que não esteja sugerindo que ela está aprendendo comigo.

— Eu jamais sonharia com algo do tipo — diz ele. Mas seu tom de voz é leve demais para ser sincero. Sorrio para ele.

— Vocês dois estão dispensados por enquanto — anuncio. — Eu ficarei de olho nos ratos da carceragem.

Ambos se levantam de suas cadeiras e vão para as escadas.

— E, Wallov, veja se Roslyn está realmente praticando sua escrita e não ameaçando as pessoas com aquela adaga.

— Ela não é uma figura e tanto, capitã? Ganhou de Deros em uma de nossas partidas.

Deros cruza os braços imensos.

— Perdi de propósito para que a menina tivesse um jeito de se proteger.

— Vão lá para cima, rapazes — ordeno.

Espero alguns segundos até que a escotilha se feche depois que eles saem.

Vordan está em pé, parado em uma perna – aquela que não quebrou na queda na estalagem –, e já se virou na minha direção. Ele acena com a cabeça na direção da cela do outro lado da carceragem, longe dele e de Riden, aquela cheia de almofadas fofas.

— Eu teria preferido ficar ali, mas acho que aquela é sua. — Ele sorri da própria esperteza. — Como é precisar ser trancada no próprio navio? — ele prossegue. — Não consigo imaginar...

Eu o interrompo com uma nota baixa e profunda. Vordan segura uma faca em sua mão. Ele olha para ela assustado, antes de enfiá-la na própria perna, aquela que não está quebrada. Ele grita antes de mudar o som para um grunhido zangado. É uma tentativa bastante patética de manter a compostura.

Eu paro a música, e Vordan sai da alucinação. Ele olha para a perna, vê que ela está inteira e que não há nada em sua mão. Me encara com um olhar imundo. Sua respiração está acelerada. Ainda que sua mente saiba que ele não está machucado, leva um tempo para ele se recuperar do eco da dor.

— É um sonho que se tornou realidade para você — eu comento. — Parece que você vai conseguir experimentar todo o peso das minhas habilidades, afinal.

Seu rosto empalidece, e a satisfação que sinto com isso é como um bálsamo que acalma meus sentidos.

— Agora, então — digo —, quero saber quem são todos os espiões que você tem na frota do meu pai. Quero seus nomes e em quais navios eles navegam.

— Eu não...

Outra nota flui da minha boca. Uma poça de água aparece aos pés de Vordan, e o faço enfiar o rosto direto na água e ficar ali por meio minuto. Permito que ele tire a cabeça por alguns segundos para respirar, e então a enfio na poça imaginária por mais um minuto inteiro. Ainda que sua mente esteja completamente alerta ao que está acontecendo, assumi o controle de seus membros. Eles me obedecem agora.

Quando ele levanta a cabeça para respirar desta vez, eu o liberto da canção.

Ele cai de costas, sentindo o chão seco. Não há água. Ele não tem força para se levantar e puxa o máximo possível de ar que seus pulmões permitem, tossindo de volta.

Ouso olhar rapidamente na direção de Riden. Ele está observando tudo, com o rosto cuidadosamente impassível. Não pretendo descumprir nosso trato de não sentir o que ele está sentindo, embora deseje desesperadamente fazer isso.

— Eu poderia, é claro, obrigá-lo a ser sincero comigo — informo, voltando minha atenção para Vordan. — Mas não quero nada mais do que seu sofrimento antes que você morra. Então, eu lhe peço, Vordan, continue a se recusar a me dar a informação que quero.

Assim que começa a respirar com mais facilidade, ele se levanta, pulando de maneira deplorável enquanto procura manter o equilíbrio com a perna quebrada.

— No *Lâmina do Morto*, você vai encontrar um pirata chamado Honsero. Ele trabalha para mim. Klain navega no *Fúria Negra*. — Ele faz uma pausa para recuperar a respiração antes de listar vários outros navios e piratas, e até me dar os nomes de alguns que prestam serviço dentro da fortaleza do meu pai.

Quando ele termina de falar, eu pronuncio uma nota mais aguda, algo penetrante e estrangulador. Pergunto se ele disse a verdade e se omitiu algum nome. Sob minha influência, ele confirma o testemunho anterior.

Meu poder diminui quanto mais eu canto. É similar ao jeito como a fome aumenta em uma pessoa entre as refeições, deixando-a fraca e vazia. É irritante o quanto minhas habilidades são fugazes.

Quando recobra os sentidos novamente, Vordan diz:

— Você matou cada um dos homens que estavam na estalagem comigo. Até onde eu sei, matou o garotinho que entregou você também.

Eu não o matei. Não mato crianças. Em especial quando elas não têm culpa de escolher o homem errado de quem aceitam comida. Mas permaneço em silêncio. Deixo que Vordan pense que sou cruel.

— E agora você está prestes a fazer o mesmo com os que restam. Você quis ficar com tudo. Quando você e eu podíamos ter sido tão grandes juntos.

— Não, Vordan. Eu o teria tornado grande. Você não é o tipo de homem que algum dia conseguirá alcançar a grandeza por conta própria. Você é medíocre, e não conquistou nada.

Ele ri, um som baixo voltado para si mesmo, enquanto passa os dedos pelo cabelo.

— Você está certa — diz ele por fim. — Tenho uma única carta para jogar, Alosa. Uma pequena informação em troca da minha vida.

— Não há mais nada que eu queira de você.

— Nem mesmo se for um segredo que seu pai esconde de você?

Mantenho o rosto impassível, pois me recuso a reagir a qualquer coisa que ele diga. Agora não lhe resta nada além de mentiras.

— Escutei muitas conversas entre você e Riden quando estávamos no *Perigos da Noite* — ele prossegue, dando um sorrisinho irônico na direção de Riden. — Você se lembra da conversa que tiveram sobre segredos? Você queria desesperadamente descobrir onde Jeskor tinha escondido o mapa, tentando arrancar de Riden qualquer informação que ele tivesse. Até contou a ele uma mentira sobre um esconderijo embaixo de uma tábua do assoalho do quarto do seu pai, onde ele mantinha informações secretas. Como se, ao lhe contar algo sobre seu pai, ele pudesse lhe contar algo do pai dele.

Vordan sorri com a lembrança, e não consigo acreditar que não percebi que ele estava nos espionando.

— Mas você e eu sabemos — Vordan prossegue — que seu pai tem um escritório secreto em sua fortaleza.

Sim, eu sei disso. É o aposento privado do meu pai. O único lugar na fortaleza no qual só ele tem permissão para entrar. Passei grande parte da minha infância tentando encontrar um jeito de bisbilhotar lá dentro, cedendo à curiosidade, e sofri bastante por isso.

Vordan diz:

— Mandei meu melhor espião se infiltrar na fortaleza, Alosa. Gostaria de saber o que ele descobriu?

Abro a boca para lhe dizer que não. Mentiras não o levarão a lugar algum. Ele não pode me manipular. Não mais. Não sou sua prisioneira. Ele não vai vencer desta vez.

Mas não é o que sai da minha boca. Em vez disso, pergunto:

— O quê?

Um sorriso toma conta do rosto dele, e tenho vontade de lhe dar um soco, para me livrar daquela manifestação física dele pensando que tem algo contra mim.

— Vai me libertar se eu contar?

— Posso arrancar de você com meus poderes ou sem eles, Vordan. Você escolhe.

Ele range os dentes.

— Tudo bem, mas não se esqueça que fui eu quem descobriu isso para você.

Estou prestes a abrir a boca e começar a cantar quando ele me interrompe.

— Você nunca achou estranho que seu pai não seja afetado pelas suas habilidades? Sabe por que isso acontece?

— Porque o sangue dele corre pelas minhas veias. Essa conexão o protege.

— Foi *isso* que ele disse a você?

— É a verdade — retruco entredentes.

— Errado. — Vordan parece saborear a palavra que deixa seus lábios. — Ele encontrou algo naquela ilha em que conheceu sua mãe. Uma arma. Um dispositivo que o protege das sereias. Um dispositivo que permite que ele as controle, se algum dia as encontrar novamente. Um dispositivo que permite que ele controle *você*. Ele manipula você desde que você nasceu.

As palavras dele são ridículas. Venho desafiando meu pai desde que aprendi a controlar meus próprios membros. Nem sempre escuto o que ele me diz. É por isso que todo o meu corpo está coberto de cicatrizes.

Como se sentisse minha dúvida, Vordan acrescenta:

— Pense bem. Pense em tudo o que ele fez para você. O jeito como ele espancou você. Torturou você. O jeito como ele a machucou só para provar alguma coisa. Ele é mais cruel com você do que com qualquer outra pessoa viva, e mesmo assim você ainda serve a ele. Você sempre volta para ele. No fim, você sempre obedece às ordens dele. Isso parece ser algo que você faria de livre e espontânea vontade? Você pode tentar racionalizar, Alosa. Ele é seu pai. Seu único objetivo sempre foi tentar torná-la mais forte. Fazer de você uma sobrevivente. Mas os pensamentos em sua mente parecem ser seus? Ou são pensamentos dele para que você retorne para ele mais uma vez?

Meu sangue gela. O ar desaparece e minha visão fica turva. Não. Não pode ser.

— Você está mentindo — retruco assim que recupero a voz.

— Estou? — ele pergunta. — Veja você mesma.

É o que eu faço. Evoco uma canção tão carregada de emoção que mal respiro entre as notas. No entanto, mesmo enquanto arranco a realidade de Vordan, a história dele não muda. Ele está dizendo a verdade. Ou pelo menos o que acredita ser verdade.

O espião o enganou.

Ele tem que estar errado.

Saio correndo da carceragem, precisando de mais distância dos dois homens que estão lá dentro do que preciso de qualquer outra coisa.

Eu gostaria de ter simplesmente matado Vordan e não ter me incomodado em interrogá-lo. As palavras dele me seguem aonde quer que eu vá.

Ele manipula você desde que você nasceu.

Não posso duvidar do meu pai por causa de uma única sentença dita por seu inimigo. *Não farei isso.*

Mesmo assim, não consigo esquecer aquelas palavras. Porque elas não mudaram nem quando usei o poder da minha voz para exigir a verdade dele. Há um aperto desconfortável nas minhas entranhas que devo ignorar. Porque, se eu o examinar, se admitir o nome desse sentimento... isso pode arruinar tudo o que sei. Tudo pelo que trabalhei minha vida toda.

Então eu sofro em silêncio, sem ousar sair da dúvida e investigar.

A viagem de volta à fortaleza vai levar um mês. Deve ser tempo mais do que suficiente para a sensação desaparecer. Para que eu me lembre exatamente de onde fica minha lealdade.

Reprimo esses pensamentos irritantes enquanto sigo pelo restante do dia. Esqueci completamente da promessa que fiz para Roslyn sobre fazermos uma celebração, mas parece que a menina resolveu o problema por conta própria, porque a festança começa sem que eu precise dizer qualquer coisa.

No convés principal, Haeli, uma de minhas armadoras, pega uma flauta e começa a tocar um ritmo animado. Lotiya e Deshel dançam juntas, de braço dado. Outras garotas batem palmas ou dançam. Wallov e Deros se revezam girando as garotas. Enwen logo se junta à diversão, mas Kearan fica sentado sozinho no canto, com sua bebida.

Roslyn, ao perceber isso, para de dançar um pouco e se aproxima dele pé ante pé.

— O que você quer? — Kearan pergunta.

Só pelo jeito como ela inclina a cabeça, posso dizer que está surpresa que ele a tenha ouvido chegar.

— Eu observo você lá de cima às vezes. Você pega muito esse frasco. Por acaso o rum tem um gosto tão bom assim?

Kearan se vira para ela com olhos estranhamente sóbrios.

— Não precisa ter gosto bom. Só precisa ser forte.

— Posso experimentar um pouco?

Kearan dá de ombros e lhe oferece o frasco. Antes que eu possa dar um passo adiante, Sorinda já está ali, arrancando o frasco das mãos dele. Ela o vira sobre a cabeça de Kearan.

Ele engasga.

— Maldição, mulher! A única coisa que você gosta de fazer é me encharcar?

— Idiota — diz ela. — Não se dá bebida para uma criança.

— Eu não ia dar! Assim que aproximasse o nariz do frasco, ela teria me devolvido.

— Você não tem como saber isso.

— Você não suporta ficar a menos de um metro e meio de mim porque a bebida é forte demais.

— Não suporto ficar perto de você por vários motivos.

Eles continuam assim, atacando um ao outro. Se Kearan fosse páreo para ela, tenho certeza de que os dois terminariam aos socos. Roslyn se afasta espertamente de ambos e volta a dançar.

— Que belo par esses dois formam — diz Niridia, parando ao meu lado.

— Nunca vi ninguém a irritar tanto assim — comento.

— Provavelmente é a primeira vez que ela passa por isso. Eu me pergunto quanto tempo vai demorar até que ela perceba que também gosta dele.

Solto uma gargalhada.

— Sorinda? Gosta de Kearan? Acho que não.

Niridia dá de ombros.

— Ele não seria tão ruim se tomasse um banho de vez em quando.

— E parasse de beber.

— E se barbeasse.

— Fizesse um pouco de exercícios.

— E se alguém endireitasse seu nariz.

Nós duas damos risada. Eu não tinha percebido o quanto precisava disso.

— Tudo bem — ela cede. — Suponho que ele não tem chance.

— Nós nos viramos para observar as pessoas dançando, e Niridia acrescenta: — Sabe de uma coisa? Ninguém reclamaria se tivéssemos mais um homem aqui para compartilhar entre as garotas.

E é assim que meus pensamentos se voltam para a carceragem. Para o que Vordan disse.

— Você não acha que Riden já sofreu o bastante? — ela pergunta.

Quero dizer que não. Que ele deve ficar ali até chegarmos à fortaleza. Mas esse seria um comportamento egoísta meu, só porque ele ouviu o que Vordan disse, e não uma punição pelo que ele fez. Eu só pretendia deixá-lo ali durante o dia, de todo modo.

— Pode deixá-lo sair — digo. — Mas avise-o de que, se ele desobedecer às ordens novamente, ficará ali até chegarmos à fortaleza.

— Entendido.

Ela observa meu rosto por mais um segundo.

— Tem alguma coisa errada?

Eu forço um sorriso no rosto.

— Não é nada. — E então, porque sei que ela não vai me deixar sem uma explicação, acrescento: — Rever Vordan me lembrou do que ele fez comigo na ilha. É só isso. Vou ficar bem.

A expressão dela se enche de compreensão.

— Tente aproveitar a celebração. Dançar sempre a anima. Podemos falar sobre isso mais tarde, se você quiser.

Dou um aceno de cabeça encorajador, e, assim que ela desaparece, deixo o sorriso sumir do meu rosto. Fico indecisa sobre ir para a cama, mas não quero ficar sozinha com meus pensamentos. Prefiro observar a tripulação se divertir.

Eu me enfio em um canto, cruzando as pernas enquanto me sento sobre um caixote, e deixo a música substituir a inquietude dentro de mim. Niridia retorna com Riden logo atrás. Felizmente, Lotiya e Deshel estão ocupadas com Wallov e Deros. São Philoria e Bayla, minhas duas atiradoras, que o pegam e o puxam para uma dança rodopiante.

Riden não perde tempo. Ninguém acreditaria que ele passou o dia na carceragem depois de ser severamente castigado diante de toda a tripulação. Sem mencionar o fato de que só recentemente ele se recuperou de dois tiros na perna. Será que nada o abala? Nada exceto seu irmão, talvez? Eu o encaro abertamente do meu esconderijo, observo o jeito como seus membros se movem com a música, o jeito como ele interage com cada membro da tripulação como se fossem amigos de toda uma vida. É quase como se ele também tivesse poderes para encantar a todos.

Os olhos castanho-dourados me miram, como se ele soubesse o tempo todo que eu estava ali, assistindo. Na pausa seguinte entre canções, Riden se aproxima. Fico tensa, esperando que Lotiya e Deshel o vejam se afastar do grupo e o capturem de vez.

Mas não, ele se aproxima de mim sem que ninguém atrapalhe seu caminho e se senta no caixote ao meu lado.

Fico esperando que ele diga alguma coisa. Que tente me convencer das palavras de Vordan. Riden não tentou me dizer desde que nos conhecemos que meu pai é corrupto e controlador? Aposto que ele sorriu ao ouvir as palavras de Vordan, satisfeito por ter algo que confirme sua opinião. Do que ele me chamou quando eu disse que ele era ridículo por ser leal a seu irmão desprezível?

Hipócrita.

— Você tem companhias interessantes — diz ele.

Minha mente fica confusa ao tentar amarrar essas palavras ao que aconteceu na carceragem com Vordan.

— O quê? — pergunto.

— Aquelas irmãs.

Sigo o olhar dele até onde Lotiya e Deshel estão paradas, encarando-o. Elas param um pouco de bater palmas e pés para que Lotiya possa jogar um beijo em sua direção, enquanto Deshel acena com as pontas dos dedos.

Riden estremece, desconfortável.

As duas são muito bonitas. Estou surpresa com a reação dele.

— Elas agem como uma dupla de... — ele para de falar.

— Prostitutas? — completo para ele. — É porque são. E eram jovens demais quando foram obrigadas a entrar nessa vida. Eu as libertei quando testemunhei as duas lutando contra alguns homens que tentavam usufruir de seus serviços de graça depois do expediente. São boas com facas — acrescento, como advertência.

— Eu não ia dizer prostitutas.

— Não? — pergunto, aliviada por falar sobre um assunto neutro. — O que você ia dizer?

— Honestamente, não tenho palavras para descrevê-las.

Isso me coloca um pouco na defensiva. Estou feliz em sentir alguma coisa diferente da inquietude que não me deixou o dia todo.

— Para esse arranjo funcionar, você precisa se lembrar de que não somos apenas mulheres, somos piratas.

Lembro dos comentários que as irmãs fizeram antes, sobre quererem ver Riden nu. Acrescento:

— Você não se preocuparia com homens a bordo do seu navio se comportando dessa maneira ou falando desse jeito. Não nos julgue com mais dureza por sermos mulheres. Não é justo e não faz sentido. Sem mencionar que jogarei você em alto-mar se pegá-lo fazendo isso novamente.

A diversão ilumina a expressão dele, mas continuo determinada como sempre:

— Tenho vinte e oito excelentes garotas a bordo deste navio que foram moldadas pelo passado que tiveram. Assim como o seu o moldou. E cada uma delas, inclusive a pequena Roslyn, merece seu respeito.

Riden me observa por mais alguns instantes antes de olhar para os dançarinos.

— Admiro o amor que você tem pela sua tripulação, Alosa, mas você não precisa defendê-las para mim. Não faço julgamentos porque são mulheres em vez de homens. Eu estava surpreso, só isso. Peço desculpas.

Ignoro o pedido de desculpas dele, mas isso me abala. Estou acostumada a defender minhas garotas. Para meu pai. Para os homens em seu conselho. Para outros piratas. Aos olhos deles, as mulheres não pertencem ao mar.

Mas Riden está *se desculpando*.

Não sei como lidar com isso.

— E eu peço desculpas por ter desobedecido você ontem — diz ele. — Não irei mais ao porão quando você estiver reabastecendo suas habilidades.

— Ótimo.

— Elas são... meio assustadoras.

Não tenho certeza se me irrito ou me divirto com isso.

— Alosa? — Riden pergunta.

Eu me preparo novamente para a menção ao que Vordan disse.

— Eu nunca agradeci você por dar uma chance para Draxen e para mim. Estaríamos mortos se você não tivesse se colocado diante de seu pai. Obrigado.

Quando não respondo, ele pergunta:

— Por que você fez isso?

E eis outra coisa na qual não quero pensar. Por que me incomodei em me colocar a favor de Riden e de seu irmão inútil.

Ouso olhar para ele.

— Não sei.

Então ele sorri, um belo movimento de seus lábios – como se tivesse suas próprias ideias sobre o motivo pelo qual agi dessa forma.

Eu me viro para evitar ficar encarando sua boca, e escuto Haeli começar uma música nova.

— Dance comigo.

Meu pescoço se vira na direção de Riden com tanta rapidez que chego a ouvir um estalo.

— O quê?

— Vamos. Vai ser divertido.

Ele segura meu braço e me ajuda a ficar em pé antes que eu possa recusar, o que é claro que é o que eu pretendia fazer.

Tenho certeza disso.

Mas agora é tarde demais, porque ele já está me movendo em círculos. Recusar dançar com ele agora só causaria uma cena. Além disso, a tripulação está comemorando. Wallov, Deros e Enwen encontram novas parceiras e se juntam a nós. Meus movimentos são duros, hesitantes. Sinto minha mente e meu corpo lutando por dominância. Há tantos motivos pelos quais essa é uma péssima ideia. Sem mencionar que tenho muito com o que me preocupar para sequer tentar me divertir.

— Vamos, princesa — diz Riden. — Tenho certeza de que você consegue fazer melhor do que isso.

Eu não devia permitir que ele me provoque, mas em geral não consigo deixar de responder quando me colocam diante de um desafio. E eu adoro dançar. Afinal, minha mãe é uma sereia. A música está no meu sangue.

Sinto a música flutuar sobre minha pele e me movo ao seu ritmo. Eu a sigo com as mãos, balanço os quadris, piso de leve com os pés. Faço Riden me seguir e acompanhar meus passos, mas às vezes ele esquece de si mesmo, parando completamente e me observando, capturado em meus movimentos. Ele se recompõe e começa a dançar novamente. Ele não é nada mau. Bate com os pés no ritmo. Seus giros e viradas são seguros e até graciosos. Cada vez que entramos em contato – nossas mãos, nossos braços, o roçar dos nossos joelhos –, a dança se torna mais excitante, mais elétrica. Estou carregada como uma nuvem na tempestade... é dez vezes mais forte do que sinto quando uso minhas habilidades de sereia. E diferente. Algo decididamente humano.

Vejo o jeito como Riden se comporta ao meu redor: o foco e o calor em seus olhos, a maneira como suas mãos pairam, o jeito como ele posiciona o corpo perto do meu. Normalmente eu saberia exatamente o que isso quer dizer. Mas então me lembro mais uma vez de que ele é meu prisioneiro. Ele dirá e fará qualquer coisa que ache que vai ajudar em sua causa.

A canção termina. Haeli começa outra, mas aproveito para me recolher.

— Continuem vocês! — grito para a tripulação. — Continuem noite adentro, mas eu preciso ir dormir. — Sorrio diante dos rostos felizes. Estão todos avermelhados com a alegria que vem de um saque bem-sucedido.

Sigo para as escadas, certa de que não conseguirei dormir com todo o peso que me sobrecarrega, mas preciso me afastar mesmo assim. Lembro a mim mesma enquanto me afasto: *Riden é meu prisioneiro, Riden é meu prisioneiro, Riden é meu prisioneiro.*

Alguém segura minha mão e me puxa para debaixo da escada. Fora da vista e nas sombras.

Uma onda igualmente de excitação e de medo me atinge antes mesmo de eu ver seu rosto.

— Alosa — Riden diz enquanto segura minhas mãos entre as suas e me pressiona gentilmente contra a parede.

Ele se inclina na minha direção, e eu pergunto:

— O quê? — Como se ele estivesse prestes a me fazer uma pergunta em vez de dizer meu nome em voz alta simplesmente pelo prazer de ouvi-lo rolar por sua língua.

— Você dança muito bem — diz ele, e sinto seu nariz bem perto do meu. Meus olhos já estão fechados.

Maldição, ele cheira bem. Como o sabão de coco que temos no navio, misturado com um almíscar terroso que pertence apenas a ele.

Seria fácil deixá-lo me beijar. Fácil de um jeito enlouquecedor.

Mas ele quer a liberdade do irmão. Quer a própria liberdade. Qualquer intimidade entre nós é deliberada da parte de Riden.

Tem que ser.

— Boa noite, Riden — digo, largando as mãos dele. Mas, quando passo por ele, dou um beijo em seu rosto.

Assim que chego em meu quarto, me censuro pelo movimento tão infantil.

Mas o que me assusta mais é que quase não consegui evitar.

CAPÍTULO 4

Do lado de fora, não há nada de memorável na fortaleza. Parece qualquer outra ilha no agrupamento localizado a nordeste do Pico Lycon.

Mas os piratas do rei a reconhecem pelo que ela é.

A ilha tem muitas reentrâncias e saliências, um labirinto feito de água e terra. É preciso manter uma rota cuidadosa para não encalhar o navio. O mar flui por uma série de cavernas que abrigam os navios das diversas frotas. São mais de cinquenta agora.

Niridia nos guia até o cais. Haeli e as outras armadoras prendem as velas enquanto Lotiya, Deshel e Athella amarram as cordas de ancoragem. A prancha é baixada.

— Peça para Wallov e Deros trazerem Vordan — solicito a Niridia. — E diga para Mandsy seguir Riden como um tubarão em uma trilha de sangue.

— Entre todas as mulheres neste navio, eu não diria que Mandsy é a que mais se parece com um tubarão — diz uma voz atrás de mim.

Nos últimos dias da jornada, Riden precisou ficar no porão para não aprender a localização exata da fortaleza. Eu não esperava que Mandsy o deixasse subir ao convés com tanta rapidez.

— E suponho que eu deva ter o feliz privilégio? — pergunto para ele.

— Não, são aquelas irmãs perversas. Não sei dizer qual é a pior. Deshel acha que meu colo é uma cadeira, e Lotiya enfia os dedos no meu cabelo como se fosse uma luva que ela precisa usar.

Fico satisfeita até demais em saber que ele fica irritado pelo avanço delas. Digo:

— Eu achava que você gostasse de companhia feminina. Viver em um navio cheio de mulheres devia ser um sonho tornado realidade para você.

Ele me encara como se seu olhar devesse conter algum significado mais profundo, mas não vejo o que pode ser. E ele me proibiu de usar minhas habilidades nele.

— Não leio mentes, Riden. Então diga logo o que quer que você tenha a dizer.

Depois de um tempo, ele diz:

— A atenção delas é indesejada.

— Então diga isso a elas.

— Você acha que não tentei?

— Se está procurando compaixão, vá atrás de Mandsy.

Ele olha feio para mim.

— Compaixão não é o que eu quero de você, Alosa.

Antes que eu possa sequer começar a imaginar o que ele quer dizer com isso, Riden vai embora. Niridia aparece com Mandsy logo atrás. Eu simplesmente aponto na direção de Riden.

Mandsy, com o cabelo castanho preso em duas tranças sobre os ombros, o segue.

— Cuidado — grito para ela. — Ele está de mau humor.

— Eu tenho a coisa certa para isso — diz Mandsy.

— E o que seria?

— Costura. Nada como trabalhar com as mãos para relaxar a mente.

Mandsy é uma dádiva divina. Ela cura, ela costura e ela luta. Saber onde cada órgão vital está em uma pessoa a torna uma combatente muito eficiente. Ela remendou a mim e à tripulação várias e várias vezes. Muitos lhe devem a vida. Eu gostaria de ter mais dez como ela. Até aceitaria o otimismo excessivo que a acompanha.

— Eu não daria a ele algo tão pontudo como uma agulha — comento.

— Vou correr esse risco.

Wallov e Deros vêm até o convés, um de cada lado de Vordan, segurando seus braços com firmeza. Ele luta para se libertar deles, mas nenhum homem é páreo para a força combinada daqueles dois. Vordan não devia nem tentar, ainda mais ferido como está.

— Vai me entregar para Kalligan? — pergunta Vordan.

— Você vai permanecer na masmorra da fortaleza por segurança, até que eu decida o que fazer com você.

— Já se esqueceu da nossa conversinha? Você precisa de mim. Eu...

— Você pode ir para a masmorra andando ou podemos colocá-lo na gaiola de novo. A escolha é sua.

Sabiamente, ele cala a boca.

Desvio o olhar para os homens que estão um de cada lado dele.

— Levem-no pela entrada lateral. Não quero vê-lo de novo. — Digo para Niridia: — Estou saindo. Garanta que todos possam se limpar e que sejam bem alimentados. Quero o *Ava-lee* estocado para navegar de novo. Duvido que demore muito para voltarmos ao mar. O rei vai querer levar a frota até a Isla de Canta assim que possível.

Salto pela lateral do navio. A maioria prefere usar a prancha, mas a distância não me incomoda. Só levo um segundo para me acostumar novamente com o chão sólido e imóvel depois de semanas no mar.

Vários navios estão em cais separados nesta caverna em particular. É a mais próxima da entrada principal da fortaleza, então só os que fazem parte do círculo íntimo do meu pai têm permissão para ancorar aqui, e entre eles estão o *Hálito do Inferno*, que pertence ao capitão Timoth, o *Fúria Negra*, que pertence ao capitão Rasell, e o *Lâmina do Morto*, capitaneado por Adderan. Meu rosto se contorce em desgosto quando vejo o *Segredo Mortal*. Se Tylon e seu navio não fossem tão importantes para meu pai, eu abriria buracos no último enquanto ninguém estivesse olhando – talvez no primeiro também.

Os cais levam a um caminho pela caverna, que depois de um tempo se abre para a ilha. De lá, seguimos por uma trilha bastante gasta, obscurecida da praia por grandes abetos e pinheiros. É incrível que suas raízes sejam fortes o bastante para penetrar na superfície dura da ilha. A fortaleza é uma composição de rocha escavada com ornamentos de madeira.

Várias ilhas adiante, há um vulcão há muito em repouso. A pequena ilha que o rei pirata usa como fortaleza tem uma série de túneis escavados direto na rocha pela lava fumegante, uma força da natureza mortal.

Agora abriga os homens mais mortais que existem.

Chuto uma pedrinha para fora do caminho quando chego à abertura do maior dos túneis, que serve como entrada principal da fortaleza. Cadáveres pendurados em cordas do alto do túnel dão a aparência de uma boca arreganhada com dentes à mostra. Grandes ganchos estão presos nas pontas das cordas, ganchos que foram enfiados nas bocas dos traidores. Estão pendurados como peixes no anzol, para que todo mundo veja o que acontece com aqueles que enfrentam a ira do meu pai.

O túnel se abre em vários caminhos, e cada um deles também se abre em inúmeras direções. A fortaleza é um labirinto infinito para todos, exceto para aqueles que servem o rei pirata.

Sigo um túnel que me leva cada vez mais para o fundo da fortaleza, em busca do meu pai, ou pelo menos de alguém que possa me dizer onde ele está, quando paro diante de uma porta.

A porta.

Ele encontrou algo naquela ilha em que conheceu sua mãe. Uma arma.

Depois de semanas de distância de Vordan e suas mentiras, comecei a relaxar. Mas basta olhar para a porta para que a dúvida volte a surgir. Espontânea e indesejada.

A entrada para os aposentos do meu pai está a uma porta de distância. Há outra porta interna que liga o estúdio secreto ao quarto. Sendo uma das poucas pessoas com permissão para visitar meu pai em seus aposentos privados, vejo essa ligação com regularidade.

É meu estúdio, Alosa. Certamente você sabe como é a aparência de um estúdio?, ele respondeu depois que lhe perguntei como era lá dentro, ainda quando era pequena. Morrendo de vergonha dessa resposta, nunca mais perguntei.

Meus pensamentos são meus. Não estou sendo controlada. Não posso ouvir Vordan. Não *farei* isso.

Mesmo assim, pressiono um ouvido na porta, escutando cuidadosamente.

Não sei o que espero. Ouvir um tique-taque? Sentir a pulsação de magia antissereia?

Suspirando, sigo pelo corredor. Levanto a mão cerrada e bato na porta do quarto do meu pai, lembrando do motivo pelo qual vim aqui.

Não há resposta.

Vou ter que procurar por ele em outro lugar. Eu me viro e...

O ar sai dos meus pulmões. Sou empurrada para trás, e a madeira se choca contra minha coluna. Brilhantes olhos azuis olham feio para mim.

— Alosa.

Faço um esforço para me livrar das mãos que me agarram, mas Tylon me segura muito bem. O peso de seu corpo me deixa totalmente colada à porta. Cada ligamento de seu corpo se alinha com o meu, e nossos rostos estão próximos demais para eu ficar confortável.

Se eu não tivesse me distraído tanto com os segredos do meu pai, ele jamais teria conseguido me pegar. Eu já devia saber que não posso baixar a guarda na fortaleza.

Solto um som que é uma mistura de grunhido e suspiro irritado.

— Me. Solte. Agora.

— Parece que o único jeito de ter uma conversa em particular com você é a emboscando nos corredores.

— A maioria dos homens entenderia isso como uma dica e daria o fora.

Ele consegue se aproximar ainda mais de mim.

— Por quê? Por que está me evitando? Desde que retornou do *Perigos da Noite*, você anda distante. Está diferente.

Viro a cabeça de lado para ficar o mais distante possível dele.

— Diferente? Não consigo lembrar de uma época em que não odiei você, e posso assegurar que isso não mudou.

Um som baixo brota na garganta dele.

— Você vai mudar de ideia. É questão de tempo.

— Sim, como poderia ser diferente se você me ataca nos túneis?

— Eu não teria que fazer isso se você me deixasse vê-la em seu navio.

Niridia tem ordens expressas para jogar Tylon no mar à primeira vista. Fui informada de que ele foi obrigado a nadar várias vezes antes da nossa partida para caçar Vordan.

Usar meu canto em Tylon seria um desperdício. Finalmente consigo libertar um braço e o uso para empurrar seu peito, fazendo-o cambalear para trás. Dou um belo chute em seu estômago.

Ele cai no chão, lutando para respirar.

— Sei que você não é o pirata mais inteligente por aqui — digo enquanto me inclino sobre seu corpo. — Então vou explicar bem devagar: você e seus avanços não são desejados. Da próxima vez que me tocar, vai encontrar uma bala de ferro em seu estômago, em vez do meu pé.

🐚

Peixe com manteiga e carne de porco salgada deixam um cheiro no ar de dar água na boca. Prometo a mim mesma que terei tempo para uma refeição quente mais tarde.

Vários dos homens estão almoçando no refeitório. Mesas após mesas estão repletas dos melhores pratos. Desde frutas cortadas, passando por pães quentes até frutos do mar frescos e rum envelhecido. Só o melhor é servido na fortaleza do rei pirata. Podemos nos dar ao luxo de receber remessas regulares de alimentos perecíveis. No ritmo em que as coisas estão, em pouco tempo meu pai comprará toda Maneria. O dinheiro flui para a fortaleza, vindo dos mercadores e nobres que pagam pela segurança de seus navios. Alguns dos piratas sob controle do meu pai nem sequer precisam deixar a fortaleza. Nem desejam fazer isso: tudo o que um homem pode querer é encontrado aqui. Um bordel flutuante fica ancorado em uma das cavernas. Comida e rum ilimitados são fornecidos para todos.

Estou acostumada a me encararem, a me olharem feio ou com desejo sempre que estou na fortaleza. Só os capitães dos navios sabem quem sou. Para a maioria, sou um mistério. Por que o rei pirata se incomodaria em reivindicar uma mulher como filha? Por que ele me tem em tão alta estima? Por que sempre recebo as missões mais perigosas e importantes? Alguns sentem inveja, outros ficam curiosos ou perplexos. Outros gostariam que eu não fosse tão capaz de me defender sozinha.

Analiso o ambiente com muito cuidado, procurando meu pai, mas ele não está aqui. Paro um dos cozinheiros que leva uma bandeja de pães redondos até uma das mesas.

— O rei já almoçou, Yalden?

— Não, capitã — ele responde. — Ouvi dizer que ele ficou trancado na sala do tesouro a maior parte da manhã. Ainda não deve ter saído de lá.

— Obrigada...

A madeira se choca contra a rocha quando as portas do outro lado da sala se abrem de repente. O ambiente fica imediatamente em silêncio. Todo mundo tenta adivinhar o humor de Kalligan. Mesmo sem sua frota, meu pai é uma figura impressionante. É um gigante entre os homens, com mais de um metro e oitenta de altura e a constituição física de um touro.

Os homens saem do seu caminho enquanto ele caminha até o centro do refeitório, e as mesas praticamente tremem com a força de seus passos. Ele vasculha os rostos enquanto anda. Que as estrelas ajudem quem quer que ele esteja procurando.

— Praxer! — ele por fim grita, quando vê um homem de óculos com mais fixador do que cabelo na cabeça.

— Meu rei? — Praxer abandona sua refeição e se levanta, embora esteja prestes a molhar as calças.

— Eu falei para você que havia algo de errado com a remessa de Calpoon, não falei?

— Falou, e eu revi o inventário mais duas vezes. Achei o baú de moedas desaparecido e o acrescentei ao restante do tesouro.

— E você atualizou os livros? — A voz do meu pai se torna estranhamente calma.

O sangue foge do rosto de Praxer.

Meu pai fica cara a cara com o homem, sem se incomodar em controlar a voz desta vez.

— Dois navios foram despachados semana passada para punir Lorde Farrek por me dever dinheiro! Será um milagre se a fragata os alcançar a tempo de retirar a ordem. Que tipo de mensagem *você* acha que os senhores da terra vão receber *se eu começar a puni-los por me pagar*?

— Não vai acontecer de novo.

— Você é destro, certo?

O homem quase careca gagueja antes de encontrar sua voz.

— Sim, meu rei, por que...

— Segurem-no.

Dois homens sentados perto de Praxer ficam em pé e o seguram. Provavelmente são seus amigos, mas amizade não significa nada quando uma ordem é dada pelo rei.

Kalligan espalha os pratos cheios de comida quando passa o braço na mesa e joga tudo do chão. Quem está sentado ali perto fica paralisado, com medo de atrair sua atenção.

Com uma mão na cabeça e outra nas costas do homem, o primeiro dos amigos de Praxer enfia o rosto dele contra a mesa. O segundo estica o braço esquerdo de Praxer no tampo de madeira.

— Não, meu rei, por favor...

Praxer grita quando o sangue espirra nos homens e nas mesas ali perto.

— Falhe comigo novamente e perderá a outra mão também. Olhe para mim!

Praxer está caído no chão. Ele abafa os gritos por tempo suficiente para encarar os olhos do meu pai.

— Um homem sem mãos não tem serventia para mim. Você entendeu?

— S-s-sim — ele geme.

Kalligan limpa o alfanje na manga da camisa de Praxer enquanto supervisiona a plateia. Seus olhos pousam em mim. Ele ergue a sobrancelha direita bem de leve, por menos de um segundo. Eu aceno com a cabeça.

— Partiremos para a Isla de Canta em um mês — diz ele para o salão. — Espero que vocês, imbecis, consigam manter os membros nesse meio-tempo. Chega de erros.

Praxer geme enquanto balança o corpo para a frente e para trás, segurando o punho um pouco acima de onde sua mão estava momentos antes.

Kalligan passa por cima dele para seguir em direção à porta.

— Olá, pai — digo quando o alcanço. Não é uma tarefa simples, já que as pernas dele percorrem distâncias muito maiores do que as minhas. É uma pena que eu não tenha herdado um pouco mais de sua altura. Ele é uns trinta centímetros mais alto do que eu. Não há um único homem que conheço que não fique sob sua sombra.

— Sua viagem teve êxito — diz ele como um fato, não como pergunta.

— Sim, senhor. Aquele saco de merda do Vordan está sendo levado para as masmorras.

— E o mapa?

Paro de caminhar, e ele faz o mesmo, me encarando. Cerro o punho e tiro do bolso o colar com o mapa.

Seu mau humor desaparece imediatamente quando ele o pega nas mãos.

— Você é a única em quem posso confiar para fazer as coisas direito. — Ele me dá um tapa nas costas com a mão imensa, e fico satisfeita com o sinal de afeto. É um sinal bem grande dele, e muito raro. — Vamos celebrar esta noite. Pedirei para um dos cozinheiros abrir um Wenoa 1656. — Ah, é um bom ano. — Já interrogou Vordan?

Não posso dizer a ele o que Vordan me contou. Mesmo que eu não acredite no que ele disse. E é claro que não acredito. Não há motivo para mencionar.

Com cuidado para manter minha voz normal, digo:

— Interroguei. Ele cantou como um passarinho. Tenho uma lista dos nomes de todos os homens nas nossas fileiras que trabalham secretamente para Vordan.

Meu pai me observa com cuidado

— Qual é o problema? — ele pergunta.

Ele não está *controlando você*, digo para mim mesma. Por que preciso me reassegurar disso?

Me apresso em pensar em algo crível para dizer.

— Você acha que encontraremos minha mãe? Quando chegarmos à Isla de Canta? — Assim que pronuncio as palavras, percebo que há uma curiosidade genuína por detrás delas.

Mesmo assim, fico preocupada com a reação dele. E se ele presumir que não acho que ele seja bom o bastante? Que eu preciso mais do que simplesmente dele? Mas é errado que uma garota queira conhecer a mãe?

— Para seu próprio bem, espero que não. A rainha sereia é uma criatura verdadeiramente ameaçadora, não mais do que um monstro marinho em uma caça febril por presas humanas. Ela mataria você antes que você pudesse dizer quem é, e, mesmo se conseguisse pronunciar as palavras, duvido que fizesse diferença. Elas não são como nós, Alosa. Você já viu muito bem o que acontece quando sua natureza de sereia toma conta de você. Imagine criaturas que têm só um lado. Aquele lado.

Meu sangue gela. Eu esperava encontrar minha mãe pelo menos uma vez, mas talvez seja melhor tentar não criar memórias que eu não quero ter.

— Sugiro — prossegue Kalligan — que se prepare para matar todas as sereias que encontrar.

🐚

Meu pai convoca uma reunião para que todos os capitães se apresentem na fortaleza. Mais da metade deles está espalhada por Maneria, a trabalho, e ele despacha pássaros Yano a fim de pedir o retorno imediato de todos. Já que sabia que eu estava prestes a chegar, ele não se incomodou de poupar uma ave para consertar o engano do pobre Praxer. E, honestamente, não me surpreenderia se meu pai resolvesse fazer um espetáculo de fúria e violência só para lembrar todo mundo do que acontece com aqueles que o desapontam.

Definimos a partida para a Isla de Canta em um mês, com ou sem o restante da frota. Os capitães que não conseguirem chegar a tempo não partilharão dos nossos espólios. Tenho certeza de que todos vão se apressar.

Minha barriga está cheia. Eu me lavei e troquei de roupa. Meu cabelo ruivo desce pelos ombros, roçando no espartilho verde. Gosto de ter minha melhor aparência quando estou cercada pelos homens mais importantes da fortaleza, para lembrá-los de que sou sua princesa e de que serei sua rainha algum dia. E preciso de uma injeção extra de confiança, dada a incerteza crescente nas minhas entranhas ultimamente.

Meus olhos estão azul-escuros. Reabasteci minhas habilidades mais uma vez depois que interroguei Vordan em meu navio. Ainda que a maioria não ouse tentar nada comigo ou com minha tripulação e correr o risco de enfurecer seu rei, é tolice entrar em um território no qual estou cercada pelos homens mais sedentos de sangue do mundo e não estar completamente preparada.

— Cale a boca, Timoth, ou terei que enfiar meu alfanje nela. — Em geral meu pai chama a atenção em uma reunião com uma ameaça. Ainda que quase todo mundo estivesse conversando, destacar um homem é suficiente para silenciar todo o salão. Em especial depois da manifestação de poder do meu pai ontem.

Tento desesperadamente ignorar o espaço que Tylon ocupa. Ainda estou furiosa pela emboscada que ele armou para mim ontem. Saco de mijo arrogante. Como se algum dia eu fosse querer me associar a ele. Tylon é só alguns anos mais velho do que eu, e meu pai o adora (tanto quanto um pirata implacável pode adorar qualquer coisa) porque ele obedece imediatamente às ordens sem questionar. Nunca pensa duas vezes antes de entregar outros piratas na fortaleza por má conduta, o que o torna impopular com todos, mas uma estrela aos olhos do meu pai. Sua maior falha, no entanto, é presumir que eu me aliarei a ele. Ele parece pensar que vou querer compartilhar meu direito de primogenitura com ele depois que meu pai se retirar; que, ao se envolver comigo, ele se tornará o próximo rei pirata. Eu o esfaquearei durante o sono antes que isso aconteça. Eu me tornarei a rainha pirata quando meu pai se aposentar, e não vou dividir meu poder com ninguém.

— O momento pelo qual todos esperávamos finalmente está diante de nós — meu pai diz. Ele é uma figura imensa na cabeceira da grande mesa de carvalho. Está em pé, enquanto o restante de nós está sentado, para que não esqueçamos quem está no comando.

Como se ele precisasse disso. O tamanho dele é suficiente para que ninguém tenha dúvidas sobre sua condição. Ele sempre mantém a barba e o cabelo curtos. Tem algo a ver com não permitir que isso obstrua sua linha de visão. Uma vez ele tentou cortar meu cabelo para me tornar uma pirata melhor. Eu falei onde ele podia enfiar a tesoura e, em vez disso, ele a enfiou na minha perna.

Meu pai certamente me criou com métodos não convencionais; às vezes uma raiva derretida irrompe quando me lembro do passado. Então me recordo do aqui e do agora. Ninguém consegue me derrotar com uma lâmina, exceto talvez meu pai. Ninguém consegue percorrer uma distância maior do que eu. Ninguém consegue ter mais energia do que eu. Os outros piratas me temem. Tenho orgulho desses fatos. Foi só por causa do meu pai que conquistei tudo isso. Além das habilidades que ele me deu, há todas as boas lembranças que tenho dele. Quando ele me deu minha primeira espada. Da vez que acariciou meu cabelo e falou que eu me parecia com minha mãe. As piadas e o riso que compartilhamos quando conseguimos passar algum momento juntos, em privacidade. Essas lembranças são entrelaçadas com vários mistérios, mas todo mundo ama e se ressente de seus pais, certo?

Você pode tentar racionalizar, Alosa. Ele é seu pai. Seu único objetivo sempre foi tentar torná-la mais forte. Fazer de você uma sobrevivente. Mas os pensamentos em sua mente parecem ser seus? Ou são pensamentos dele para que você retorne para ele mais uma vez?

Não estou racionalizando. Estou levantando fatos. Fatos. Frios. Duros.

Não estou sob o controle de ninguém.

— O mapa de Vordan era o último dos três fragmentos, a peça final para nos levar pelo resto do caminho até a Isla de Canta — diz meu pai, me afastando dos meus pensamentos. — Passei anos examinando o primeiro mapa, o mapa que era do meu pai e do pai dele antes dele. O mapa que passou por gerações de Kalligan ao longo dos séculos, e que mantivemos em condições impecáveis. A segunda parte do mapa nos foi trazida pela capitã Alosa Kalligan. O fragmento dos filhos de Jeskor estava escondido em seu navio, embora os dois rapazes fossem estúpidos demais para perceber. O terceiro pedaço chegou hoje, também trazido pela capitã Alosa.

Os olhos do salão se voltam para mim. Muitos com inveja – eles gostariam de ser favorecidos assim pelo rei.

— Vamos zarpar em trinta dias — meu pai prossegue. — Chegaremos à Isla de Canta, e seus tesouros serão nossos.

— Viva! — comemoram os piratas no salão.

— Capitães, qual a situação de seus navios?

— Tenho quase vinte barris de pólvora no *Fúria Negra* — informa o capitão Rasell. — Cinquenta homens aguardam minhas instruções.

Tylon é o próximo, e faço o possível para não franzir o cenho.

— Tenho cinco canhões lança-arpão acoplados ao *Segredo Mortal* e mais de uma centena de arpões individuais que podem ser lançados de botes a remo.

— Vamos acertar as feras! — proclama o capitão Adderan, e o salão ruge de excitação. Pela primeira vez, a ideia de viajar até a ilha me deixa enjoada.

Ele encontrou algo naquela ilha em que conheceu sua mãe. Uma arma. Um dispositivo que o protege das sereias. Um dispositivo que permite que ele as controle.

E assim a reunião prossegue enquanto vinte capitães piratas listam suas contribuições mais valiosas para a viagem. Os outros trinta e tantos capitães estão correndo para conseguir chegar à fortaleza a tempo para a viagem, e alguns acabarão ficando para trás de todo jeito para defender o lugar enquanto o restante de nós segue em busca do tesouro.

— Capitã Alosa — chama meu pai, em expectativa.

Engulo minha inquietação e deixo de lado as imagens de sereias sendo arpoadas como baleias, prometendo a mim mesma que nada vai me impedir de viajar até a ilha. É importante demais. E meu pai já teve que me lembrar recentemente que se trata de feras não humanas. Eu sei disso. Experimentei na própria pele o que acontece quando submerjo na água.

— Tenho uma tripulação formada por vinte e oito mulheres — digo simplesmente.

Adderan bufa.

— Mulheres. Ótimo. Os homens terão companhia durante a viagem. — Alguns outros no salão ousam dar risadinhas irônicas ao ouvir o comentário.

Os homens podem reconhecer meus talentos e propósitos, ainda que não gostem deles. Mas as outras mulheres piratas não contam com tal deferência.

Meu pai não defende minha tripulação. E eu nem gostaria que isso acontecesse. Posso fazer isso sozinha.

Os capitães piratas e o mestre das masmorras são os únicos na fortaleza que sabem sobre minhas habilidades, então não preciso escondê-las deles neste salão.

Canto uma nota retumbante, algo que não passaria despercebido por ninguém nas redondezas. Adderan se levanta de sua cadeira e corre até dar de cara com a parede. O contato abre uma linha fina em sua cabeça, mas não o deixa inconsciente. Quero que ele esteja totalmente desperto quando eu o humilhar.

— Quando as sereias encantarem todos vocês para acabarem com suas vidas — digo —, minha talentosa tripulação *feminina* não será afetada. Seremos as únicas capazes de realmente alcançar o tesouro e fazer a jornada de volta para casa.

O salão fica em silêncio. Os homens de Kalligan precisam se lembrar de que não são mulheres comuns que defendem a Isla de Canta.

— Muito impressionante, capitã Alosa — diz Tylon, e viro a cabeça na direção dele —, mas há um remédio simples para tal problema. Acredito que você vivenciou isso enquanto foi prisioneira de Vordan.

Ele tira algo do bolso, parte em dois e enfia nas orelhas. Cera.

Eu me viro para o homem que está à direita de Tylon.

— Capitão Lormos, por favor, me ajude a provar meu argumento e dê um tapão na cabeça de Tylon.

Tylon deve ter presumido que minha boca estava se movendo para expelir notas encantadas. Ele dá um sorriso condescendente com sua invencibilidade. Então Lormos, que é especialmente adepto da violência, diz:

— Com prazer. — E atende ao meu pedido. Não preciso cantar uma nota.

Tylon grunhe e olha para sua direita, já preparando os punhos para a retaliação. Meu pai ergue as mãos, um movimento simples para ordenar que a violência cesse. Tylon obedece de mau humor e tira a cera dos ouvidos.

— O canto não é a única coisa com a qual vocês precisam se preocupar — digo. — Vocês também estarão impossibilitados de se comunicarem uns com os outros, e a sereias podem chegar facilmente até vocês.

— Podemos deixar homens vigiando em todas as direções. Todos estarão protegidos — alega Tylon, na defensiva.

Dou uma gargalhada mal-humorada.

— Você está sendo ingênuo. Isso custará vidas. — Se tivermos sorte, a *dele*.

— Meus homens ficarão bem. Não presuma ser a capitã de outra tripulação que não a sua.

— Não subestime minha tripulação insinuando que elas só servem para procriar!

— Foi Adderan que disse isso! Você...

— Já chega — a voz do rei pirata ressoa no aposento. Poderosa. Definitiva. Afasto os olhos do rosto enraivecido de Tylon e percebo que todos os capitães no salão estão olhando para nós dois.

— Deixe disso e trepe logo com o rapaz! — grita o capitão Sordil do fundo do salão. Eu o corto ao meio com meu olhar. No entanto, antes que possa fazer mais do que isso, meu pai continua, chamando a atenção de todos mais uma vez.

— A capitã Alosa já provou seu argumento — diz ele. — E é por isso que ela e o *Ava-lee* navegarão logo atrás do *Crânio de Dragão* nesta viagem até a Isla de Canta.

Atrás?

Porque o navio do meu pai levará uma arma secreta que poderá controlar as sereias? Ou porque ele precisa manter sua posição na liderança da frota?

O silêncio cai sobre a sala com esse pronunciamento. Então Adderan fala:

— Tem certeza de que é uma boa ideia? Será que a *Lâmina do Morto* não seria uma escolha melhor para ter na sua retaguarda? — O navio dele. — É maior e mais...

— Está questionando minha decisão? — meu pai pergunta, e sua voz é como um chicote.

Adderan imediatamente revê suas palavras.

— Uma sábia decisão, senhor. O *Ava-lee* deve ir em segundo.

Kalligan assente com a cabeça.

— Ótimo. Você pode ficar na retaguarda, Adderan. — Dou um sorriso presunçoso para Adderan enquanto meu pai começa a falar sobre os outros detalhes da viagem, até concluir a reunião. — Alosa, Tylon, fiquem.

Os capitães deixam a sala, sorrindo e batendo uns nos ombros dos outros. Finalmente está acontecendo. Esperamos anos para navegar em busca dos tesouros inimagináveis que nos esperam na Isla de Canta. Agora já podemos contar os dias.

— Essa viagem *será* tranquila — Kalligan diz depois que o último homem sai e a porta se fecha. — E não permitirei que um desentendimento mesquinho de dois adolescentes fique no caminho disso. Está entendido?

— É claro — responde Tylon imediatamente, sempre o fantoche disposto a agradar.

— Não há desentendimento — garanto. É mais uma aversão flagrante.

— O que quer que seja, acaba agora. Você não vai mais depreciar os outros capitães nas reuniões, Alosa. E, Tylon, você poderia muito bem ouvir os conselhos que a capitã Alosa tem a oferecer.

Tylon assente. Eu bufo e reviro os olhos diante daquela cena. A obediência quase canina de Tylon é o suficiente para...

Meu pai voa na minha direção, rápido como um trovão. Não me mexo, sabendo que, o que quer que esteja por vir, vai ser melhor se eu não resistir.

Em um piscar de olhos, estou presa contra a parede. Uma adaga vem na minha direção, perfurando a madeira bem ao lado do meu olho direito.

— Você não será desrespeitosa na minha presença — diz Kalligan. — Ou essa adaga vai se mover um pouco para a esquerda.

Você não precisa dos dois olhos para que sua voz funcione.

Encaro aqueles olhos grandes e ferozes. Não tenho dúvidas de que ele fala sério. E, antes que ele tente fazer mais do que me assustar, tenho que ceder.

— Peço desculpas — digo.

Viu só? Eu o desafio o tempo todo. Não pedi desculpas porque ele me controla. Eu fiz isso porque... porque... Não consigo completar o pensamento.

Só sou útil para ele enquanto tenho uma voz? Se eu fosse muda, ele ainda me amaria, ainda me deixaria ser capitã de um barco de sua frota?

Ele deixa a adaga no lugar e vai embora. Quando me afasto, mechas de cabelo são arrancadas da minha cabeça, presas pela adaga, e ficam fincadas na parede.

CAPÍTULO
5

As masmorras estão localizadas nas profundezas da terra. São tortuosas e retorcidas, como se tivessem sido criadas por uma minhoca monstruosa. O cheiro de mofo se prende às minhas narinas, e a umidade rançosa do ar pressiona minha pele de maneira desconfortável. Alguns dos túneis deslizam direto para o mar e permitem a entrada da água. Com as marés, algumas das celas se enchem até o teto. Um benefício adicional quando se trata de fazer prisioneiros falarem.

Threck é o guardião das masmorras. É um sujeito magro que parece ter saído de dentro de um túmulo. Suas roupas e pele são sujas de terra, e ele usa o cabelo solto e emaranhado. Mas o fato de morrer de medo de mim é o que o torna divertido.

Neste momento, no entanto, não consigo achar diversão em muita coisa.

Bato com os punhos na entrada das masmorras, uma grande porta de madeira com uma janela com grades.

— Threck! — eu o chamo. — O rei me mandou interrogar o novo prisioneiro.

Uma mentira.

Eu vim por conta própria.

As masmorras são imensas, mas meu grito é levado em um eco alto demais de um túnel até o outro. Depois que o som morre, o silêncio é a única coisa que escuto por vários instantes, e me pergunto se ele vai fingir que não me escutou. Mas Threck é esperto demais para isso. A última coisa que você quer é irritar alguém que assusta você.

Um som lento de alguma coisa se mexendo soa e vai ficando cada vez mais alto, até que percebo passos bem do outro lado da porta. A janela com grades me permite olhar do outro lado, mas Threck deve estar abaixado, porque não consigo ver sua cabeça.

Uma chave desliza por baixo da porta, e os passos se afastam apressados.

É difícil dizer se me sinto mais orgulhosa ou ofendida pela reação dele a mim.

Tiro uma tocha do suporte na parede e a acendo. A escuridão nas masmorras da fortaleza é diferente de todas as outras. Nenhuma luz natural consegue penetrar aqui embaixo. Isso suga toda a esperança dos prisioneiros mantidos neste lugar. Eu sei bem – fiquei aqui várias vezes.

No entanto, Threck não parece se incomodar. Ele conhece as masmorras tão bem que consegue atravessar todo o ambiente sem luz nenhuma.

Passo por fileira após fileira de celas vazias. Elas nunca ficam ocupadas por muito tempo. Quando chego a uma das poucas em uso, eu paro.

— Draxen.

O filho mais velho de Jeskor não se move ao som de seu próprio nome. Ele está sentado no chão de pedra e olha fixamente para a parede oposta à entrada da cela. Assim como o irmão, Draxen mudou um pouco. Só que as mudanças dele foram para pior. Seu cabelo escuro passa da altura dos ombros em cachos embaraçados. A camisa parece grande demais. Ela pende em seus ombros ossudos e se espalha no chão atrás dele. Deve ser por causa da dieta dos prisioneiros, à base de mingau frio. Mas às vezes, se você tem sorte, um rato entra na cela.

— *Princesa* — diz ele, e cospe no canto. Agora vejo que ele tem uma pedra nas mãos, que joga no ar e pega novamente. É preciso passar o tempo de alguma forma. Eu abotoava e desabotoava meu casaco. Isso quando minhas mãos não estavam acorrentadas acima da cabeça, claro.

— Que belo clima estamos tendo — digo enquanto estremeço de frio. Como Draxen aguenta ficar sem casaco? Parece que ele está usando a peça como almofada sob o traseiro.

— O que você quer? — ele pergunta.

— De você, nada. Eu estava de passagem.

— Então pode ir em frente.

— Não percebi que você estava ocupado.

Ele se vira com meu comentário irônico e arremessa a pedra na minha direção. Eu desvio o melhor que posso na escuridão, mesmo assim ela raspa na lateral do meu braço.

— Isso dói, seu bastardo — digo.

— Para o inferno você e sua feitiçaria.

— Feitiçaria?

— Você fez alguma coisa comigo. E com Riden. Você o enfeitiçou de alguma forma. E quase o matou. Então, quer chame de feitiçaria ou não, por mim você pode ir se enforcar na árvore mais alta que achar.

Dou risada. Não é de zombaria, mas uma resposta sincera à tolice dele.

— Está furioso *comigo?* Você se lembra que me sequestrou? Que me obrigou a testemunhar as torturas mais nojentas que já vi? Você tentou me forçar a fazer coisas com você, e seus homens tentaram me matar. E tudo para roubar um mapa.

Apesar de sua péssima atitude, enfio a mão no bolso e jogo algo na direção dele. Faço questão de acertar a parte de trás de sua cabeça antes de seguir em frente.

Ouço as mãos dele procurarem furiosamente na escuridão para pegar o que joguei. O som de sua mastigação é tão alto que consigo ouvir pelos próximos seis metros.

Pão fresco, direto da cozinha. Não sei o que me fez trazer isso para ele, mas eu trouxe mesmo assim.

Agora, vamos ao motivo pelo qual realmente vim até aqui.

A cela de Vordan fica em um canto desagradável, onde a maré sobe. A água chega aos seus tornozelos. Ele deve estar congelando.

Ótimo.

Eu o odeio. Odeio o fato de ele estar aqui.

— Alosa — diz ele quando percebe minha presença. Só o tom de voz me faz estremecer. O jeito satisfeito, autoconfiante, como ele se comporta, mesmo preso atrás das grades.

— Me conte mais — sussurro, embora saiba que estamos sozinhos.

— Como é? Eu não entendi.

— Me. Conte. Mais.

— Sobre o quê? — pergunta ele, brincando comigo.

Eu estouro. Minha voz sai como um trovão. Eu o enterro sob uma montanha de neve, faço-o sentir um frio tão penetrante que ele vai se esquecer de que existem outras sensações. Eu o empurro da falésia mais alta, deixo-o cair sem parar, rodopiando em uma velocidade impossível, sabendo que está prestes a morrer e que não é possível evitar. Eu o trago de volta à sua cela, faço as paredes balançarem enquanto um vulcão explode nas redondezas e o calor escorchante o afoga. Sem parar, lanço horror após horror nele.

Quando paro, ele está trêmulo, com a respiração ofegante.

Controlo minha raiva o bastante para dizer:

— Ainda posso ferir você, Vordan. Me diga o que sabe ou podemos continuar com isso. Não estou me sentindo particularmente paciente hoje, então deixe a enrolação de lado.

Ele precisa de quase um minuto para encontrar sua voz.

— Você... — Ele respira fundo. — Você é um monstro.

— E você deixou o monstro zangado. Comece a falar.

— Eu não... eu não sei de mais nada.

Abro a boca.

— Eu juro! — ele grita.

Eu inclino a cabeça de lado.

— Meu homem não conseguiu pegar nada do estúdio do rei. Ele só me contou o que viu. Algum tipo de dispositivo e um bilhete escrito com a caligrafia de Kalligan, descrevendo o que ele faz. Você já sabe que não estou mentindo a esse respeito. Eu falei a verdade sob influência das suas habilidades.

Estou mais frustrada do que antes. Não posso confiar no inimigo em vez de confiar no meu próprio pai.

No entanto, depois do que meu pai fez, ameaçando arrancar meu olho porque minha voz ainda funcionaria sem ele...

Ele só está sob pressão por causa da viagem que se aproxima. Ele não faria isso de verdade.

Mas você já não sabe que ele não faz ameaças vazias?

Como posso questioná-lo? Depois de tudo o que ele fez por mim?

Está falando dos espancamentos e das prisões?

Não! Ele me criou. Me treinou. Me tornou imbatível.

Ele transformou você em seu bichinho de estimação leal.

Eu rosno.

— Você! — explodo com Vordan. — Você colocou essas ideias na minha cabeça.

Ele se levanta, erguendo o corpo todo até o máximo de sua altura pouco expressiva, com uma perna dobrada de modo esquisito para trás.

— Eu não poderia ter criado dúvida se já não houvesse uma semente plantada.

É isso.

Já chega.

Só existe um jeito de me livrar da incerteza de uma vez por todas.

CAPÍTULO 6

— Você quer que eu a ajude a invadir o escritório do seu pai?
— Sim.
— Tudo bem — diz Riden.
Eu espero, na expectativa de mais. Quando ele não fala nada, pergunto:
— É isso? Você não tem nenhuma pergunta? — Nenhuma palavra condescendente para jogar na minha cara? Nenhuma condição ou regra? Nenhum *eu-não-disse*?
— Eu escutei quando você interrogou Vordan, lembra? Se fosse comigo, eu faria a mesma coisa.
Percebo que ele não vai usar isso como uma vantagem contra mim. Não está dando o mesmo sorrisinho irônico de Vordan. Não está satisfeito consigo mesmo ou feliz com minha dor.
Ele quer ajudar.
Riden me confunde mais do que nunca.
Mas não tenho tempo para pensar nisso.
O que vamos fazer é perigoso. Traiçoeiro. Se meu pai nos pegar, estaremos mortos. É por isso que estou trazendo só três pessoas comigo: Athella, porque ela consegue atravessar qualquer porta;

Sorinda, porque ela pode matar qualquer um que se coloque no nosso caminho; e Riden, porque...

Eu só quero que ele esteja comigo.

Nós quatro deixamos o navio e entramos na fortaleza. Nos esgueiramos pelas paredes de caverna após caverna, espiando em cada curva e cruzamento, para ter certeza de que está tudo livre antes de prosseguirmos. Está ficando tarde, e só podemos esperar que a maioria dos piratas já tenha ido dormir.

Quando alcançamos a porta, deixo Sorinda e Riden em cada extremidade do túnel como vigias. Athella se ajoelha para inspecionar a fechadura e eu fico parada atrás dela. Meus dedos começam a se agitar, então cruzo os braços.

Athella assobia baixinho.

— Psiu — digo, lançando um olhar nervoso na direção dos aposentos do meu pai.

— Desculpe — ela sussurra. — É que o rei não quer *de verdade* que alguém entre aqui. Ele tem uma dessas fechaduras novas e chiques de Wenoa, com fecho cilíndrico. A maioria dos arrombadores ainda não conseguiu descobrir como produzir as ferramentas necessárias para atravessar isso.

— Então você não consegue arrombar?

Um sorriso malicioso se espalha pelo seu rosto.

— Eu não disse isso, capitã. Não sou uma arrombadora mediana. Só vou precisar de um tempinho.

— Não sei quanto tempo você tem.

— Então é melhor eu começar logo.

Ela desenrola o pano onde guarda as ferramentas, pega um pedaço de metal cilíndrico e oco e o coloca no buraco. Então pega uma pinça e começa a cutucar nas beiradas. Agradeço às estrelas por ter Athella na minha tripulação. Minhas habilidades de arrombadora não são nem de perto tão avançadas quanto as dela.

— Uma mola poderosa — ela murmura para si mesma e ajusta os dedos de leve.

Percebo que estou segurando a respiração enquanto ela trabalha, então me obrigo a soltar o ar dos pulmões.

— Se conseguir abrir isso, você pode ficar com metade da minha parte no nosso próximo saque.

Ela dá uma risada.

— Se? Capitã, assim você me magoa.

— Alguém está vindo! — Sorinda sussurra através da luz bruxuleante da tocha.

Athella enfia as ferramentas e o pano em seu espartilho antes de se levantar.

— O que faremos?

Não tive tempo para me banhar com mais canto. Fiquei praticamente fazia depois de soltar tudo o que tinha em Vordan, então precisamos ser espertos para escapar dessa situação. E, se for meu pai se aproximando, meu canto não vai servir de nada. Como Vordan disse, minhas habilidades nunca funcionaram nele.

Aceno para Riden. Ele se junta a nós, e começo a rir e a caminhar na direção dos novos passos.

Athella e Riden entram no jogo rapidamente, relaxando suas expressões. Athella solta uma risadinha, e Riden sorri abertamente. Sorinda nos alcança, com um sorriso forçado e desconfortável, mas rapidamente mascara o rosto com sua usual apatia. Sorinda não tem muita prática em atuar. Ela prefere simplesmente passar desapercebida, mas isso é impossível neste momento.

— Mas o cretino estava tão zangado que me desafiou para um duelo — digo, como se estivesse continuando uma história.

Alguns homens dobram a esquina, e continuamos a caminhar na direção deles, como se estivéssemos saindo da fortaleza.

— O que aconteceu depois, capitã? — pergunta Athella.

— Não tive escolha senão aceitar. Envergonhei o pobre homem na frente dos amigos.

Os passos pertencem a Adderan e dois de seus homens. Ele deve ter vindo para continuar a se desculpar com meu pai e para lhe dar garantias de sua lealdade.

Eles nos encaram de um jeito inapropriado, provavelmente pensando que somos prostitutas requisitadas pelo rei. Quer dizer, até que Adderan se digna a olhar para meu rosto. Ele faz uma careta quando me reconhece, e então se apressa a ir embora com os demais.

Eu quase desejo que ele me provoque. Adoraria uma desculpa para matá-lo.

Continuamos a caminhar muito tempo depois que os homens passam por nós. Então, só para ter um cuidado extra, digo em voz alta.

— Esperem! Esqueci uma coisa no navio.

Damos meia-volta e retornamos pelo túnel até alcançarmos a porta mais uma vez. Todos retomam seus postos.

— Eles foram embora — Riden anuncia de sua posição.

Athella pega suas ferramentas de novo em um instante. Desta vez é mais rápida com as mãos.

Vários minutos se passam, e ela continua cutucando a fechadura. Precisamos parar mais duas vezes ao ouvir o eco de passos, mas eram só pessoas seguindo por algum túnel adjacente. Não fizemos contato com mais ninguém.

Por fim, a fechadura emite um *clique* baixo.

— Consegui — anuncia Athella, baixinho. Ela guarda as ferramentas nos devidos lugares antes de se levantar. — Está pronta para você, capitã.

Um calafrio percorre minha espinha com esse anúncio. Estou prestes a fazer isso. Confiar em um senhor pirata rival em detrimento do meu pai.

— Athella, assuma a posição de Riden e fique de guarda.

Os lábios dela formam um beicinho.

— Em breve você vai ver o que tem lá dentro. Riden, você vem comigo.

Com Athella e Sorinda de guarda nas duas extremidades do túnel, pego uma das tochas da parede e entro no aposento com Riden logo atrás de mim.

O escritório parece ter sido escavado direto na rocha. As bordas têm cortes abruptos, como se uma picareta tivesse sido usada nas paredes. A decoração é opulenta, com um gosto parecido com o meu. Uma escrivaninha imensa está repleta de penas e pergaminhos arrumados. Todas as gavetas estão trancadas. A cadeira em frente ao móvel tem estofado de penas, provavelmente de ganso. Outra cadeira está recostada em uma das paredes, igualmente macia, com tecido preto no assento. Um armário do outro lado contém vinhos e duas taças. Uma namoradeira e uma estante ficam em outra parede. Uma tapeçaria retratando sereias e piratas envolvidos em batalhas está pendurada diante da escrivaninha perto da cadeira solitária.

Depois de colocar a tocha no suporte na parede, eu me ajoelho diante da escrivaninha e começo a trabalhar nas fechaduras das gavetas. Essas travas são brincadeira de criança se comparadas àquela que está na porta. Não preciso de Athella para isso.

— O que posso fazer? — Riden pergunta enquanto tento destrancar uma gaveta.

— Para começar, você pode ficar quieto. — Grosseiro, eu sei. Mas estou muito no limite para ser gentil agora.

A gaveta de cima se abre e eu deixo as gazuas de lado.

Só há dois itens aqui: um pedaço de pergaminho e uma haste de metal.

Pego a haste primeiro. É oca, não tem mais do que trinta centímetros, e símbolos de aparência antiga foram gravados no metal. O suposto dispositivo para controlar sereias? Ele não zumbe, nem pulsa, nem brilha, nem faz nada místico. Na verdade...

Examino com mais atenção a parte próxima a uma das aberturas. Reconheço a mão de obra. Hakin, um dos ferreiros da fortaleza, fez isso. É quase ilegível, mas é possível ver sua assinatura na ponta. Está escondida dentro de um dos símbolos antigos. Alguém que não fosse familiarizado com seu trabalho jamais veria.

Por que meu pai mandaria fazer algo assim? Não há um vidro para espionagem nem qualquer outra coisa dentro da haste – nada que pudesse torná-la útil. Embora provavelmente fosse possível espancar alguém com esse objeto, se o portador estivesse inclinado a tanto.

Na sequência, pego o pergaminho. Vejo rapidamente a caligrafia do meu pai, pequenas frases saltando diante de mim.

... controlar sereias...

... empunhar com cuidado...

... imunidade ao canto encantado...

Riden lê por sobre meu ombro, mas não me importo. Mais e mais coisas se tornam claras.

Deixo o pergaminho de lado e pego o dispositivo.

Dou uma gargalhada.

— É tudo falso. Ele não achou suspeito que meu pai colocasse uma fechadura avançada na porta e, mesmo assim, uma trava tão malfeita nessas gavetas? Provavelmente meu pai plantou isso para o espião, para lhe dar informações falsas. E isto — ergo a haste — é só um pedaço de metal. Vordan e seu espião são idiotas.

Meus ombros relaxam, toda a tensão abandona meu corpo por fim. Fui uma tola em ouvir Vordan. Por deixá-lo me enganar. É claro que meu pai teria alguma coisa neste lugar para espiões que conseguissem entrar aqui. Talvez eu volte àquelas masmorras mais uma vez antes de partirmos, para poder me livrar de Vordan para sempre.

Arrisquei nossas vidas por nada.

Devolvo os itens à gaveta e a tranco. Estou prestes a dar o fora daqui com Riden quando meus olhos passam mais uma vez pelo armário de rum.

Há *duas* taças. *Duas* cadeiras na sala. E meu pai é o único que já foi visto entrando ou saindo.

Me aproximo imediatamente da tapeçaria, puxando-a de lado e apalpando a parede, em busca de um interruptor de algum tipo.

E encontro um.

A parede balança para dentro, e minha respiração para com a visão na minha frente. Riden se junta a mim na abertura.

Uma mulher está sentada em outra namoradeira, encarando uma pintura do pôr do sol no mar pendurada na parede. Ela é a coisa mais bonita que já vi. Seu cabelo é vermelho vivo, encaracolado ao redor dos ombros como se fossem tentáculos de chamas. Sua pele é muito clara, como se nunca tivesse visto o sol. Seus cílios são compridos e tão ruivos quanto o cabelo. Sua forma se esconde sob um vestido simples. E, ainda que pareça frágil e um tanto abalada, sei que já foi forte e bonita.

Ela não se vira quando entro em seu aposento, embora saiba que ela me ouviu. Seus olhos se fecham brevemente, como se estivesse irritada pela perturbação.

Sinto lágrimas brotarem nas laterais dos meus olhos, mas não as deixo cair. Ainda não.

Tento falar, mas só consigo tossir quando as palavras ficam presas.

Então ela olha para mim, e aqueles olhos verdes demonstram tanta surpresa que confirmam minha suspeita de que ninguém jamais a viu neste quarto além do meu pai.

Tento falar de novo.

— Qual é o seu nome? — Desta vez as palavras são claras, mas, de algum modo, parecem muito altas.

— Ava-lee — diz a mulher, em uma voz tão bonita quanto o restante dela. Ela levanta a mão para cobrir a boca aberta e, então, a abaixa, com os dedos trêmulos. — Você é Alosa?

Desta vez as lágrimas vêm. Não consigo detê-las, nem tenho desejo de fazer isso.

— Mãe?

Ela se levanta em um movimento gracioso. Antes que eu perceba, está me abraçando tão apertado que mal consigo respirar. O abraço é estranho, algo que nunca experimentei antes, mas é delicioso. Uma coisa tão simples, mas que diz tanto sem ter que falar nada.

Mil perguntas se formam em minha mente, e todas tentam desesperadamente sair primeiro.

Como?

Quando?

Por quê?

Por quê parece ser a mais importante.

— Por que você está aqui? — pergunto quando consigo acalmar minhas lágrimas.

Ela dá um passo para trás para me olhar da cabeça aos pés.

— Você é linda. Não se parece em nada com ele. Que os oceanos sejam benditos. — Lágrimas caem dos olhos dela, e ela as toca como se não soubesse o que fazer com elas, antes de se concentrar em mim novamente. — Ah, minha doce menina. Por fim. — Ela me abraça mais uma vez, e me surpreende que algo tão frágil possa ser tão forte.

Alguém limpa a garganta atrás de nós. Entro em pânico por um momento, até que me lembro que é apenas Riden.

— Vou esperar ali fora — diz ele, nos dando alguma privacidade. Tenho certeza de que ele consegue ouvir tudo o que falamos, mas é gentil de sua parte mesmo assim.

— Quem é aquele? — minha mãe pergunta.

— Aquele é Riden. Ele é... membro da minha tripulação.

— Da sua tripulação?

— Sou capitã do meu próprio navio.

Ela sorri, mas parece um sorriso doloroso.

— É claro que sim. Você nasceu para mandar. Está em seu sangue.

Um silêncio preenche o espaço, e me lembro de quão desesperada estou por respostas.

— Por que você está aqui? — pergunto mais uma vez.

Ela passa a mão pelo meu cabelo, acariciando-o ao longo do comprimento, enquanto ainda se agarra a mim.

— Ele me trancou aqui depois que você nasceu. Já faz mais de dezoito anos. Dezoito anos sem você ou o mar.

— Mas por quê? — Eu me afasto dela, pois preciso ver seu rosto. De repente as palavras começam a jorrar. — Ele me disse que você me deixou. Que não me queria. Supostamente, você está na Isla de Canta. É uma fera irracional sem humanidade. — Estou chorando mais uma vez, por causa de tudo o que isso significa. Meu pai vem mentindo para mim desde que nasci.

Ela se encolhe com minhas palavras. Sua voz fica fraca.

— Por favor, não pense essas coisas de mim. Tentei escapar deste quarto tantas vezes para ir até você. Juro pelas vidas de todos aqueles a quem jurei proteger.

Meu coração dói e meu rosto se vira para baixo de vergonha.

— Eu sinto muito de verdade por ter acreditado nele. Não acredito mais.

É uma coisa estranha estar tão dividida por dentro. Estou transbordando de alegria por ter encontrado minha mãe, mas esse sentimento é esmagado pela dor da traição do meu pai.

Ouso erguer os olhos mais uma vez.

— Por que ele a colocou aqui?

— Ele nunca me disse, mas acho que não queria que eu influenciasse você. Uma mãe dividiria suas lealdades.

— Então por que ele não a matou?

Ela afasta os olhos de mim pela primeira vez.

— Você não quer saber.

Temo que já saiba.

— Por favor, me diga. Acho que preciso saber.

Ela parece pensar sobre isso por um instante.

— Você já é uma mulher crescida. — O rosto dela se entristece pelos anos perdidos. — Ele queria mais filhas. Mais sereias para controlar e manipular, como fez com você. Mais poder.

Bastardo desprezível. Mas paro de amaldiçoar seu nome por um instante.

— Eu tenho irmãs? — O pensamento é ao mesmo tempo excitante e apavorante, agora que sei do que meu pai é realmente capaz.

— Não. Não tenho sido capaz de lhe dar mais filhas. — Ela parece triste com o pensamento, e acho isso bastante peculiar.

— E você quer?

Os lábios perfeitos dela se contorcem em uma expressão de desgosto.

— Com ele? Não quero que ele me toque nunca mais. Mas eu teria gostado de ter tido muitas filhas. Eu queria ter podido criá-las e ensiná-las. Vê-las crescer. Ele tirou isso de mim. — Ela toca meus ombros com gentileza. — Mas estou bastante satisfeita em ver você agora.

Talvez devesse demorar mais do que alguns minutos para eu me virar contra o homem que me criou. Para mudar de lado com tanta facilidade. Mas como posso fazer diferente agora que sei o que ele fez com minha mãe? Uma mãe que *não* é uma fera irracional.

Uma onda de raiva toma conta de mim, esmagando qualquer lealdade que já tive pelo rei pirata.

— Eu não tinha ideia de que você estava aqui. Você precisa saber que, se eu soubesse, teria vindo até você imediatamente. Só estou aqui esta noite por acidente.

— Não se culpe. Não havia nada que alguém pudesse fazer. Sou meramente uma mulher quando estou longe do mar.

Quando a torrente de raiva amarga finalmente diminui, a decisão toma seu lugar.

— Bem, eu não sou. Vou tirar você daqui. Agora. Riden!

Ele volta ao quarto em um instante.

— Você consegue carregá-la? — pergunto.

— É claro.

Esta é uma situação muito perigosa... precisa ser conduzida com cuidado, mas minha mente está latejando, tão cheia que parece prestes a explodir.

Meu pai mentiu.

Minha mãe não é um monstro.

Ela é uma prisioneira.

Tenho que tirá-la daqui.

Mas e se formos pegos?

Não importa.

Preciso tentar.

— Você não vai passar mais uma noite neste quarto — prometo para ela.

— O que você pode fazer contra ele? Não vou colocá-la em perigo. Desde que ele não saiba que você sabe, você estará em segurança. Vá embora daqui. Fuja dele. Não se preocupe comigo.

Meu coração magoado se acalma com as palavras dela. Elas me fazem lembrar de uma conversa, ou talvez um interrogatório, entre Riden e eu.

Há tipos diferentes de pais. Aqueles que amam incondicionalmente, aqueles que amam com condições, e aqueles que nunca amam de jeito nenhum.

Minha mãe não me conhece, mas está colocando minha vida antes da dela. É assim que teria sido entre meu pai e eu?

Analiso depressa o ambiente, procurando alguma coisa que nos ajude a tirá-la daqui em segredo. Não há muita coisa. Uma cama desfeita com um colchão de penas. Uma namoradeira. Pinturas nas paredes. Alguns livros em uma prateleira.

Ela deve ter ficado louca aqui.

Pego um dos lençóis da cama e a envolvo com ele, tomando o cuidado de afastar todo o cabelo de seu rosto e escondê-lo sob o tecido. Sou conhecida pelo meu cabelo ruivo. Se alguém a vir, isso levantará o tipo errado de curiosidade.

— Ela precisa manter o cabelo coberto — digo para Riden.

Ele assente e, em um movimento, a levanta do chão e a pega com facilidade em seus braços.

Precisaremos zarpar imediatamente. Por sorte, acabamos de reabastecer nossos suprimentos depois da última viagem. Aonde podemos ir para que o rei pirata não nos encontre? Para terra firme? Não posso desistir do mar. Eu *ficaria* louca.

— Alosa — diz Riden.

— Sim?

— Olhe para mim.

Faço o que ele me pede.

— Vamos tirá-la daqui. Ela estará segura. Depois podemos planejar nosso próximo passo.

Percebo então o quão incrível Riden está sendo sobre tudo isso. Ele não me disse que meu pai era desprezível? Que eu era uma tola por segui-lo? Que ele não me amava de verdade?

Mas agora, quando tenho a prova de que tudo isso é verdade, ele não está ameaçando nem é condescendente.

Ainda está me ajudando.

Está segurando minha mãe com tanto cuidado que, só de ver isso, tenho forças para fazer o que preciso fazer.

— Vamos.

CAPÍTULO 7

Sorinda não diz uma palavra quando Riden e eu saímos do estúdio do meu pai. Ela nem sequer parece surpresa.

Já Athella...

— Quem é ela, capitã?

— Agora não temos tempo. Sorinda, pegue Athella e vá buscar Draxen nas masmorras. Vamos deixar a fortaleza, mas não diga para ninguém. Vocês precisam ser discretas.

— E por acaso eu já agi de forma diferente? — pergunta Sorinda. Sem esperar pela resposta, ela pega o braço de Athella e a leva embora.

— Temos que ser rápidos — digo para Riden —, mas sem despertar suspeitas. Caminhe ao meu lado. Não fale com ninguém se formos parados. Me deixe cuidar de tudo.

Ele me olha por um instante, com uma expressão de surpresa no rosto.

— O que foi?

— Obrigado pelo meu irmão.

— Não é nada.

— Não. Para mim é tudo.

A gratidão dele está sobrecarregando meu coração já prestes a explodir.

— Então, de nada. Agora vamos.

— Mostre o caminho.

Caminhamos em ritmo acelerado. No entanto, mal demos alguns passos quando Riden sussurra meu nome.

— O que foi?

— Depois que dermos o fora daqui, quando estivermos em segurança, longe da fortaleza do rei, quero conversar com você sobre uma coisa.

— Sobre o quê?

— Alosa? — Uma nova voz vem pelo túnel, e está próxima demais.

Tylon.

— Vá em frente — sussurro tão baixinho para Riden que praticamente só movo a boca. — Vou distraí-lo. Vá em frente.

— Não sei para onde ir.

— Apenas vá. — Aceno com uma mão freneticamente.

Volto correndo por onde viemos, passando pela porta do estúdio e parando um pouco antes que o túnel faça uma curva. O rosto de Tylon aparece sobre o meu.

— Está sozinha? — ele pergunta, espiando por cima do meu ombro. Já que ele não tentou pegar a espada, presumo que Riden tenha me ouvido e continuado em frente.

— Sim, por quê?

— Parecia que estava falando com alguém. O que está fazendo aqui? — Ele olha com curiosidade para a porta do estúdio, e meu coração acelera. Ele não pode pensar que saí dali. Ele me entregaria para meu pai em um piscar de olhos. Preciso de uma boa mentira. E preciso dela agora.

— Eu estava procurando você — falo apressadamente. — E ensaiando o que diria quando o encontrasse.

Busco a sereia em mim e a aciono sem esforço algum. Meus braços ficam arrepiados. Não sei se Tylon percebe, mas espero que pense que é uma reação a ele e não que estou usando minhas habilidades. Minha metade sereia me dá três habilidades únicas. Posso cantar para os homens e obrigá-los a fazer o que eu desejar, enquanto tiver o poder do mar comigo. Posso ler a emoção dos homens – elas se manifestam como cores que preciso decifrar. E, por fim, consigo dizer o que cada homem quer em uma mulher, me tornar exatamente isso e manipulá-lo. Já que desperdicei grande parte do meu canto com Vordan, é a essa última habilidade que recorro agora.

Todo o meu foco se concentra em Tylon, em seus maiores desejos e vontades. Consigo ver o vermelho de seu desejo por mim. Embora eu saiba da atração que ele sente, o que realmente importa para ele é que sou a filha do rei pirata. É o que me torna útil para ele. Se aproximar de mim serve aos seus próprios interesses. E a única pessoa com quem ele se importa é consigo mesmo.

— Bem, você me encontrou. — Ele cruza os braços e dá um passo para trás a fim de poder me ver melhor. Está me analisando em busca de alguma dica do que estou fazendo, tentando ver cada gesto. Uma palavra ou movimento errado, e quem sabe o que ele fará.

Preciso engolir a náusea e o orgulho neste momento. Esquecer o que isso faz com minha dignidade. É pela minha mãe.

— Não gosto de discutir com você. O que aconteceu hoje na frente de todos os capitães... não pode acontecer de novo.

— Concordo.

Por algum motivo, fico incomodada por ele concordar comigo.

— E acho que você devia saber que, apesar do que eu disse e do jeito como ajo, não odeio você.

Sua postura rígida e desconfiada relaxa.

— Eu sei disso.

Claro que sabe. O bastardo arrogante nem percebe que estou falando o total oposto do que sinto.

— Sabe? — pergunto, acrescentando uma pitada de brincadeira ao meu tom.

— Posso ser muito agradável, se você permitir. — Ele espia bem no fundo dos meus olhos, como se tentasse forçar uma conexão comigo.

— Permitir o quê?

— Me deixe mostrar que nós podemos ser grandes juntos. Não consegue ver o futuro que iríamos construir? Você e eu governando os mares. Todos em Maneria com medo de deixar a segurança da terra firme. Todo o dinheiro do reino escorrendo para dentro do nosso tesouro. Com você e suas habilidades, nosso legado será ainda maior que o de Kalligan.

Se ele acha que vou dividir meu direito à primogenitura com ele...

Não, agora não. Esqueça o fanfarrão. Concentre-se em sua mãe.

Dou um passo adiante e deslizo as mãos pelos seus braços até os ombros.

— E exatamente qual seria a natureza do nosso relacionamento?

A expressão desaparece de seu rosto e ele me encara. Algo novo toma conta dele. Não é mais um desejo por riquezas ou glórias.

Ele esmaga sua boca contra a minha. Cheio de intensidade e paixão. A ideia de se tornar o novo rei pirata o deixou excitado. E ele se acha digno de minha atenção. Não é que ele tenha esperanças de que eu corresponda ao beijo; ele tem uma expectativa quanto a isso, e precisarei atendê-lo para manter Riden escondido dele.

Eu estremeço só de lembrar que provavelmente Riden escutou algumas dessas coisas.

— Qual é o problema? — Tylon pergunta contra meus lábios.

— Nada. Venha aqui. — Preciso dar mais tempo para Riden escapar. Agarro Tylon pela lapela do casaco de capitão e o levo até a próxima curva do túnel, ainda mais longe de Riden e da minha mãe, antes de prendê-lo contra a parede e beijá-lo como se fosse sério. Agora que eu o tenho exatamente onde quero, deixo a sereia ir embora.

Meus movimentos não têm significado algum para mim. Minha boca se move de maneira automática, deixando a mente livre para vagar por outros lugares. Espero que Riden possa se lembrar do caminho de volta.

Eu o imagino carregando minha mãe até o navio sem enfrentar nenhum tipo de problema, e deixando-a em segurança nos meus aposentos. Então ele virá atrás de mim, e talvez acerte Tylon na cabeça, porque, de algum modo, Riden sabe o quanto odeio esse cretino, ainda que eu tenha dito o contrário.

E então ele me pegará em seus braços e me beijará. Porque ele quer isso, e sabe que eu também quero.

Só um selinho nos lábios, mas, quando eu tentar me afastar, ele me puxará, em busca de mais. E eu ficarei secretamente satisfeita por ele querer mais.

Ele me prenderá contra alguma superfície dura, colocará as mãos em cada lado da minha cintura e se inclinará até todo o ar entre nós desaparecer.

Coloco as mãos em seu rosto, sentindo a dureza de suas bochechas nas minhas palmas. Isso o agrada. Sinto seus lábios formando um sorriso enquanto ele continua a me beijar. Os lábios dele se movem até meu pescoço, e levo minhas mãos ao seu cabelo.

Só que, em vez das mechas que estou esperando, encontro cachos soltos. Abro os olhos de repente e dou de cara com um cabelo colorido pelo sol.

Não é Riden.

Estou beijando Tylon.

Ele ainda está ocupado na base do meu pescoço quando localizo uma figura enorme dobrando a esquina por sobre o ombro dele.

— Tylon. — Bato em seu ombro.

Ele para por tempo o suficiente para ver que é meu pai, antes de se ajeitar, recostando-se contra a parede ao meu lado, e deslizando a mão pelas minhas costas até repousá-la em meu quadril. Ele me segura ao seu lado como se eu pertencesse a ele. Odeio isso.

Tylon sorri.

— Aceitamos seu conselho e paramos de discutir.

Nenhum músculo do rosto do meu pai se move.

— Vão parar de discutir em outro canto. Os túneis não são lugar para isso.

Eu me viro, como se estivesse envergonhada, mas a verdade é que não suporto mais olhar para meu pai. Não depois de saber o que ele fez. É como se ele fosse uma pessoa diferente quando, na verdade, só estou começando a entender quem ele realmente é.

Um monstro.

— Então vamos embora — digo por fim. Agarro a mão em meu quadril e puxo Tylon na direção dos nossos navios. A direção para a qual Riden seguiu. A direção da qual meu pai veio. Ele não deve ter visto Riden e minha mãe, ou eu teria ouvido o barulho de luta. Ah, mas espero que Riden não tenha se perdido.

E que as estrelas proíbam que meu pai tenha planos de visitar minha mãe esta noite.

Atravesso o túnel de braço dado com Tylon.

Ele inclina a cabeça em direção à minha e pergunta:

— Para onde estamos indo?

— Seu quarto.

Ele prende a respiração e acelera o passo. Enquanto isso, meus olhos vasculham cada curva e cruzamento nos túneis, em busca de Riden, esperando localizá-lo antes de Tylon.

Quando o vejo, não há nada que possa fazer para impedir que Tylon o perceba também. Riden está recostado na parede, com um pé apoiado nela, os braços cruzados casualmente sobre o peito.

Abro a boca, insegura quanto ao que vou dizer. Com sorte, não o que realmente quero perguntar: *O que você fez com minha mãe?*

— Capitã — diz Riden —, já resolveu seus assuntos? — Tão composto. Tão normal.

— Sim. Onde está sua carga?

— Em segurança. Só esperando por você, para que possamos voltar ao navio.

Tylon olha para Riden com atenção.

— Não reconheço você.

— Ele é uma aquisição recente — explico.

Tylon me puxa.

— Não me importa. Estávamos a caminho de algo importante.

Espero que ele não perceba que meu estômago acaba de revirar.

— Espere. Esqueci que preciso falar com meu pai.

— Você pode falar com ele amanhã — diz ele, tentando me puxar consigo novamente.

Forço uma risada brincalhona com sua insistência.

— Não dá para esperar. É sobre a viagem. Ele vai querer saber agora. Só vai levar um segundo.

Ele não me larga; em vez disso, me olha nos olhos mais uma vez, como se, de algum modo, aquilo me fizesse mudar de ideia.

— Vá para o seu quarto — digo. — Encontrarei você em seu navio.

Ele se inclina para me dar outro beijo ardente.

Na frente de Riden.

Mas não posso fazer isso de novo. Simplesmente. Não. Posso.

Pego minha pistola, e bem quando Tylon está prestes a encostar os lábios nos meus – eu o acerto na cabeça. Ele desmaia antes de cair no chão.

— Onde está ela? — pergunto.

— Não conseguimos ir mais longe sem nos perdermos. Quando ouvi alguém se aproximar, eu a escondi, para que ela não fosse vista. Ela está logo ali.

Levanto Tylon do chão e o jogo por sobre meu ombro. Riden me encara por mais um segundo, surpreso com minha força, antes de mostrar o caminho. Fazemos algumas curvas, e ele para quando nos aproximamos de um estoque de barris de água empilhados em um canto. Ele se abaixa atrás deles e, quando se levanta, minha mãe está em seus braços novamente.

Tylon ocupa o lugar dela.

Eu finalmente relaxo, mas é fugaz. Ainda temos um longo caminho antes de conseguirmos dar o fora daqui.

— Você está bem? — pergunto para ela.

— Sim. Apenas fraca.

— Vamos — digo para Riden.

Nós nos apressamos. Cada eco, cada sussurro do vento é o bastante para fazer meu coração parar. Não podemos ser encontrados. Não importa quem nos veja. Chamamos muita atenção. Qualquer um que nos encontrasse certamente relataria para meu pai. Não falamos nada, com medo de que possam nos ouvir.

Mas ou as estrelas estão olhando por nós, ou todo mundo já está dormindo, porque não encontramos ninguém durante a dolorosa marcha.

Atravessamos correndo a prancha de embarque.

Niridia aparece ao meu lado.

— Sorinda e Athella já voltaram. Mandsy está cuidando de Draxen na enfermaria. Não consegui muita informação delas, exceto que precisamos nos preparar para partir.

A tripulação está acordada. Todos aguardam minhas ordens no convés. Alguns obviamente acabaram de despertar – e esfregam os olhos para espantar o sono. Enwen ainda está vestindo a camisa por sobre a cabeça.

— Escutem — digo. Não ouso gritar com todos os outros navios parados ali perto na caverna, mas espero que todos possam me ouvir. — O rei pirata me enganou. — Aponto para onde minha mãe está envolta no lençol, ainda nos braços de Riden. — Aquela é minha mãe. Kalligan a manteve prisioneira ao longo dos últimos dezoito anos. Só a encontrei por acaso.

Todos viram a cabeça na direção dela.

— Estamos partindo, e faremos isso de maneira rápida e em silêncio. Alguém tem algum problema com isso?

Enwen levanta a mão, se afastando de nós.

— Capitã, se essa é sua mãe, então quer dizer que ela é uma... uma... uma...

— Sereia, sim. Alguém mais tem alguma pergunta mais importante do que nossas vidas?

Silêncio.

— Icem as velas — Niridia ordena. — Recolham a prancha, suspendam a âncora! Mexam-se! — A marinheira bonachona se foi, substituída imediatamente pela imediata dura que preciso que ela seja. Todos os integrantes da tripulação correm ao nosso redor para cumprir suas ordens.

Os outros navios atracados estão em silêncio, nenhuma luz acesa. Tento garantir a mim mesma que, mesmo que alguém esteja de vigia, ninguém vai achar estranho ao ver meu navio zarpar. Meu pai me dá ordens sem contar para os outros o tempo todo. Mas a incerteza faz meu coração acelerar.

— Está com frio?

Eu me viro ao som da voz.

Riden ainda segura minha mãe, e ela está visivelmente tremendo em seus braços.

— Estou bem — ela responde. A resposta dela é firme, apesar dos membros trêmulos. — Você é forte para um humano.

— Eu costumava ser rápido também. Até que levei um tiro na perna. Não consegui recuperar toda a minha força ainda.

— Você levou um tiro? — minha mãe pergunta. — Como?

— Sua filha me meteu em apuros.

Deve ser a coisa mais estranha que já vi – testemunhar Riden conversando com minha mãe, tentando distraí-la de seu desconforto.

Irei até ela assim que estivermos em segurança. Por enquanto, preciso ser a capitã.

Sorinda localiza Kearan, que milagrosamente está sóbrio – bem, sóbrio o suficiente para pilotar o navio –, e o leva até o leme.

— Para onde vamos a esta hora?

Sim, para onde vamos?

— Por enquanto, para o porto mais próximo. Só nos tire daqui. Como se nossas vidas dependessem disso, Kearan.

Ele me olha por sobre o nariz quebrado.

— Porque dependem?

— Quando o rei descobrir que roubei minha mãe, ele vai nos caçar. E se ele nos pegar...

— Entendido.

É quando me dou conta de verdade. O que acabo de fazer. Seremos todos caçados pelo homem mais temido do mundo. Causei isso para todos nós ao trazê-la para cá. Eu simplesmente a trouxe, e não pensei na minha tripulação.

Não, mesmo se tivesse parado para pensar, eu teria feito a mesma coisa. Não posso mais servir a ele. Ele é perigoso e vil. Ele a manteve naquele quarto por quase duas décadas, e não consigo sequer pensar no modo como ele a usou sem que meu jantar ameace voltar.

Como pude ser tão cega?

Roslyn vem do porão, esfregando os olhos cansados. Todo esse barulho deve tê-la acordado.

— O que está acontecendo, capitã?

— Roslyn, vá para o cesto da gávea. Preciso saber se alguém nos seguir. Se alguém começar a atirar em nós, você vai para o seu posto.

O olhar dela endurece, e qualquer sinal de exaustão a abandona. Seus olhos têm o mesmo tom azul dos de seu pai, mas Wallov nunca olha para mim desse jeito.

— Não é um posto. É um esconderijo embaixo do assoalho do cesto da gávea.

— Que seja, mas foi projetado especificamente para você, e, se alguma batalha começar, é para onde você vai.

Ela leva as mãos aos quadris.

— Desta vez não, Roslyn. Posso contar com você ou não?

A disposição de brigar a abandona com essas palavras.

— É claro, capitã. — Ela corre até o mastro e começa a subir mais rápido que qualquer macaco.

O navio finalmente começa a se mover, virando na direção da saída da caverna.

— É tão bonito — diz minha mãe assim que consegue ver o mar aberto. Riden ainda a segura nos braços. Ele segue a linha de visão dela até o oceano. Percebo que ela olha para as águas e depois para mim.

Não consigo me imaginar sendo separada do oceano por dezoito anos.

— Capitã! — Roslyn grita lá de cima. — Tem movimento no cais.

Eu me viro e imediatamente encontro um homem parado nas docas.

O rei pirata.

Ele deve ter tentado visitar minha mãe esta noite, no fim das contas.

Ouço um grito. Mais piratas aparecem. Um sino de alerta é tocado: o alarme da fortaleza que indica que estamos sob ataque.

Ele está acordando todo mundo.

Parece que toda a frota vai ser mandada atrás de nós.

Consegui alguma vantagem, e meu navio é mais rápido. Já estamos fora do alcance dos disparos. Não há nada que ele possa fazer a esta altura além de nos perseguir. E eu sei que nenhum dos navios dele está reabastecido para zarpar. Isso pode nos fazer ganhar mais uma hora – ou mesmo um dia.

Precisamos de um plano, mas não consigo pensar em nada, e estamos seguros por enquanto. Então corro até minha mãe, que ainda está nos braços de Riden, a bombordo.

— Você pode me colocar no chão? — minha mãe pede para Riden.

— Tem certeza? Não quer que eu a leve...

— Não, bem aqui, por favor. Obrigada.

Ela está com os dois pés no chão, mas segura a amurada como se sua vida dependesse disso, tremendo dos pés à cabeça. É só quando assumo o lugar dele ao lado dela que Riden segue até a enfermaria para ver seu irmão.

— Você deu meu nome para o seu navio — ela consegue dizer, com os dentes batendo.

— Deixe-me levá-la até meus aposentos.

— Não.

— Do que você precisa? — pergunto. — Comida? Dormir? O que posso fazer para ajudar?

— Água — diz ela.

— É claro. Vou pegar um pouco.

— Não, Alosa. — Ela parece triste por um momento. — Ele me deixou escolher seu nome, sabia? Foi a única coisa que ele me deixou fazer por você. Alosa-lina. Damos nomes duplos às nossas filhas. O primeiro é um nome único... duas sereias jamais terão o mesmo primeiro nome. O segundo nome é um nome de canção. Tem poder. *Lina* significa *protetora*, e estou vendo que você se tornou exatamente isso.

Um tremor sacode todo o seu corpo, e ela segura a amurada com mais força.

— Minha filha preciosa. Quero ficar aqui com você. Tentei ser forte por você, dar o que sua natureza humana precisa, mas não consigo lutar mais. A atração é muito forte. Preciso da água. E minhas irmãs precisam de mim. Elas estão há muito tempo sem uma rainha. Siga-me. Eu a levarei para casa.

Embora esteja frágil e debilitada, ela se inclina sobre a amurada e se deixa cair. Ouço o barulho da água antes de registrar completamente o que aconteceu.

— Homem ao mar! — grita Roslyn, mas mal consigo escutar.

— Não! — Corro até a beirada, olhando para a água. É impossível não vê-la. Seu corpo parece brilhar embaixo d'água, assumindo um aspecto de escamas de peixe, mas ela não está coberta de escamas. Sua pele é branca perolada. Ela não parece mais frágil, parece maior, agora forte e saudável. Ela nada em círculos, como se estivesse... se alongando, respirando ar fresco pela primeira vez.

Debaixo d'água, ela vira o rosto para cima. Agora vejo seus olhos azuis penetrantes – não mais verdes – mesmo a essa distância. Ela sorri para mim. Sua mão abre e fecha, incentivando-me a segui-la. Então ela sai em disparada, em uma velocidade impossível pela água, para longe da fortaleza.

Para longe de mim.

CAPÍTULO 8

— É ISSO? — GRITO AS PALAVRAS, EMBORA SAIBA QUE ELA NÃO PODE ME ouvir. — Ava-lee! Volte aqui!

Ela não sabe que não posso segui-la? Certamente ela sabe o que acontece quando estou na água. Não consigo me controlar! Será que ela consegue? Será que ela é a mesma pessoa que estava conversando comigo? Ela não é humana. Será que ela se transforma em um monstro quando está embaixo d'água, assim como acontece comigo?

Ela partiu.

Ela se foi.

Eu a salvei. Coloquei a mim mesma e aos demais em risco por ela. E agora não temos nada para mostrar.

Será que foi tudo um ardil? Ela fingiu que se importava comigo? Será que foi tudo um truque, para que eu a salvasse? Será que sua humanidade foi uma atuação?

Um tapinha nas costas me faz estremecer, mas é só a pequena Roslyn.

— O que aconteceu, capitã? Quem era aquela mulher bonita? Jogamos uma corda para ela?

Uma voz que não parece me pertencer diz:

— Ela não era ninguém. Não precisa mais da nossa ajuda. Roslyn, volte para seu posto. Preciso que me diga se algum navio se aproximar de nós.

— Pode deixar.

Um entorpecimento toma conta de mim enquanto tento parar de pensar nos meus pais e em tudo o que fizeram. Não há nada exceto eu e minha tripulação. Nada mais importa além da nossa segurança e bem-estar. Estamos sendo caçados. O que vamos fazer?

Ela me abandonou.

Não...

Deixo o pensamento de lado.

Não pense em nada mais, Alosa. Sua tripulação está contando com você.

— Kearan! — digo. — Encontre um porto adequado para nossos passageiros extras desembarcarem. — Riden e Draxen não são parte da minha tripulação. O rei não os está caçando. Não há motivo para arrastá-lo para dentro disso.

Mas então você nunca mais verá Riden... Um vislumbre de sentimento tenta se esgueirar pelas rachaduras. Eu o impeço, não deixo nada entrar além do entorpecimento.

Em uma voz alta o suficiente para que todos possam ouvir, eu digo:

— Coloquei o rei pirata atrás de nós. Não há nada que eu possa fazer para mudar isso agora. Mas podemos sobreviver.

— Qual é o plano, capitã? — pergunta Niridia.

— Meu pai é tão temido porque tem quase todos os homens do mar sob seu controle. Se pretendemos derrotá-lo, precisamos tirar isso dele.

— Piratas só são leais a quem tem mais ouro para pagar — diz Mandsy. — Exceto a presente companhia, é claro.

— Exatamente. Temos cópias dos três pedaços do mapa. Vamos navegar até a Isla de Canta e pegar o tesouro das sereias para nós.

Sorinda, parada atrás do ombro de Kearan, diz:

— E assim começa o reinado da rainha pirata!

— Viva! — comemora a tripulação.

Ainda que tenha certeza de que conto com o apoio de todos, eu acrescento:

— Se alguém tem algum problema com o plano, pode ir embora quando deixarmos nossos prisioneiros.

Uma dor de cabeça começa a latejar entre meus olhos. Meus muros cuidadosamente construídos logo começarão a desabar. Não posso mantê-los em pé para sempre.

— Kearan, nos mantenha em curso. Niridia, venha me chamar se um navio da fortaleza estiver atrás de nós.

— Sim, capitã. — Ela se aproxima e para ao meu lado. Em uma voz baixa, para que ninguém mais possa ouvir, ela acrescenta: — Devíamos falar sobre o que aconteceu, Alosa. — Ela me chama assim quando está se dirigindo a mim como amiga, não como imediata. Sei que está falando da partida da minha mãe, mas mal consigo me controlar.

— Mais tarde — digo, ainda que não tenha intenção de discutir isso. — Agora preciso de um momento. Sozinha.

— Faça o que precisar fazer. Farei tudo seguir sem intercorrências.

Ela sempre faz.

Finalmente consigo colocar uma porta entre mim e o resto do mundo. E a muralha começa a desabar.

Minha respiração fica irregular. Travo os dentes, e olho de cara feia para tudo ao meu redor. Minhas cortinas. Meus quadros. Minha cama. Sinto uma pressão aumentar dentro de mim, como se eu fosse explodir.

Não sei como deixar para lá. Não lembro de ter ficado tão furiosa em toda a minha vida.

Uma batida soa na porta.

— Vá embora se não quiser ter a cabeça esmagada! — grito. Soco uma almofada de pena que está na minha cama. Mas não é o bastante. Não faz nada para aliviar a pressão. Preciso bater em alguma coisa forte. Robusta. Algo que revide. Quero gritar, mas a tripulação vai ouvir.

Estou tão perturbada que não percebo que minha porta se abriu e se fechou, até que uma mão pousa em meu ombro. Eu me viro e ataco com a parte inferior da palma da mão, conectando-a com...

O peito de Riden.

Ele esfrega o lugar, mas não reclama. E não afasta os olhos dos meus.

— Ouvi o que aconteceu — diz ele.

— Eu mandei não entrar.

— Eu não ouvi.

Ataco sua barriga com o cotovelo, mas ele se vira de lado e pega meu braço.

— Não era uma ameaça vazia — digo.

— Eu sei.

— Você é um idiota. — Dou uma rasteira nele. — Nunca lutou comigo antes.

Ele precisa de uns instantes para ficar em pé. Acho que o fiz perder o fôlego.

— Já lutamos várias vezes — ele diz, asperamente.

— Sim, e eu o poupei.

— Então dê tudo de si, moça.

E é o que eu faço. No início, me movo como uma correnteza inquebrável, forçando onda após onda sobre ele. Ataco com as pernas, os braços, até minha cabeça se conectar com a dele em determinado ponto. Mas ele não responde com golpes, só tenta desviar de mim o melhor que pode.

— Revide, Riden.

— Não — diz ele, teimoso.

— Por que não?

— Não seria certo.

— O que isso quer dizer?

— Você está magoada.

— Não sou eu quem vai estar coberta de hematomas amanhã.

— Não que possam ser vistos.

Dou uma bofetada nele. Ele cai no chão. Assim que minha mão faz contato, lamento pela decisão. Estou abusando do corpo dele. Ele não está aqui para ser meu saco de pancadas, mas é exatamente como o trato. Não posso bater no meu pai. Ou na minha *mãe*. A mulher que me fez sentir tão amada, e depois partiu sem deixar rastro.

Eu a odeio por isso.

Meu próprio navio zomba de mim com seu nome. Vou pintar alguma coisa por cima na primeira oportunidade.

Riden move a mandíbula para a frente e para trás com a mão ao se levantar.

— Você está fazendo eu me sentir pior! — grito para ele. — Era isso que você queria?

— Não. Eu vim aqui confortar você.

— Está fazendo um trabalho e tanto.

Ele termina de ajeitar a mandíbula.

— É você quem está tornando as coisas difíceis.

Balanço a cabeça uma vez, ultrajada.

— Supostamente eu devia facilitar para você me confortar?

— Me deixe abraçar você.

As palavras me surpreendem tanto que, no início, não sei o que responder.

Então:

— Não! Não preciso do seu maldito conforto. Quero jogar coisas e gritar. Eu falei o que você podia fazer para ajudar. Me dê alguma coisa com o que brigar. Caso contrário, caia fora antes que eu mate você.

— Você tem mais autocontrole do que isso.

— Você não me conhece.

Minha raiva esfria bem de leve. Essas discussões rápidas parecem ter algum efeito sobre mim. Por um momento, me deixo tentar imaginar como seria simplesmente ser abraçada por ele. Como seria? Ser pega em um abraço que não significa nada além de consolo?

— Estou tentando — afirma ele. Preciso de um momento para me lembrar do que estamos falando.

Um novo pensamento me atinge. Não, um abraço é lento demais. Não é o que eu quero.

Eu pulo em cima dele. Eu o vejo se preparar para o golpe quando ele registra meu movimento.

Mas não é o que eu quero tampouco.

Coloco meus lábios sobre os dele tão rápido que acho que seus olhos ainda estão abertos quando o alcanço. Não posso dizer com certeza; os meus já estão fechados, para que eu possa me concentrar melhor em conseguir uma resposta dele. Meus dedos deslizam entre seu cabelo, sedoso, suave e maravilhoso, até que alcançam sua nuca. Coloco pressão ali para mantê-lo no lugar.

Ele pode ser forte o bastante para resistir a uma luta comigo, mas isso...

Ele é impotente contra isso.

Só leva um segundo para ele levar a mão ao meu cabelo. A outra vai para o lado do meu rosto e pescoço, de modo que ele possa acariciar a pele ali com as pontas dos dedos. Abro a boca para respirar e para atraí-lo. Ele aproveita a oportunidade para aprofundar o beijo.

Sua língua desliza dentro da minha boca, me banhando completamente em sensações. Pelas estrelas, como consegui evitá-lo por dois meses inteiros?

Tempo desperdiçado.

Seguro suas costas e o puxo para mais perto. Preciso de cada centímetro dele me tocando agora. Neste momento. Nada é rápido o bastante. É a sensação mais gloriosa do mundo. Isto aqui. Não ter que pensar. Só sentir.

Puxo a camisa dele, enfiada dentro da calça. Ele se movimenta como se fosse me ajudar, e então para.

Ele pressiona a testa contra a minha, respirando de maneira tão acelerada que me pergunto como ele consegue pronunciar qualquer palavra.

— Espere.

— Não quero esperar. — Minhas mãos estão embaixo da camisa dele agora, deslizando pelo seu estômago, erguendo o algodão lentamente com elas. A respiração dele falha, e isso só me faz subir a camisa dele ainda mais devagar, saboreando a sensação de sua pele suave e amando o jeito como ele reage a tudo o que faço.

— Nos túneis — digo — você falou que queria conversar comigo sobre alguma coisa. O que era? — Dou um beijo em seu pescoço.

— Eu queria falar sobre nós.

— Consigo pensar em algo mais divertido do que falar.

Ele finalmente segura minhas mãos. Não as afasta, só as mantém no lugar, para conseguir recuperar o fôlego. Inclino minha boca na direção dos lábios dele novamente.

— Alosa, pare.

Abro os olhos e o encaro.

— Qual é o problema? — pergunto, irritada.

— Eu quero parar.

Dou um sorriso malicioso para ele e pressiono a boca em seu ouvido.

— Mas você não quer sentir meus lábios bem aqui? — Coloco mais pressão no lugar onde ele segura minhas mãos, de encontro ao seu peito.

O corpo todo dele estremece, e eu me inclino para trás, triunfante.

— Você não quer que eu pare. Agora, tire a camisa.

Riden para por um tempo. Muito. Longo.

Mas, por fim, ele balança a cabeça.

— Qual é o problema? Está cansado de ficar em pé? Prefere que eu beije você na minha cama?

Ele solta minha mão e dá vários passos para trás, até encostar em uma pintura na parede oposta. Ela cai no chão, e o vidro se estilhaça, mas nenhum de nós olha para ela.

— O que está fazendo agora?

— Você poderia fazer um monge quebrar seus votos.

— Você não é monge.

— Não, sou pior. Eu... — Ele respira fundo. — Você foi abandonada novamente por sua mãe, e acaba de descobrir que seu pai mentiu para você a vida toda. Está vulnerável.

Estranhamente, tenho vontade de bater nele de novo.

— Não sou uma coisa fraca. Sei o que quero.

— Eu não disse que você era fraca. — Ele puxa o colarinho para baixo, como se precisasse de mais ar. — Maldição, Alosa. *Eu* mereço mais do que isso. Venha me procurar quando não estiver tão emotiva.

Emotiva? Estou mais do que furiosa e confusa agora. Talvez um pouco magoada. Mas não vou demonstrar. Disfarço minha expressão com uma máscara de indiferença.

Ele parece infeliz e dá um passo adiante.

— Agora eu magoei você. Não há nada de errado com o que você está sentindo. Leve um tempo para sentir. Não estou rejeitando você, Alosa! Como alguém poderia rejeitar você? Só leve um tempo para se recompor. Depois venha me encontrar. Mas neste momento você está me fazendo sentir um canalha se aproveitando de...

— Estou fazendo *você* se sentir... bem, tudo isso devia ser sobre você, não é? — pergunto, com um tom de voz que escorre sarcasmo.

— Não, não devia ser *tudo* sobre mim, mas devia ter *alguma coisa* a ver comigo. Quando nos beijamos, quero que você pense em *mim*, em vez de em tudo que enfurece você. Até que esteja pronta para isso, não vamos nos beijar.

Algo nessas palavras me atinge fundo, e a culpa começa a aparecer. Não preciso disso, além de tudo mais.

— Neste instante, *você* está me enfurecendo. E não vamos mais nos beijar. Agora, dê o fora.

Dou um chute no traseiro dele enquanto ele vai para a porta.

CAPÍTULO 9

Maldito sangue de sereia.

É a única coisa na qual posso pensar para explicar meu comportamento ontem. Com certeza, nenhuma garota humana se jogaria em cima de um homem no qual não confia plenamente só porque seus pais a desapontaram. Deve ser porque sou uma criatura do mar. Feita para tentar os homens, matar os homens e roubar dos homens.

Pelo menos dormir me fez algum bem. Me deu tempo para ajustar minhas expectativas e aceitar minha nova realidade.

Se minha mãe não quer ficar por perto, tudo bem. Irei até ela e a roubarei sem dó.

Estou revirando meu guarda-roupa, procurando alguma coisa que combine com meu humor, quando a porta se abre e se fecha. Entro em pânico por um instante, com medo que seja Riden, mas é apenas Sorinda.

— Por favor, não me diga que veio trazer más notícias — peço.

— Não, capitã. — Ela me oferece um de seus raros sorrisos. — O rei só vai poder vir atrás de nós com os navios que já estiverem prontos para navegar. O resto precisará ficar para trás, para proteger a fortaleza. E metade da frota está se dirigindo para lá enquanto falamos, para se preparar para a viagem até a Isla de Canta.

— Sim. Aonde você quer chegar?

— O rei das terras não estava buscando um jeito de livrar os mares dos piratas? O que acha que ele faria se você lhe desse a localização exata da fortaleza do rei pirata?

Meu sorriso é tão largo que minhas bochechas doem.

— Acho que ele enviaria sua armada e faria o máximo possível para mandar tudo pelos ares.

— Exatamente o que pensei.

— Sorinda, você é brilhante. Faça isso.

— Sim.

Ela sai, e eu reviro meu guarda-roupa mais uma vez. Resolvo vestir um espartilho cinza-prateado, a cor do aço cortante que brilha ao sol. Uma calça justa preta como a noite adorna minhas pernas, e calço botas pretas polidas com fivelas prateadas nos pés. Com argolas prateadas combinando nas orelhas.

Agora só um pouco de cor no rosto. Vermelho para os lábios. Rosa para minhas bochechas. Cinza-prateado nas pálpebras. O primeiro passo para se sentir bem é parecer bem, e pareço a realeza que sou.

Subo até o castelo de popa e superviviono todos os que estão abaixo de mim. Kearan está desmaiado na lateral do navio, com um frasco vazio a poucos centímetros de sua mão. Sorinda chuta a embalagem entre dois postes da amurada, mandando-a para o fundo do mar. Depois revista o casaco dele, em busca de mais frascos para jogar fora.

A maior parte da tripulação está ausente, ainda no porão, dormindo depois de trabalhar até tarde. Algumas das armadoras andam pelo barco, verificando tudo para ter certeza de que as cordas estão seguras. Alguns dos membros mais jovens da tripulação estão limpando. Radita, a contramestre, está ao leme.

— Bom dia, capitã — diz Mandsy, sentada em uma caixa na lateral, costurando alguma coisa.

— Por que não está vigiando os irmãos? — Não quero dizer o nome de Riden.

— Riden está cuidando de Draxen, para que ele possa recuperar a saúde. O único momento em que ele saiu do lado do irmão a noite passada foi depois que Draxen adormeceu. Ele disse que ia ver você.

— E você deixou?

Ela dá um sorriso animado.

— Ele só queria fazer você se sentir melhor. Eu pensei que, se havia alguém capaz de animá-la, era ele.

— Você devia ficar de olho nos prisioneiros, não os deixar visitar meus aposentos privados!

Ela parece arrependida, mas consigo ver que é falso.

— Está bancando o cupido? — pergunto. — É algum tipo de projeto seu?

— Não mesmo. Eu simplesmente acho que ele é um homem melhor do que você imagina.

Aparentemente, ele é mais nobre do que eu imaginava. Onde está o pirata mulherengo que só se preocupa com o irmão?

— Só me faça um favor e mantenha aqueles dois longe da minha linha de visão — digo.

— Farei o que posso.

No entanto, quando começo a descer as escadas, acho que a ouço acrescentar:

— Mas não tenho muito o que fazer enquanto estou consertando esta roupa.

Niridia, Kearan, Sorinda, Enwen e eu nos reunimos ao redor da mesa acolchoada da sala que às vezes funciona como enfermaria, outras como sala de reuniões, onde todos os três pedaços do mapa estão espalhados diante de nós. O cabelo de Kearan ainda está pingando do balde de água que Sorinda jogou em seu rosto para acordá-lo. Coloco uma mão em seu peito para afastá-lo um pouco da única cópia que temos de um mapa com séculos de idade.

— Onde vamos deixar os irmãos? — pergunto para Kearan. Ele já viu mais de Maneria do que qualquer outra pessoa que conheci, apesar da pouca idade. Era um mercenário e ia onde quer que um trabalho precisasse ser feito. Nos três meses desde que se juntou à tripulação, ele provou ser extremamente experiente em navegação. Pelo menos quando conseguimos que ele fique sóbrio o bastante.

Kearan aponta para um lugar no mapa, um simples ponto que é uma ilha.

— Aqui há um posto de abastecimento. O rei da terra estoca alimentos e suprimentos de seus navios de escavação. Dessa forma, eles não precisam viajar de volta às Dezessete Ilhas para reabastecer. Podemos deixá-los aqui. Eles podem pegar carona em um navio que esteja retornando às ilhas depois de descarregar suas mercadorias.

Perder Riden é uma coisa boa, digo para mim mesma. Não precisamos de mais uma boca para alimentar. E meu pai estará tão ocupado vindo atrás de mim que se esquecerá completamente dos irmãos Allemos. Não há motivo para colocá-lo em perigo. Além disso, Riden me confunde, me irrita e não é de confiança. O navio ficará melhor sem ele.

Mas e quanto a você?, pergunta uma vozinha na minha cabeça.

Eu a ignoro.

— Ótimo — digo. — O posto de abastecimento não vai nos desviar da nossa jornada. — Eu tinha medo de ter que parar nas Dezessete Ilhas antes de seguir para a Isla de Canta. — Niridia, quanta comida e água temos a bordo? — pergunto.

— O suficiente para cinco meses no mar.

Examino o mapa e pego uma bússola para calcular a distância.

— Dependendo do vento, podemos alcançar a ilha em dois meses.

— E quanto ao rei? — pergunta Kearan. — Quanto tempo os navios dele vão levar para atravessar a mesma distância?

— Com o vento, nosso navio é mais rápido. Ele alcançará a ilha mais ou menos duas semanas depois de nós, provavelmente.

— Só duas semanas? — interrompe Enwen. — Isso quer dizer que ele está logo além do horizonte agora!

Confirmo com um sinal de cabeça, e há um segundo de silêncio para que todos aceitem a proximidade do meu pai – e o que acontecerá se perdermos a dianteira.

— E sem vento? — pergunta Kearan.

— A maioria dos navios da frota é equipada com remos de varredura. Sem vento, ele pode viajar enquanto tiver homens a bordo com força para remar, e nós ficamos presos no lugar.

— Que as estrelas nos ajudem se ficarmos sem vento — diz Enwen.

— Ninguém está sendo forçado a fazer essa viagem — eu recordo a ele. — Você é livre para partir com os irmãos.

Kearan ignora o rompante de Enwen, mantendo os olhos no mapa. Ele aponta para algumas massas de terra entre nossa posição atual e a Isla de Canta.

— Isso não está registrado em nenhum mapa que eu tenha visto. E pensar que ainda há mais ilhas em Maneria para serem descobertas!

Nós o encaramos.

— O que foi? — ele pergunta.

— Você está animado com algo que não pode beber — comenta Sorinda.

— Eu tenho interesses — diz ele, na defensiva. — Sou uma pessoa.

Ela dá de ombros, indiferente.

Eu aponto para a primeira grande ilha entre nossa posição e a Isla de Canta, que tem o que parece ser uma lagoa.

— Aqui deve ser onde meu pai conheceu minha mãe. — É bem na borda da parte dele do mapa, bem onde ele se conecta com a parte de Allemos. Não sei por que me incomodo em dizer qualquer coisa. Não há motivo para ela estar ali agora. Ela deve ter ido para a Isla de Canta, se encontrar com o restante de sua espécie. E não há motivo pelo qual eu iria querer vê-la.

Ela claramente não quer me ver.

O começo da viagem é um pouco complicado por causa da carga extra. Draxen é muito insuportável. Ele olha feio para mim sempre que acha que estou distraída. Uma vez, ao me ver, ele cuspiu no chão, e eu o derrubei de costas, com um chute, para ele limpar o lugar com a camisa. Ele nunca mais tentou fazer isso novamente.

Draxen tinha expectativas tão altas para si mesmo. Sequestrar a filha do rei pirata, conseguir o mapa do rei pirata, navegar até a ilha. Ser enganado por mim foi algo que nunca lhe ocorreu. Ele me culpa pela perda de sua tripulação e de seu navio.

Para mim é difícil entender como ele se acha merecedor de tais espólios. Além de ser uma pessoa terrível, ele também é um capitão terrível.

É estranho observar a interação de Draxen e Riden. Eles conversam constantemente, rindo do que o outro tem a dizer. Riden o mima, tenta obrigá-lo a comer e a se manter aquecido, enquanto Draxen praticamente o enxota. Quando interage com o irmão, Draxen quase consegue me enganar de que é um humano. Mas eu sei a verdade. Ele é um homem vil que usa todos ao redor para conseguir o que quer, não importa a que custo.

Assim como meu pai.

Dói pensar em meu pai, em imaginar o alcance completo de sua traição. Eu poderia ter crescido conhecendo minha mãe. Ou talvez não. Talvez ela só tivesse me abandonado quando eu era mais jovem, se pudesse ter feito as próprias escolhas. Talvez ela realmente seja o monstro que meu pai sempre afirmou que ela era. Não sei mais o que pensar sobre ela, ou sobre o que todas as suas ações significam. Mas meu pai... ele me enganou de um jeito que vai além do perdão. Vou destroná-lo e tomar para mim tudo o que ele construiu para si.

A esta altura, essa é a única coisa da qual tenho certeza.

Eu me agarro a essa decisão, deixo que ela me leve pelo mar de confusão e amargura que se tornou a minha vida.

Quando chegamos ao posto de abastecimento, meu humor piora, como se alguém tivesse jogado combustível em uma chama. Não consigo explicar.

Certamente não tem nada a ver com a partida de Riden.

Eu mal o vi durante o tempo que levamos para chegar ao posto de abastecimento. Ele me menosprezou, me humilhou em meus aposentos depois que minha mãe partiu. O que ofereci para ele foi pouco mais do que fizemos a bordo do *Perigos da Noite*. Por que, de repente, ele precisa fazer tamanho escarcéu por causa de pensamentos e sentimentos? Eu queria ação. Não era isso que ele sempre quis também?

Independentemente disso, não me preocupei em ir atrás dele, e ele andou ocupado demais tentando fazer Draxen ganhar um pouco de carne ao redor daqueles ossos para fazer qualquer outra coisa.

Riden atravessa o convés com Draxen, já com uma aparência muito mais saudável, a reboque. Ele passa pela abertura da amurada, preparando-se para descer até o bote a remo que está lá embaixo.

Ele vira a cabeça na minha direção, então eu olho rapidamente para o outro lado. Ser pega encarando, mesmo sabendo que nunca mais o verei novamente, seria ainda mais humilhante.

Eu devia me concentrar no fato de que Riden é o único que estou perdendo. Ainda que eu tenha oferecido uma chance de fuga para quem não quisesse enfrentar o rei pirata, ninguém na minha tripulação quer partir. Eu até me esforcei para convencer Wallov a pegar sua filha e seguir seu caminho.

Ele ficou ofendido.

Os dois ficaram.

Eu devia estar mais do que feliz em ter a confiança e o respeito de toda a minha tripulação, mesmo assim não consigo me livrar do mau humor. Tento não deixar transparecer quando digo para Niridia:

— Vamos zarpar novamente.

Eu examino o navio, descontente com o ritmo em que todos estão agindo.

— Podem mexer essas pernas! Temos uma longa jornada pela frente, e o rei pirata está nos nossos calcanhares. Se não acelerarem as coisas, podem ir para a terra firme agora!

Isso coloca todos em ação. Observo todos dobrarem o ritmo com satisfação, quando minha vista é bloqueada pala cabeça de Mandsy. Com um sorriso irritante, um sorriso de quem sabe alguma coisa.

— Você não tem nada para fazer? — pergunto.

Ela só dá uma risadinha.

— Por que esse mau humor, capitã? Ele não foi a lugar nenhum.
— Como é?
— Riden. Ele está logo ali conversando com Roslyn.

Eu me inclino por sobre a amurada, olhando na direção da costa. Draxen olha feio para o navio, sentado no bote a remo, especificamente para um ponto perto da proa do *Ava-lee*...

Onde seu irmão de fato está a bordo, conversando com Roslyn.

— O que está acontecendo? — pergunto.
— Acho que ele vai conosco — diz Mandsy.

Estreito os olhos para encará-la.

— E como ele pensa que pode fazer coisas sem consultar a *capitã* primeiro? E meu humor *não* muda por causa das idas e vindas daquele homem. Não ouse insinuar uma coisa dessas novamente.

Ela faz uma mesura elegante antes de dar o fora, provavelmente para fazer coroas de flores, abraçar uma craca ou qualquer coisa assim.

— Não sou passageira — ouço Roslyn dizer quando me aproximo. — Sou parte da tripulação. — Chego ao lado dela a tempo de vê-la tirar a adaga das costas e pressioná-la contra o umbigo de Riden. — E não gosto de ser rebaixada.

Os lábios de Riden se retorcem quando ele tenta não sorrir.

— O erro foi meu — diz ele, e dá um passo para trás. — Não quis ofendê-la, garotinha. Por favor, poupe minha vida.

Roslyn considera o pedido dele com cuidado, como se realmente analisasse se deve ou não matá-lo. Na verdade, sei que ela está gostando de vê-lo implorar, de ter alguém que brinque com ela.

— Qual é sua função no navio? — Riden pergunta. Embora ele deva tê-la notado vagando pelo *Ava-lee* todo o tempo que passou conosco, talvez ele nunca tenha percebido que Roslyn é parte da tripulação. Ela recebe seu quinhão nos espólios como todo mundo.

Roslyn abaixa a faca.

— Sou a olheira da capitã. Aviso quando vejo perigo lá de cima e nos guio em segurança quando estamos em águas perigosas.

— É um trabalho bem importante. — Ele não está fingindo quão impressionado está.

Meu humor melhora enquanto olho para Riden um pouco mais. Algo em meu peito se agita quando o vejo conversar com a pequena Roslyn. É cativante.

Pisco duas vezes. Não, não é cativante. Ele continua sendo o mesmo sujeito irritante de sempre. E ele não dita quem fica ou vai embora do meu navio.

— Allemos — exclamo, com minha voz de capitã.

Os dois se viram na minha direção. Riden ergue uma sobrancelha quando me ouve usar seu sobrenome, coisa que só fiz uma vez antes. Quando ele estava encrencado.

— Sim, capitã? — ele responde.

— Capitã? Quem tornou você parte da tripulação?

— Você.

Diante da minha expressão confusa, ele acrescenta:

— Em troca da vida do meu irmão.

Bem, sim, mas isso foi quando o irmão dele precisou ficar trancado na fortaleza para manter as aparências. Os dois estão livres agora. Ele não pode esperar que eu queira que ele mantenha sua parte do acordo. Será que ele acha que sou tão fria assim?

— Sua dívida comigo está paga — digo. — Você é livre para partir.

— Paguei como?

— Com sua ajuda para libertar a sereia.

Ele para só por um segundo.

— Mas ela fugiu. Até que a encontremos novamente, não vejo como posso partir. Não seria honrado.

Estou prestes a abrir a boca para comentar quão *honrado* acho que ele é quando ele fala novamente.

— E, se der na mesma para você, eu gostaria de ficar.

Ele quer estar aqui, percebo. E não consigo pensar em nenhum motivo nefasto para que ele deseje isso. Seu irmão está em segurança. Não foi isso que ele sempre quis? Ficar ao lado do irmão e garantir que o mimado do Draxen conseguisse o que deseja?

Então por que ele quer ficar? Pelo tesouro?

Um calor brota em meu peito pela próxima possibilidade: será que ele ficou por minha causa?

E a maior de todas as perguntas: eu *quero* que seja por minha causa?

Não consigo sequer começar a imaginar a resposta para essa pergunta.

Então eu minto.

— Dificilmente importa para mim se você vai ou fica. Mas, se escolher ficar, é melhor fazer por merecer. Não aceito preguiça neste navio.

— É claro que não, capitã. Onde gostaria que eu ficasse?

— Já que gosta tanto de passar o tempo com Roslyn, pode se juntar aos armadores. Agora, mexa-se.

— Esse é o trabalho mais perigoso do navio — diz ele. É menos um argumento e mais uma declaração.

— Na minha tripulação, você começa de baixo e vai crescendo.

— Enwen e Kearan não fizeram isso.

Roslyn desembainha novamente a adaga.

— A capitã lhe deu uma ordem, marinheiro.

— Sim, obrigada, Roslyn — digo. — Vamos deixar a adaga de lado por enquanto. Ou será que preciso ter outra conversa com seu pai?

— Não, capitã — ela responde antes de sair correndo na direção do cesto da gávea.

Riden olha para ela.

— Ela é terrivelmente jovem para estar em um navio pirata.

— Não somos todos?

🐚

Meu passo está mais animado quando me viro para a escada. Estamos a caminho agora. Nossa próxima parada, a Isla de Canta, onde riquezas e glórias nos esperam. Eu me pego cantarolando quando chego ao último degrau, mas então paro.

— É sério isso, Kearan? — digo. Ele está caído de cara no chão. Provavelmente desmaiado em seu próprio vômito, mais uma vez. Isso não pode continuar. Terei que pensar em uma punição adequada para ele. Não me importa o que ele faz com seu tempo livre, mas quando está de serviço é melhor estar pronto para cumprir seus deveres.

De repente, todo o corpo dele se ergue, e dou um passo para trás, para o caso de ele estar tendo algum tipo de ataque de sonambulismo.

— Três — diz ele, em uma voz áspera, antes de cair no chão mais uma vez.

Será que ele fala dormindo? Ele é conhecido por fazer isso até com os olhos abertos. Não, espere...

— Você está fazendo *flexões*? — pergunto.

— Q-q-quatro — balbucia ele ao se erguer mais uma vez.

— Pelas estrelas, é isso que você está fazendo. O que deu em você?

Depois do cinco, ele cai no chão e rola de costas, totalmente sem fôlego.

— Estou passando o tempo, só isso. Temos uma longa jornada diante de nós.

Sim, mas em geral ele passa o tempo bebendo.

Ele enfia a mão no bolso. Ah, lá vamos nós.

Mas o que ele tira não é um frasco.

É um cantil. Do tipo que usamos no navio para guardar água. Ele se senta e toma alguns goles.

— O que é isso?

Ele estende o cantil para mim, e eu dou uma cheirada. É água.

— Ela jogou todos os meus frascos no mar enquanto eu estava dormindo — diz Kearan. — Não tinha percebido que ela se importava tanto. — Ele vasculha o navio em busca de Sorinda, mas ela deve estar no porão, porque ele fixa o olhar em mim mais uma vez. — Mais alguma pergunta, capitã? — O tom de voz dele é entediado.

— Estamos indo na direção certa?

— É claro. Estou mantendo o navio no rumo.

— Ótimo — digo, antes de me afastar rapidamente.

Antes que Kearan comece a cantar ou ganhe asas.

🐚

Ao sair dos meus aposentos na manhã seguinte, uma ave negra e amarela está empoleirada na amurada a estibordo, com um pergaminho amarrado na pata esquerda.

Não preciso adivinhar quem me mandou a carta.

Ainda que não esteja endereçada a ninguém e não esteja assinada, reconheço a caligrafia caprichada do meu pai.

Você pegou algo que me pertence. Devolva, imediatamente, e garanto que sua punição será rápida.

Devolver *algo*, como se minha mãe fosse algum tipo de bem valioso e não um ser vivo. O calor serpenteia pelo meu pescoço, mas não é por causa da frase descuidada dele. Onde está a explicação que eu mereço? Ele nem sequer vai tentar me dizer por que mentiu para mim durante anos? Por que ele manteve minha mãe escondida de mim? Kalligan é um mestre em distorcer as palavras. Nem chega a tentar me convencer a ficar do seu lado.

A brevidade da carta só pode significar uma de duas coisas. Ou ele está furioso a ponto de as palavras o terem abandonado, ou sabe que não posso ser convencida depois do que descobri. De todo modo, sei que a carta é uma mentira. Não acredito nem por um instante que a punição que ele deseja seja rápida.

O pássaro Yano espera pacientemente, mas não tenho intenção de mandar resposta. Sei que o silêncio é a melhor maneira de provocar meu pai. Deixá-lo remoer a perda da sua sereia.

O fato de ter me perdido.

Eu me pergunto o que o incomoda mais.

Eu era o meio para ele conseguir entrar e sair da Isla de Canta com vida. Minha tripulação de mulheres e eu somos as únicas que resistem ao canto da sereia. Vordan estava errado a respeito de Kalligan ter um dispositivo para protegê-lo. Meu pai e eu sempre suspeitamos de que ele é imune às minhas habilidades por causa dos laços sanguíneos que temos. Mas sua imunidade só se aplica a mim. Qualquer outra sereia não teria dificuldade em encantá-lo. Isso o torna vulnerável na Isla de Canta.

Agora que me perdeu, ele precisará resolver essas coisas por conta própria.

Eu espanto a ave com as mãos. Ela grita e sai voando, seguindo na direção noroeste. É fácil esquecer que o perigo está por perto quando ninguém consegue vê-lo, mas aquela ave não voará muito antes de pousar no convés do *Crânio de Dragão*.

— Problemas? — pergunta uma voz.

Uma voz masculina.

A voz de Riden.

— Nada de novo — digo. — O rei pirata quer sua sereia de volta.

— E o que você falou para ele?

— Não me dignei a responder.

— Isso deve alegrá-lo.

Ele está tentando deixar a situação mais fácil. Tentando deixar *nossa* situação mais fácil, só que não vou cair nessa.

— O que você quer, Riden?

— Neste momento? Nada.

Ele está com o cabelo preso na altura do pescoço, mas uma rajada de vento faz algumas mechas se soltarem.

Eu me repreendo por querer tocar nelas.

— Por que está no meu navio? — Ler o bilhete do meu pai parece ter causado uma onda de desconfiança.

Ele me observa com cuidado, e sua expressão se torna inquisitiva.

— Não é óbvio?

— Se fosse, eu estaria perguntando? — digo, demonstrando minha irritação no tom de voz.

Ele sorri como se eu tivesse acabado de falar a coisa mais divertida do mundo.

Isso me dá vontade de bater nele.

Já que essa não é a melhor ideia, dou meia-volta para deixá-lo falando sozinho, mas ele coloca a mão no meu braço. Antes que eu consiga fazer qualquer coisa, ele está bem ali. Com o peito pressionado nas minhas costas, o hálito quente em meu ouvido.

— Estou aqui porque, quando tentei embarcar naquele bote com meu irmão, percebi que a última coisa que eu queria era ficar longe de você. — Ele passa a mão pelo meu braço esquerdo, que está virado na direção do mar. Longe dos olhos da tripulação. — Estou aqui por você, Alosa. — Os dedos dele roçam de leve no meu pescoço, causando um calafrio nas minhas costas. — Se você não consegue perceber isso, então não estou me saindo muito bem em demonstrar.

Os lábios dele encostam no lóbulo da minha orelha. Para qualquer outra pessoa no navio, deve parecer que ele está me contando um segredo.

Agora ele quer me tocar? O que aconteceu com o homem que queria fugir para o outro lado do quarto? A lembrança retorna à superfície. Eu retruco:

— Você está esquecendo. Sou emotiva demais para o seu gosto.

Solto o braço com um puxão e não olho para trás.

A rejeição dói, não dói, Riden?

🐚

Kearan não está no leme quando vou até lá no dia seguinte. Niridia assumiu o posto dele.

— Onde ele está agora? — pergunto, com um gemido.

Ela aponta para baixo. Espio por cima do castelo de popa e encontro Sorinda recostada na porta da enfermaria, com a cabeça virada para poder pressionar o ouvido na madeira.

— O que você está fazendo? — pergunto para ela.

— Nada — responde ela imediatamente. Ela desaparece no porão antes que eu consiga perguntar qualquer outra coisa.

— Kearan está na enfermaria — explica Niridia. — Ele não consegue parar de tremer e suar. Mandsy abre a porta de vez em quando para jogar um balde com os conteúdos estomacais dele para fora do navio.

— Então ele ainda está sem beber.

Estou impressionada.

CAPÍTULO 10

Estou em uma das salas de armazenamento no porão, examinando o equipamento.

— O *Ava-lee* já estava bem abastecido quando chegamos à fortaleza, capitã — diz Radita, gesticulando na direção da sala abarrotada. — Não sofremos nenhum dano quando fomos capturar Vordan. Embora não estejamos tão equipadas quanto eu gostaria para uma viagem tão longa, ainda temos suprimentos suficientes. Há lonas para reparar cada uma das velas, pilhas de tábuas para o caso de o convés precisar ser refeito, corda extra se algumas das nossas começar a demonstrar sinal de desgaste. Estou verificando todos os dias. Até agora, está tudo bem.

Radita passou a maior parte de sua vida sendo treinada pelo avô, um dos mais famosos construtores navais à disposição do rei das terras. Depois da morte dele, ela não conseguia mais se sustentar, pois o rei das terras não estava disposto a contratar uma mulher para preencher a posição vaga. Foi quando a encontrei.

— Não há ninguém em quem eu confie mais na manutenção do navio, Radita. Continue com o bom trabalho.

— Sim, capitã.

Já faz duas semanas que deixamos Draxen no posto de abastecimento. O *Ava-lee* tem se mantido firme sob a pressão de ventos fortes e favoráveis, que nos levam por águas que nunca vimos antes. Não há terras conhecidas tão ao sul. O rei das terras paga suas dívidas com meu pai para permitir que seus navios explorem essa área, mas nenhum jamais retornou com notícias de terra firme, se é que chegaram a retornar. Meus ancestrais mantiveram seus segredos bem escondidos.

Mesmo assim, duas semanas de bons ventos significam que temos três – talvez quatro – dias de vantagem sobre meu pai, dependendo de quanto tempo ele demorou para colocar a frota em movimento. É uma dianteira aceitável, mas não boa o suficiente para que eu durma tranquila à noite.

Passo pela abertura que leva à carceragem no meu caminho para o convés e espio lá dentro. Riden está sentado à mesa com Wallov e Deros, jogando cartas. Ele parece considerar sua missão pessoal fazer todo mundo no navio gostar dele. Se não está apostando com os homens, está no cesto da gávea, olhando pelo telescópio com Roslyn ou bebendo com as garotas. Eu até o vi tentando ganhar a confiança de Niridia. Ela não é do tipo que confia com facilidade, mas, quando alguém ganha sua confiança, é a amiga mais leal que se pode ter. Imagino que é questão de tempo até que Niridia esteja encantada com ele também.

Em pouco tempo serei a única pessoa no navio que não o suporta.

Kearan está no leme quando chego ao castelo de popa. Ele só voltou ao trabalho nos últimos dias. Demorou algum tempo para se recuperar da desintoxicação. É cedo demais para dizer se gosto mais do homem sóbrio ou não.

— O vento está aumentando — diz ele a modo de cumprimento. — Há uma tempestade no horizonte. A pequenina já viu nuvens negras. Estamos seguindo direto para elas.

É claro que sim.

— Mantenha a rota — digo para ele. Então grito para Niridia. — Deixe tudo amarrado e bem seguro. Encontraremos tempestade adiante.

— Todos ao trabalho! — ela grita. — Aviso de tempestade. Todos os objetos soltos devem ser guardados!

Agora todos os conveses estão em atividade, enquanto caixas e barris são duplamente amarrados. Embora eu continue no convés principal, sei o que está acontecendo embaixo de mim. Trianne, a cozinheira do navio, está colocando todos os utensílios nos armários da cozinha. Os canhões estão sendo guardados, espalhados ao redor do navio para que seu peso não nos faça pender para um só lado. Todas as portas e janelas estão sendo fechadas.

Não demora muito até que nós, que estamos na parte de cima, possamos ver as nuvens escuras no horizonte.

— As velas? — pergunta Niridia.

— Ainda não. — Não há distância suficiente entre nós e a frota de Kalligan. Em geral, as tempestades não duram mais do que algumas horas. Cada minuto com as velas presas é mais um minuto que a frota tem para se aproximar de nós.

A noite cai, e ordeno que cada lanterna do navio seja acesa. Ninguém ousa ir dormir. Estão todos no convés. Esperando. Observando.

A maior parte da noite já passou quando a tempestade finalmente cai. O vento se torna frenético, e Kearan começa a lutar com o leme.

— Essa é a embarcação mais fácil com a qual já lidei! — ele grita para ser ouvido por sobre a água que cai e o vento voraz.

— Uma das vantagens de ter um navio menor! — grito em resposta. As velas sacodem freneticamente ao vento, e já não estão mais no ajudando. Vão ser estraçalhadas se as deixarmos estendidas.

— Niridia, baixe as velas!

Ela desce correndo as escadas e coloca as mãos em concha ao redor da boca.

— Armadores, aos seus postos! Baixem as velas. Ninguém sobe nos mastros sem uma corda de segurança!

Riden e os outros prendem cordas nas cinturas e amarram a outra ponta em entalhes perto dos pés dos mastros. A chuva começa a pesar, e imediatamente tudo fica escorregadio. O navio faz uma curva fechada, a correnteza abaixo o faz virar em direções imprevisíveis.

Eu olho para trás.

— Kearan, abandone o volante.

— Posso manter o navio estável, capitã. Sou um timoneiro experiente.

— Você não conhece o *Ava-lee* como eu conheço. Agora, mexa-se!

Ele faz cara feia, mas me obedece. Em vez de ir para o porão, ele fica parado atrás do meu ombro. Outro solavanco violento começa a mover o navio, mas eu seguro o volante e o mantenho parado. É quando uma garota escorrega do mastro e fica pendurada pela corda de segurança. A chuva é pesada demais para que eu possa dizer quem é. Mas ela consegue segurar a corda e se puxa para cima. Outra garota corre até ela ao longo da viga e a ajuda a ficar em pé sobre a madeira sólida.

— Niridia! — eu grito. — Toda a tripulação desnecessária deve ir para o porão!

— Sim. — Ela corre pelo convés, gritando para todo mundo se segurar na amurada, nos mastros e em qualquer outra coisa para não ser arremessado no oceano. Calmos, porém com rapidez, todos se dirigem para a escotilha. Enwen é o primeiro a chegar lá. Ele a segura aberta e ajuda as garotas a passarem pela abertura uma a uma antes de entrar também.

Todas as velas estão amarradas, exceto a mais alta, a do mastro principal. Um corpo maior, que só pode ser de Riden, sobe com mais duas garotas para prendê-la.

— Kearan, junte-se aos demais no porão — digo.

— Sou necessário aqui, capitã. Vou ficar.

Olho por sobre o ombro.

— Como você é necessário?

— Se você cair no mar, alguém precisa assumir o leme.

— Você não se importa com a própria segurança, é isso?

— A única pessoa em quem confio no leme sou eu mesmo. *Estou* cuidando do meu pescoço.

Volto a ignorá-lo depois disso. Se ele vai começar a ter dificuldade em seguir ordens como Riden, então pode ser dragado pelas profundezas do oceano e eu direi boa viagem.

Wallov sai correndo pelo alçapão um segundo depois, dirigindo-se para o mastro principal. Uma agitação lá no alto chama minha atenção. Riden luta com alguma coisa no cesto da gávea.

Outro solavanco repentino, e o navio vira para a esquerda.

Dois corpos, um grande e um pequeno, caem do mastro e se debatem na beira do navio, despencando tão rapidamente que, se eu tivesse piscado, não teria visto a cena.

Deixo o leme e chego à metade do caminho para bombordo quando o navio começa a rodopiar freneticamente em círculos, me fazendo cair de quatro. Wallov acaba esmagado no navio, onde a amurada se encontra com o convés, e a força do giro o impede de ficar em pé.

Outro solavanco forte e sou jogada de costas. Estico o pescoço para ver Kearan assumindo o controle do leme mais uma vez. Salto atrás de Roslyn e Riden antes de pensar nas consequências.

A corda está esticada ao máximo na beira do navio. Wallov finalmente consegue ficar em pé e começa a puxar a corda. Assim que chego ao seu lado, adiciono minha força à dele. Trazemos o corpo da pequena Roslyn a bordo. Ela está consciente, mas geme tão alto que posso ouvi-la por sobre a tempestade.

— Vai ser um hematoma dos diabos — ela diz enquanto esfrega a corda embaixo dos braços.

— Cuidado com essa boca — diz Wallov, mas a puxa para si em um abraço esmagador.

— O que aconteceu? — pergunto. Seguro a lateral da amurada o mais forte que consigo enquanto procuro por Riden no mar agitado.

Roslyn empurra o pai para poder me encarar.

— Eu falei para ele que eu não precisava da corda! Mas ele não me ouviu. Ele a desamarrou da sua cintura e a colocou ao redor da minha.

— Você devia estar no porão com todo mundo — diz Wallov. — O que estava fazendo?

— Eu estava de vigia. É ainda mais importante ter olhos no mar durante uma tempestade. A capitã precisava de mim!

O rosto de Wallov está mais duro do que jamais vi diante de sua filha.

— Um homem está morto porque você foi desobediente.

Roslyn estremece involuntariamente, mas sinto meus sentidos se clareando.

— Ele ainda não está morto — digo. — Leve-a para o porão.

Roslyn abaixa a cabeça, envergonhada, enquanto Wallov a leva embora.

Niridia e o restante das armadoras chegam um instante depois.

— Vou atrás dele — diz ela enquanto mexe em sua própria corda.

— Não — digo. — É perigoso demais. — Minha mente está acelerada, sabendo que cada segundo de atraso leva Riden mais perto da morte. — Amarre-a em mim.

— O quê?

— Faça o que eu disse. Use um nó constritor em volta da minha cintura. Não vou conseguir desfazê-lo sob a água. — Não preciso dizer a parte seguinte em voz alta. *Mesmo em meu estado de sereia.* Entrego a ela todas as minhas armas e tudo o que é afiado. — Não terei escolha a não ser retornar ao navio.

— Mas você não estará lúcida o bastante para alcançar Riden.

— Já fiz isso antes. — De algum modo, consegui salvar a nós dois de Vordan nadando para a segurança.

— Como?

— Não sei, mas é o único meio de ele ter uma chance.

Ela me encara com tristeza enquanto termina de amarrar a corda. Sei que nós duas estamos pensando a mesma coisa.

Riden não tem chance nenhuma.

Tento arrancar a corda do meu corpo, e descubro que está firme.

— Esteja pronta para me prender quando eu voltar ao navio. Peça para os outros homens tamparem os ouvidos.

Então eu mergulho.

Enquanto caio, preencho meus pensamentos com Riden. *Não se esqueça. Você vai entrar na água para salvá-lo, nada mais do que isso. Você não vai perder a si mesma. Você não vai se tornar o monstro.*

Fecho os olhos quando atinjo a água, como se, de algum modo, isso me ajudasse a manter o controle.

O calor me envolve. O mar me cerca com a carícia mais gentil do mundo. Ele e eu somos um só, e ele sentiu minha falta durante minha longa ausência. E, ah, como senti falta dele. Estou contente em deixá-lo me puxar para baixo, para baixo, para baixo, onde posso descansar no fundo do oceano.

Mas há um distúrbio na água.

Eu procuro nas profundezas do mar. Eu veria melhor se ele não estivesse tão escuro e as ondas tão agitadas. Mesmo assim, consigo ver um humano. Ele não pode me ver; está concentrado demais em seus braços e pernas. Como se conseguisse dominar todo o peso do oceano apenas com seus membros.

Eu o observo por um instante. Em vez de subir, ele está afundando cada vez mais. Às vezes ele nem sequer segue na direção correta, enterrando-se cada vez mais fundo sob as ondas. Logo fico cansada de vê-lo se debater.

Venha aqui, criatura triste, canto, e o homem vira a cabeça na minha direção. Ainda que não possa me ver, ele faz o melhor para obedecer ao meu chamado. Cada músculo de seu corpo faz o possível para que ele possa se aproximar de mim. Seu progresso agora é muito melhor do que antes, agora que ele não está mais lutando contra a correnteza. Mesmo assim, ele se move devagar demais para o meu gosto. Não gosto de esperar.

Nado até ele. Estou quase lá quando uma força me puxa na direção contrária. Olho para baixo e encontro uma corda me prendendo.

Eu a puxo, tentando me libertar, mas está bem amarrada e não cede. Eu poderia cortá-la com minhas unhas, mas o homem provavelmente estaria morto antes disso. Não nos divertiremos tanto se ele já estiver morto!

Venha aqui, então. Só mais um pouco!

Ele consegue se impulsionar mais um pouco, e eu o alcanço com as pontas dos meus dedos. Meus lábios se abrem em um sorriso largo enquanto o trago para perto.

Ora, ele é bonito. Passo um dedo pelo seu rosto, até alcançar seus lábios.

Os olhos dele se esforçam para me ver. De repente ele relaxa, como se estivesse confortável agora que está comigo. Não, espere. Ele está ficando sem ar. Isso ainda não pode acontecer.

Eu me inclino e pressiono meus lábios nos dele. Tenho ar nos pulmões de antes de pular no mar. Dou tudo para ele.

O toque é elétrico. Meu corpo todo ganha ainda mais vida do que antes. Ainda sinto a força de estar submersa. Sinto a confiança, o poder.

E minha mente retorna a mim.

Riden.

Seguro os braços dele e nado em direção à superfície. O rosto dele sai de sob a água e ele inspira várias e várias vezes, necessitado de ar.

As ondas lutam contra mim com tudo o que têm, mas não me rendo. Mantenho Riden acima da água, onde ele pode respirar. É mais do que estranho estar tão cercada pela água e por ele, como se as duas forças estivessem lutando para ver quem domina minha mente. A água encoraja a sereia; Riden, a humana.

— Puxe para cima! — grito o mais alto que posso. Estou preparada para cantar para Kearan, se ele não tiver tampado os ouvidos ainda, mas a corda começa a nos içar na direção do navio. Riden engasga enquanto somos arrastados através das ondas.

O frio me atinge assim que estou fora da água. Riden treme perto de mim, mas eu não passei frio por tempo suficiente para ser tão profundamente afetada. As temperaturas extremas do oceano não causam danos ou sequer são notadas pela sereia.

Quando alcançamos a beirada do navio, várias garotas puxam Riden dos meus braços e o colocam no convés. Então me seguram. Em vez de me colocarem devagar no chão, sou praticamente jogada.

— Mas que...

Um peso cai sobre mim. Cordas. Não, uma rede. Eu a puxo, tentando me libertar, mas isso só me faz me enroscar mais. Estou sendo arrastada.

Me concentro nos meus arredores, me perguntando quem teria invadido o navio durante a tempestade. Mas não estou encarando intrusos.

— Niridia? — pergunto, atônita ao descobrir que ela é uma das garotas que me arrastam. — Tire essa maldita coisa de mim! O que está fazendo?

— Levem Riden até Mandsy, para que ela possa cuidar dele. E, pelo amor das estrelas, cubram os ouvidos dele.

Ah. Ela pensa que sou a sereia. É claro que sim. Eu entrei na água.

— Niridia, estou bem. Sou eu.

Haeli e Reona, duas das minhas armadoras, olham para Niridia com ar de interrogação diante da minha lucidez.

— Ignore-a. A capitã não é ela mesma. Ela estará bem pela manhã. — Ela se inclina na direção de Sorinda. — A criatura está ficando mais esperta.

Eu suspiro.

— Niridia Zasperon, eu realmente prefiro não passar a noite na carceragem. Isso me deixa de mau humor no dia seguinte.

Ela se afasta da rede e olha para mim.

— Só no dia seguinte, capitã?

— Muito divertido.

Ela coloca as mãos nos quadris.

— Você gostaria que eu colocasse a segurança da tripulação em risco só para você poder dormir em uma cama macia?

Contenho um rosnado.

— Tudo bem. Me coloque na carceragem. Mas preciso de roupas secas, ou vou congelar. E cobertores extras.

Niridia ri consigo mesma, embora eu não consiga ouvi-la com o vento.

— Certo, deixem a capitã sair. Ela está bem.

Quando consigo sentir meus dedos novamente, vou para o porão com os demais. Kearan permanece lá em cima para manter o navio no rumo. Prometo rendê-lo em breve. Ele ignora meu comentário como se não desse a mínima. Nesse sentido, ele é muito parecido com Sorinda.

Em um canto do alojamento da tripulação, uma garotinha chora nos braços de seu pai. Assim que me vê, Roslyn para de choramingar. Ela fica em pé e se afasta de Wallov.

— Aceitarei qualquer punição que tiver para mim, capitã. — Ela tira a adaga da bainha e a oferece para mim.

Eu a observo cuidadosamente.

— Você ouviu Niridia mandar todo mundo para o porão?

— Não, capitã, mas...

— Mas?

— Eu vi os armadores abaixando as velas. Eu sabia que os ventos estavam ficando perigosos. E eu não devia ter permitido que Riden colocasse sua corda em mim. Foi minha escolha ficar no cesto sem proteção. — Ela não abaixa a cabeça; mantém os olhos azuis fixos em mim.

— Pelo que eu vi, pareceu que você lutou muito com ele.

— Bem, sim, capitã. Mas eu devia ter sido forte o bastante para impedi-lo.

Eu me ajoelho para ficar no nível dela e lhe devolvo a adaga.

— Até onde eu sei, marinheira, você não fez nada errado. Não espero que você seja mais do que já é. Você não desobedeceu deliberadamente a nenhuma ordem, e Riden está vivo.

Os olhos dela se iluminam.

— Vivo? De verdade?

— Sim. O único a quem você deve um pedido de desculpas e que deve punir você é seu pai, por tê-lo feito quase morrer de susto.

— Tenha certeza de que ela será punida — diz Wallov. E bagunça o cabelo no alto da cabeça dela.

Roslyn assente de modo solene antes de perguntar.

— Posso ir ver Riden?

— Ainda não — respondo. — Ele precisa ser examinado por Mandsy antes. Vou atrás dela agora em busca de notícias, mas queria que você soubesse que ele está bem.

Ela envolve os bracinhos ao meu redor e me aperta antes de retornar para o lado do pai.

Mantenho uma mão no corrimão para me equilibrar enquanto subo os degraus. A tempestade só piorou, e me preocupo com a segurança do navio e da tripulação. Se encalharmos com esse tempo...

— Como o navio está se comportando? — grito para Kearan assim que chego ao topo.

— Não está fácil, mas estou controlando.

Assinto com a cabeça, digo para ele que volto assim que vir como está Riden e sigo para meus aposentos. Niridia me informou que as garotas tinham levado Riden para a enfermaria, um aposento com uma mesa acolchoada para pacientes, mas o navio estava instável demais para que ele ficasse deitado ali. Depois de um tempo, elas o levaram para o meu quarto. Os carpetes luxuosos no chão eram o melhor lugar. Ele não pode cair dali.

— Pela última *maldita* vez, Mandsy, eu não quero mais água! Acabo de passar os últimos dez minutos tossindo para tirar toda a que estava nos meus pulmões.

— Seu corpo passou por uma provação. Você está exausto e devia beber alguma coisa. — Mandsy não é intimidada por nenhum de seus pacientes. Jamais. Ela poderia cuidar de um urso rosnando se ele estivesse machucado. Ela tenta levar o copo aos lábios de Riden.

— O que eu quero é ser deixado em paz para poder dormir. Certamente dormir é parte do tratamento?

— Sim, mas você pode ter sofrido uma concussão se bateu a cabeça em algum lugar embaixo d'água. Alguém devia ficar observando você.

O navio balança. Mandsy dá um passo para trás tentando manter o equilíbrio, mas um pouco da água escorre do copo que ela está segurando, e Riden se segura com os braços no lugar em que está deitado no chão. Quando o navio se endireita novamente, entro no quarto.

— Mandsy — digo —, vá lá embaixo examinar Roslyn. Assegure--se de que ela esteja bem.

Mandsy passa por mim enquanto Riden me encara, alarmado.

— Ela caiu na água também? Ela está...

— Ela está bem, graças a você — eu lhe asseguro. — Eu só queria que Mandsy saísse daqui para que você parasse de ser rude.

A preocupação dele se transforma em uma careta.

— Eu disse que não queria companhia *nenhuma*.

— Este é o *meu* quarto, e eu acabo de salvar a sua vida. Você podia mostrar um pouco de gratidão por todas as pessoas que estão tentando ajudá-lo.

Ele não me olha agora. Considera seus pés muito mais dignos de sua fúria.

De algum modo, Riden conseguiu colocar uma calça seca. (Eu já me sequei com minhas habilidades.) Uma toalha está pendurada em seu pescoço, impedindo que o cabelo molhe seu peito nu. Uma camisa seca está largada perto dele, mas é provável que ele não tenha energia para vesti-la.

— Quer ajuda com isso? — pergunto, apontando para a camisa.

— Se você não vai embora, então eu vou. — Ele tenta se levantar; pelo menos é o que acho que está fazendo. Suas pernas estão tremendo.

Eu corro para a frente e empurro os ombros do idiota.

— O que você está fazendo?

Ele afasta meus braços com uma pressão frágil e tenta se levantar novamente.

— Mantenha seu traseiro no meu chão — digo.

— Por que não *me obriga*? — ele retruca. — Já quebrou sua promessa hoje. Que tal mais uma vez?

Fico boquiaberta.

— É disso que se trata?

Ele ainda não olha para mim.

— Você realmente preferia que eu o tivesse deixado se afogar?

— Eu lhe dei minhas condições para me juntar à sua tripulação. Sob nenhuma circunstância você ia usar suas habilidades em mim.

— Você ia morrer!

Ele vira o pescoço na minha direção, e seus olhos encontram os meus instantaneamente.

— Então você devia ter deixado. Eu praticamente me matei tentando *obedecer* a você. Mal consigo levantar os braços, e esqueça as minhas pernas. Sinto como se tivesse nadado anos sem parar. Não porque eu estava lutando pela minha vida, mas porque estava tentando seguir as ordens de uma sereia.

— Você está sendo um imbecil. Não fiz nada de errado.

Ele murmura alguma coisa baixinho. Eu quase deixo para lá, mas, se ele vai me ofender, é melhor ter coragem de fazer isso na minha cara.

— O que foi isso? — pergunto.

— Você é como ele.

Minha mente fica em branco. Ele?

— Quem?

— Jeskor — ele responde tão baixinho que quase não escuto. Seus olhos ganham uma expressão distante, refletindo algum tempo. Algum demônio do passado, percebo.

Sei muito bem como é ser criada por um pirata. Mas não sei inteiramente como foi a vida de Riden. O que o pai fez com ele?

— O que aconteceu? — pergunto.

Ele estreita os olhos na minha direção mais uma vez.

— Quero ficar sozinho.

— Está bem — retruco. Jogo a maior coberta da minha cama em cima da cabeça dele. Talvez ele esteja fraco demais para puxá-la e morra sufocado, mas provavelmente é querer demais.

Vou embora antes de fantasiar mais sobre estrangulá-lo.

Como ele ousa me fazer morrer de susto e depois tentar me fazer sentir culpada? Eu devia jogar seu traseiro de volta ao mar.

— Kearan, vá lá embaixo e diga para Mandsy ficar com Riden novamente se Roslyn estiver bem. Depois descanse um pouco. Eu assumo o leme por enquanto.

Ele abre a boca.

— Se pretende discutir comigo, sugiro que não faça isso.

Algo no meu tom de voz o convence a ir para a escotilha sem mais um instante de hesitação.

Duas horas se passam. A luz nebulosa do amanhecer finalmente aparece no horizonte, mandando um pouco de claridade para que possamos ver. Kearan está novamente no leme, enquanto eu descanso meus braços da batalha contra o mar. O navio precisa ser constantemente virado na direção das ondas, para evitar que tombe. É como se a tempestade fosse a manifestação da ira do meu pai.

Uma rajada brutal de vento atinge a embarcação, e um *estalo* corta o ar. Presumo que seja mais um trovão, até que sinto que o navio começa a embicar. Não posso fazer nada além de observar enquanto o mastro principal se parte logo embaixo da segunda vela. Ele cai na lateral do barco, arrebentando a amurada e abrindo um buraco no convés. Fica preso por meros fragmentos de madeira e algumas cordas.

Corro até o alçapão, abro e grito:

— Niridia! Traga a tripulação para cá! Agora! Antes que a tensão nos arraste para o fundo!

Há um borrão de movimentação enquanto a tripulação sobe correndo ao convés, carregando facas e machados. Eles cortam as cordas e a madeira que está nos fazendo afundar. Radita redireciona as pessoas para que a tarefa possa ser feita da maneira mais eficiente possível.

O mastro quebrado cai no mar, e o navio balança para o lado oposto. Ficamos sacudindo de um lado para o outro, até que a embarcação se endireite.

Tão lentamente quanto veio sobre nós, a tempestade agora retrocede. O mar descansa e as nuvens se retraem. O sol sobe cada vez mais alto em seu caminho pelo céu.

Radita deixa a tripulação descansar por um instante antes de instruir todos a limparem a bagunça. Pedaços de plantas marítimas estão enroscados nas grades. Cordas soltas estão por toda parte. Restos de madeira lotam o convés. Radita diz quais pedaços do navio salvar e quais jogar ao mar. Algumas das garotas começam a reconstruir as partes da amurada e do convés que foram quebradas.

O mastro de mezena e o mastro de traquete ainda estão em pé, mas o cordame pende frouxamente no convés, balançando com os ventos mais calmos. O mastro principal flutua na água a certa distância, e algumas garotas pegam um bote a remo para tentar resgatar as velas e o cesto da gávea.

Só então nossa nova situação me atinge completamente.

Uma sequência de palavrões sai da minha boca enquanto analiso o estrago. Nem sinto culpa quando Roslyn se vira para Niridia e pergunta o que uma daquelas palavras quer dizer.

O navio mal rasteja sem o mastro principal. Não podemos desenrolar a vela do mastro de traquete porque o cordame precisa de conserto. A vela latina na mezena não ajuda muito a empurrar a embarcação adiante. O rei pirata não terá dificuldade em nos alcançar agora.

Não consigo parar de olhar para o mastro quebrado. Meu pai me traiu. Minha mãe me traiu. Agora meu próprio navio me traiu.

Uma sensação de impotência aparece bem lá no fundo da minha mente, esperando, querendo tomar conta de todo o resto.

Três dias.

É possível que meu pai esteja a três dias de distância.

Nosso navio agora está drasticamente mais lento que o dele.

Ele nos alcançará em pouco tempo.

Pensar nisso quase me deixa sem ar de tanto medo. O que mais eu poderia ter feito? Tínhamos um plano. Estávamos indo bem – mas não posso controlar o tempo. Esse fracasso não é minha culpa.

Então, por que eu me sinto responsável? Fiz algo de errado? Descobri que meu pai não era o homem que eu pensava que fosse. Julguei que me afastar dele seria mais seguro para minha tripulação e para mim. No entanto, ao ordenar que todos abandonassem a frota, eu nos coloquei em mais perigo do que jamais estivemos antes.

Mas você lhes deu uma escolha, uma vozinha racional argumenta em minha mente. *Você deu a todos a opção de partir. Eles escolheram ficar.*

Mesmo. Assim. Minha. Culpa.

Um corpo tromba com o meu, e finalmente ergo o olhar.

— Desculpe, capitã — murmura Lotiya enquanto carrega uma pilha de tábuas para consertar o convés.

Dou uma boa olhada ao redor e vejo os homens jogando os detritos mais pesados para fora do navio, vejo as armadoras trabalhando para consertar as duas velas que nos sobram, observo Roslyn varrer o convés com uma vassoura – os rostos da minha tripulação.

Estão todos vivos. O rei pirata ainda não nos alcançou.

Deixei o desespero vencer cedo demais. Nem toda esperança está perdida.

Precisamos de um plano.

— Kearan! Niridia! Me encontrem em meus aposentos, agora!

Kearan carrega um pedaço de madeira quebrado no ombro. Ele o joga no mar antes de me seguir com Niridia logo atrás dele.

Vamos até minha escrivaninha, passando por Mandsy e Riden, que estão sentados no chão. Não me digno a olhar para nenhum dos dois.

Estamos aqui pelo mapa.

— Precisamos de um novo mastro — digo. Podemos fabricar um nós mesmos, mas precisamos de uma árvore alta para tanto. Não dá para encontrar isso em mar aberto, mas, se estivermos perto de terra firme... — Sim, aqui! — Aponto para a ilha. Aquela em que meus pais se conheceram. Não está muito distante.

— Não podemos parar aí — diz Niridia. — Não temos ideia do que vamos encontrar.

— Você prefere navegar sem rumo até ficarmos sem comida? — Kearan pergunta a ela. — Ou, pior. Até o rei nos alcançar.

— Podíamos substituir o mastro principal pelo mezena, prender a vela principal nele e...

— É uma boa ideia, Niridia — eu a interrompo. — Mas nunca vamos derrotar meu pai desse jeito. Isso vai nos dar alguma velocidade, mas não o suficiente. Não temos escolha a não ser parar.

Está na natureza de Niridia ser cautelosa. Ela sempre sugere o curso de ação mais seguro e mais prático, mas nunca deixa de seguir ordens quando digo o contrário. Ela é a razoabilidade que se contrapõe à minha imprudência. E sempre preciso considerar opções razoáveis, mesmo que nem sempre as acate.

— Leve-nos até lá, Kearan — digo. — E rezemos para as estrelas para conseguirmos encontrar um tronco adequado na praia.

— Sim, capitã. — Ele nos deixa, e eu faço uma oração silenciosa de agradecimento pelo fato de o leme não estar danificado. Senão realmente estaríamos encrencados.

🐚

Eu rastejo até meu quarto depois de uma longa noite. Depois de dois dias sem dormir, estou praticamente caindo de exaustão.

— Vá embora — exige Riden.

Ah, *não*, ele não vai fazer isso. Eu o salvei. Trabalhei para salvar o navio e o restante da tripulação. Trabalhei duro demais e por tempo demais. Eu *vou* dormir na minha própria cama esta noite.

Eu lhe ofereço um gesto vulgar em resposta antes de passar sobre ele para alcançar minha cama.

— Você não viu — digo, percebendo que está um breu aqui —, mas acabo de sugerir que você vá se...

— Acho que consigo adivinhar — diz ele. Escuto um barulho de algo se mexendo e percebo que é ele tentando ficar em pé para ir embora, assim como tentou antes.

— Você não vai deixar este quarto, Riden. Tente, e pedirei para Mandsy amarrar você.

Ele rosna para mim. É a última coisa que escuto antes de dormir.

CAPÍTULO
11

Esperta, Alosa. Mandar o rei das terras atrás da fortaleza. Ah, sim, eu já soube da notícia. Meus homens estão bem. O rei das terras fugiu com o rabinho entre as pernas. Agora terei que realocar meus homens, graças a você.

Sua lista de crimes só cresce. Não sei se há pele suficiente em seus ossos para as chibatadas que a aguardam.

O último pássaro Yano voltou bem rápido. Se eu não fosse um pirata experiente, não saberia que estamos alcançando você.

O último bilhete do meu pai provoca um calafrio nas minhas costas. A terra não poderia ter chegado em melhor hora.

Pego meu telescópio e espio a fileira verde no horizonte. Árvores altas estão de sentinela por toda a ilha. E se inclinam com as colinas. Nuvens cinzentas pendem sobre a ilha, e, no instante seguinte, o navio passa por uma garoa leve.

Não é muito diferente de Lemisa, a ilha mais próxima da fortaleza, só que o clima é mais quente. Pelo menos um pouco de sorte. Os pinheiros são as melhores árvores para fazer mastros, e esta ilha está coberta deles. As mais próximas da costa são relativamente pequenas, mas se formos para o interior, onde certamente há fontes de água fresca, encontraremos árvores mais altas.

— Senhoras e senhores, estamos quase lá! — digo para a tripulação. Gritos animados surgem em resposta.

— Com seu perdão, capitã — diz Enwen, inclinando-se um pouquinho na minha direção. — Mas tem certeza de que é uma boa ideia desembarcarmos? A ilha pode ser assombrada.

— As sereias vagam por estas águas, Enwen, e você está preocupado com fantasmas? — pergunto.

— Fantasmas, assombrações, banshees, espíritos...

— Não existem — Kearan o interrompe de seu posto ao leme.

— Existem, sim.

— Você já viu algum?

— Não, mas já ouvi histórias.

— Histórias que os pais contam para os filhos, para obrigá-los a se comportarem — diz Kearan. — Nada mais que isso. Não são reais.

— Antes você disse que sereias não eram reais. E olhe para nossa capitã! — Enwen me encara. — Sem ofensa, capitã. Você é uma boa pessoa.

— Obrigada, Enwen.

— Por acaso você estava certo uma única vez — diz Kearan. — Não quer dizer que o restante das suas superstições é real.

— E por que não?

— Porque... — Kearan para de falar. — Por que estou tendo essa conversa? Enwen, vá perturbar alguém que queira ouvir você.

— Você gosta de me ouvir.

— Na verdade não.

— Parem com isso — ordeno aos dois. — Nós vamos desembarcar. Está decidido. Niridia! Reúna todos no convés.

Embora eu não consiga vê-la, ela responde lá de baixo.

— Sim, capitã.

Em questão de segundos, estão todos reunidos, e a tripulação está ansiosa para uma mudança depois de dois dias em passo lento.

Wallov está com Roslyn nos ombros, para que ela possa me ver do convés. Lotiya e Deshel encurralaram Riden na beira do navio, onde ele está sentado sobre um barril.

Ele dormiu um dia inteiro depois do acidente. Assim que conseguiu ficar em pé, deixou meu quarto e ficou longe da minha vista. Não me olha nem mesmo agora, enquanto dou as ordens.

— Não temos ideia do que vamos encontrar na ilha — lembro —, então todos precisam ficar atentos. O que sabemos, porém, é que no passado os homens do meu pai encontraram um grupo de sereias nas águas desta ilha. Por isso ordeno que os homens tampem os ouvidos até que estejamos longe o suficiente no interior para que isso não seja um problema. Estamos entendidos?

Faço questão de olhar para cada um dos homens do navio. Cada um deles confirma com a cabeça. Exceto Enwen, que parece ter tampado os ouvidos antes que eu terminasse minha frase.

— Embora as sereias sejam as únicas criaturas que temos certeza de que existem, precisamos entender que podem existir outros tipos de criaturas mágicas por aqui. Não tenham medo, só cautela. Estamos em águas desconhecidas, mas lembrem-se: meus ancestrais conseguiram chegar bem à ilha das sereias e eles não tinham nem metade dos nossos talentos.

As garotas riem de leve.

— Estamos aqui para encontrar um novo mastro. Quero entrar e sair da ilha o mais rápido possível. Ficaremos juntos. Vou colocar cada homem com uma mulher, enquanto seus ouvidos estiverem tampados. Alguém sempre estará de vigia. Radita vai na frente. — Ela vai conseguir identificar a árvore perfeita para nosso mastro.

— Assim que colocarmos este barco navegando novamente em velocidade máxima, vamos atrás da Isla de Canta e de tesouros além dos nossos sonhos mais malucos!

— Eeeee!

E então vou tirar tudo do meu pai. É a maior punição que consigo pensar para ele, mas não chega nem perto de tirar uma garota de sua mãe.

— Allemos — grito. — Venha até aqui.

Tenho medo de que ele me desafie diante de toda a tripulação e me obrigue a puni-lo novamente, mas, para meu alívio, ele me obedece. Ele pode ficar furioso o quanto quiser comigo, mas ainda sou a capitã dele.

Eu o puxo de lado, para que possamos ter uma conversa em particular.

— Você pode ficar no navio, de guarda, enquanto estamos fora, ou pode nos ajudar a encontrar um novo mastro. Essas são suas escolhas no momento. Por mais arrependido que esteja, você não tem como deixar de ser membro da tripulação. É impossível ir embora agora, e não terei um passageiro desocupado o resto do caminho.

O rosto dele é inexpressivo.

— Está me dando uma escolha?

Não interrompo o contato visual.

— Acho que você é um idiota. Você está vivo por minha causa, mesmo assim está determinado a me odiar por isso.

A mandíbula dele se contrai. Sei que ele quer discutir, mas eu o pressiono.

— Mesmo assim, eu quebrei a promessa que fiz para você. É por isso que você tem uma escolha.

Ele fica quieto por um momento.

— Eu não odeio você.

— Todas as evidências apontam o contrário.

Ele não tem nada a dizer sobre isso. Acho que não vai responder nada. E então...

— Eu vou — diz ele. — Sou membro desta tripulação. Minha força vai ser mais bem aproveitada para obter um novo mastro. Vejo você na praia, capitã.

Capitã.

Já não era o suficiente que o tom de voz dele fosse indiferente, aceitando o destino de estar preso ao meu navio. Agora ele tem que se distanciar de mim mais ainda se recusando a me chamar pelo meu nome, como ele costuma fazer.

Há tanto mais que quero dizer para ele. Tanto que quero exigir dele. Um pedido de desculpas, por exemplo. Seja eu sua capitã, sua amiga ou algo mais... ele não devia ter falado comigo do jeito que falou na outra noite. Não deixarei isso de lado com tanta facilidade.

E, depois, respostas. O que incomoda tanto sua mente que ele prefere morrer a ser salvo pelas minhas habilidades?

Mas essa conversa terá que esperar até outro momento. Por enquanto, precisamos encontrar uma árvore.

— Você fará par comigo na ilha — digo. Não lhe dou uma chance de responder antes de sair para ajudar a baixar a âncora.

Ele pode ficar chateado comigo o quanto quiser. Não pedirei desculpas por salvá-lo.

No entanto, se tiver que ver Lotiya ou Deshel guiando-o pela ilha enquanto ele não for capaz de ouvir, não conseguirei me concentrar na tarefa que tenho de fazer.

Maldito seja.

Maldito seja *tudo* que se relaciona a ele.

As águas estão claras enquanto remamos até a costa. As ondas nos ajudam, nos levando cada vez mais perto da ilha. Os homens estão com os ouvidos tampados, ainda que todos os sinais apontem para a ausência de sereias. Mas não podemos correr riscos. Não é como se eu pudesse senti-las. Passei a vida toda sem saber que minha mãe morava na mesma ilha que eu.

Se eu soubesse, poderia tê-la poupado de anos de escravidão.

Será que mesmo assim ela teria me abandonado?

Se você soubesse que ela a abandonaria, isso a teria impedido de salvá-la?

Não.

Estranhamente, sinto conforto ao perceber isso, embora não me deixe menos zangada com ela.

A ilha parece... normal enquanto nos aproximamos. De algum modo eu esperava que uma ilha ligada às sereias tivesse uma aparência mais mística, embora não tenha muita certeza do que isso quer dizer.

Os botes encalham e nós desembarcamos, puxando as embarcações para a areia, de modo que as ondas não consigam levá-las de volta para o mar. Observamos nossos arredores enquanto nos afastamos da areia da praia, em direção ao chão da floresta coberto das folhas em formato de agulhas dos pinheiros.

Um esquilo percebe nossa aproximação e corre até o tronco mais próximo. O vento agarra as folhas das árvores, sacudindo todas elas. Pássaros beliscam galhos do chão para fazer seus ninhos, e alguma coisa se mexe no mato alto. Provavelmente algum tipo de roedor.

— Separem-se em pares — ordeno.

Mandsy dá o braço para Enwen. Athella se aproxima de Wallov. Deros é reivindicado por Lotiya, e Deshel paira perto de Riden. Eu lhe dou um olhar que a faz dar um passo para trás, e seguro a mão de Riden.

Riden olha para nossas mãos unidas, busca meu rosto, olha novamente para nossas mãos.

Na pressa de evitar que Riden tocasse outra mulher, eu o agarrei sem pensar em como ele reagiria.

Meus dedos se desenlaçam dos dele antes que ele possa puxar a mão, o que tenho certeza de que ele faria. Não olho para ele depois disso, mas estou ao seu lado para o caso de alguma coisa sair correndo do meio dos arbustos.

Kearan, que coloquei junto com Sorinda, estende o braço para ela. Sorinda o encara, sem se mexer. Ele não retira o braço; espera que ela faça alguma coisa. Nunca vi Sorinda não conseguir intimidar um homem com um olhar, mas esses dois estão presos em uma batalha de vontades, com o braço de Kearan, agora muito mais musculoso do que gordo, estendido entre os dois. Todas aquelas flexões têm feito bem para ele.

— Sorinda — digo, para lembrá-la das ordens enquanto estamos na ilha.

Ela empurra o braço dele para a lateral do corpo, mas se mantém perto de Kearan e fica de olho na área ao redor de ambos.

— Ele não é de todo mal, sabia? — comenta Mandsy, cutucando Sorinda com o ombro. — Agora que está sóbrio, ele tem coisas bem interessantes a dizer.

— Não, não tem — responde Sorinda.

— Como você sabe? Nunca fica perto dele a menos que esteja seguindo ordens.

— E o que escuto enquanto sigo ordens já diz o suficiente. Ele é um bufão tagarela.

— Isso foi muito rude.

— Ele não pode me ouvir.

Kearan olha para Sorinda e para Mandsy.

— Vocês estão falando de mim? — diz ele, um pouco alto demais.

Sorinda revira os olhos.

A chuva e a luz diminuem e agora precisam ser filtradas pelas árvores para chegar até nós. Várias trilhas serpenteiam pela vegetação rasteira; é impossível dizer se foram feitas por animais ou por outra coisa. De todo modo, seguimos uma que nos leva para cada vez mais longe do mar. Monitoro uma bússola em minha mão, para que possamos encontrar o caminho de volta para o navio. Radita fica perto de mim, examinando as árvores pelas quais passamos, mas ainda são pequenas demais.

Quanto mais entramos na mata, mais presa me sinto. Ah, o mar, onde posso ver quilômetros de distância em qualquer direção. Mas aqui, em terra firme, na floresta fechada, qualquer coisa pode estar se escondendo. Uma ameaça pode estar a metros daqui e eu não ficaria sabendo. Por que alguém escolhe viver em um lugar desses?

Quando julgo que estamos a uma distância segura do oceano, faço sinal para que os homens destampem os ouvidos. Enwen precisa de mais incentivo do que os outros.

Ainda não vou olhar para Riden.

Em vez disso, procuro entre as coníferas, espiando por entre os galhos, em busca de perigos ocultos.

Uma figura se aproxima de mim.

Estou determinada a não olhar nos olhos dele.

— O que foi aquilo? — Riden pergunta.

— O que foi o quê?

— Você sabe o quê. Você agarrou minha mão.

— Pensei ter visto alguma coisa entre as árvores. Eu estava protegendo você. — A mentira soa patética até aos meus ouvidos.

— Entendo — é tudo o que ele diz.

Quanto mais viajamos sem encontrar nenhuma ameaça, mais certeza tenho de que algo horrível nos espera após o próximo morro. A vida animal praticamente desapareceu, como se estivesse evitando o centro da ilha.

Depois de talvez uma hora, chegamos a uma clareira. Uma fonte de água fresca borbulha do chão, abrindo caminho para um pequeno riacho que segue até o mar. A entrada de uma caverna, aparentemente escavada há muito tempo por uma mina d'água, descansa ao pé de um afloramento de rocha.

Radita caminha até uma árvore que margeia a clareira, do lado oposto à caverna. Ela a examina com cuidado.

— Nenhum sinal de podridão — ela murmura para si mesma. E então. — Este pinheiro tem a altura perfeita.

— Certo — digo. — Peguem as cordas. Amarrem-nas nas árvores ao lado. Riden, Kearan, a serra.

Haeli e Reona, minhas melhores armadoras, sobem em duas árvores ali perto e colocam as cordas com todo o cuidado. Elas vão ajudar a apoiar a árvore na queda, garantindo uma descida mais controlada. Também vão abafar o som da madeira esmagando o solo. Não precisamos anunciar nossa presença. Lotiya e Deshel ficam de guarda enquanto o restante de nós começa a trabalhar.

Riden e Kearan marcam a árvore, para que ela caia no ângulo que queremos. Então os dois pegam a serra. O restante de nós amarra o corpo nas pontas das cordas, para podermos usar nosso peso para segurar o tronco.

O som do metal cortando a madeira começa. Uma ave inclina a cabeça de lado para ver melhor com um olhinho redondo. Depois de alguns segundos, ela sai em voo.

Digo a mim mesma que ela está fugindo de toda a agitação que estamos fazendo e não de algo que vem na nossa direção.

Deixei guardas de prontidão. Não há nada mais que eu possa fazer além de ajudar.

Meus olhos seguem pela fileira de árvores...

E acabam nos braços de Riden, que se flexionam quando puxam a serra pela árvore.

Maldição, não é que eles têm uma bela aparência?

— Tem alguma coisa no braço de Riden? — pergunta Niridia. A pergunta parece inocente, mas sei bem. Ah, ela vai pagar por isso mais tarde.

Riden olha para mim por sobre o ombro.

— Pensei que pudesse fazê-lo se mexer mais rápido pela simples força do pensamento — digo.

— Se quiser vir serrar, ficarei feliz em trocar de lugar com você — diz Riden.

Com três quartos do tronco serrados, a árvore começa a rachar sozinha, e o peso dela se apoia nas cordas. As árvores próximas, amarradas, fazem a maior parte do trabalho de segurar o peso, mas todos somos arrastados pelo menos meio metro na terra.

— Cortem a maioria dos galhos o mais próximo que conseguirem do tronco — diz Radita. — Mas não acertem o tronco. Deixem alguns galhos mais compridos para servirem de apoio para levarmos o tronco até o navio.

Nós abaixamos a árvore e começamos a limpá-la com o que temos. Alguns trouxeram machados do navio. Outros pegam os alfanjes para cortar os galhos menores. Riden e Kearan usam a serra nos galhos maiores e mais baixos. O trabalho é dolorosamente lento. Este pinheiro tem inúmeros galhos, o que é um bom sinal de sua saúde, porém significa mais trabalho para nós. Mantenho um olho nos galhos que estou cortando e outro nas árvores ao redor, em busca de qualquer coisa que esteja se aproximando.

Consigo ver a parte de trás da cabeça de Lotiya no alto da rocha que se ergue sobre a abertura da caverna. Deshel está escondida do lado oposto, provavelmente em cima de uma das árvores do outro lado da clareira, protegendo nossa retaguarda.

Mesmo assim, este lugar é muito cheio de vida animal e vegetal para que eu acredite que nada mais vive aqui. Seria um lugar perfeito para um assentamento, se o rei das terras descobrisse o local. E, se as sereias migraram para cá, certamente ele não é vazio. Por que mais elas viriam aqui se não houvesse homens para servir de presa?

Acerto um nó do galho que estou cortando, então coloco ainda mais força no meu golpe seguinte, e a madeira finalmente racha. As garotas ajudam umas às outras para passarem de um galho para o seguinte. Não nos preocupamos com cortes perfeitos ou protuberâncias. Podemos deixar tudo mais bonito depois.

A velocidade é minha única preocupação. Na ilha e fora dela.

Cada boca geme com o peso da árvore enquanto carregamos, arrastamos, empurramos e puxamos o tronco até o navio. Várias vezes temos que prender as cordas e as roldanas em árvores próximas para conseguir atravessar as várias colinas. Até mesmo com minha força na base larga do tronco, a árvore se mostra desafiadora. Paramos em diversas ocasiões para recuperar o fôlego.

Lotiya e Deshel seguem nossos movimentos em um arco amplo, prontas para nos alertarem ao primeiro sinal de perigo. Todo o meu corpo está tenso, só esperando por um grito de aviso, certo de que ele pode vir a qualquer segundo.

Quando chegamos à praia e o navio finalmente está à vista, um suspiro coletivo é ouvido no ar. Deshel retorna de sua posição e espia o ponto oposto ao seu, onde sua irmã devia estar.

— Onde está Lotiya? — pergunta Deshel.

Cabeças se viram, mas ninguém vê nada. Sei que não é provável que ela tenha saído sozinha por aí. A preocupação se enraíza em meu peito.

— Lotiya! — grita Deshel.

— Quieta! — digo para ela. — Vamos procurar por ela. — Olho para a tripulação. — Sorinda, Mandsy, Riden e Deros... vocês vêm comigo. Niridia, leve o tronco até o navio. Radita, veja o que consegue fazer para consertar meu navio.

— Não quer que eu vá com vocês? — pergunta Niridia.

— Se Lotiya estiver machucada, vou precisar mais de Mandsy. — Se não estou no navio, preciso sempre de uma delas no meu lugar. Não posso levar ambas.

— Eu não devia ir também? — pergunta Kearan.

— Não, preciso da sua força concentrada em mover o tronco.

Kearan olha de relance na direção de Sorinda, tão rápido que quase não vejo.

— E se vocês encontrarem algum perigo? Eu poderia...

— Você precisa ficar, Kearan. A conversa está encerrada.

— Eu vou com vocês — exige Deshel.

— É claro — digo. — Todo mundo se mexendo.

A maioria da tripulação volta a arrastar o tronco na direção do navio, e meu pequeno grupo de seis volta para o interior da ilha.

É fácil refazer nossos passos. O tronco da árvore deixou um rastro claro pela floresta, remexendo terra e plantas enquanto o arrastávamos por aí. Em outros pontos, nossos pés deixaram várias marcas no chão, onde o peso do pinheiro nos afundou no solo da floresta.

Mantemos a trilha à nossa direita, viajando pelo caminho que Lotiya deve ter feito enquanto estava de guarda. Eu trouxe Deros conosco porque ele tem alguma habilidade em rastrear em terra firme. Ele e o irmão moravam juntos, passando os dias caçando nas florestas em busca de comida, até que um acidente matou seu irmão.

Outro caçador menos experiente se assustou e atirou antes de perceber que não era um animal que estava perto dele. A morte atingiu Deros com força. Ele queria esquecer tudo o que o fazia se lembrar do irmão. Então procurou trabalho no mar, e foi contratado para minha tripulação.

— Aqui — diz ele. — Achei o rastro dela.

— Tem mais de um par de pegadas — Sorinda acrescenta.

— Sim — concorda Deros.

— Alguém a pegou — diz Mandsy.

Até eu consigo adivinhar que as linhas traçadas sobre o chão coberto de agulhas indicam que ela foi arrastada.

— Tem sangue também — diz Deshel, com uma voz mais baixa do que o normal.

Deros nos leva a passos rápidos pela floresta, agora que encontramos o rastro, passando por baixo de galhos de árvores, saltando sobre raízes, desviando de arbustos e espinheiras.

A trilha nos leva de volta à clareira. E as gotas de sangue terminam do lado de fora da entrada de uma caverna.

CAPÍTULO
12

O FEDOR DA CAVERNA É OPRESSIVO. NÃO CONSIGO ACREDITAR QUE NÃO percebemos o cheiro do lado de fora. É de carne podre e dejetos humanos, tudo misturado. A corrente de ar é limitada, tornando os odores quase insuportáveis. Mandsy puxa a blusa por sobre o nariz.

Mas o odor não é tão perturbador quanto os ossos.

Eles cobrem o chão como um carpete.

Eu abaixo uma das tochas, que fabricamos com galhos, tecido rasgado e seiva de árvore, para poder olhar melhor.

— Reconheço ossos de cervo, de leão da montanha e de coelho — diz Deros.

— Estes são humanos — digo, apontando para uma pilha de crânios.

— Achei que estivéssemos seguindo rastros humanos — comenta Riden. — Mas este é o covil de algum tipo de animal.

— Também não entendo — diz Deros.

— Vamos ficar parados aqui, falando sobre o que não entendemos, ou vamos salvar minha irmã? — pergunta Deshel.

— Não consigo rastrear nada aqui, capitã — diz Deros. — Sinto muito.

— Eu vou na frente agora — decido.

Caminhamos em fila, cada um de nós segurando uma tocha, para iluminar o caminho. Riden está logo atrás de mim. Ele é seguido por Mandsy, Deros e Deshel. Sorinda fica na retaguarda.

Nós nos movemos bem devagar, fazendo o máximo possível para não emitir nenhum som, o que é difícil com ossos sendo esmagados sob nossos pés.

As paredes da caverna não são lisas como os túneis na fortaleza. São irregulares e ásperas. Tudo está molhado. Água pinga do teto e escorre pelas laterais. Deve haver pequenas aberturas ao longo de toda a caverna por onde entra a chuva.

Isso permite o crescimento de todo tipo de inseto.

Teias de aranha pontilhadas de gotas de chuva se aninham nos cantos. Insetos com pernas demais correm pelas paredes. Vermes se agitam sobre o solo rochoso aos nossos pés. Grilos preenchem o espaço com seus cantos.

Minha pele se arrepia quando vejo isso. Eu enfrentaria coisa muito pior por qualquer um da minha tripulação, mas tinha que ser insetos?

Quando chegamos a uma bifurcação no caminho, faço todo mundo parar.

— O que está esperando? — pergunta Deshel. — Vamos nos dividir. Nosso grupo já é bem pequeno, precisamos ser...

Um grito – um som de pura agonia – rasga meus sentidos, fazendo meus cabelos arrepiarem.

— Lotiya! — grita Deshel. — Estou indo!

Ela sai em disparada pelo túnel da direita, e o restante de nós não pode fazer outra coisa a não ser segui-la.

Ossos se espalham sob os passos desesperados de Deshel. Ela dobra esquinas a toda a velocidade e pega caminhos aleatórios quando o túnel se bifurca várias e várias vezes.

Eu quase a alcanço quando ela para abruptamente.

O túnel afunila em um beco sem saída.

— Maldição! — exclama Deshel. Ela tenta dar meia-volta, mas eu a seguro pelos ombros. Com força.

— Deshel, nós vamos achá-la, mas não assim. Você precisa parar. Escute. Não vamos encontrá-la desse jeito. Você só conseguiu fazer com que fiquemos perdidos.

Eu a seguro pelo braço. Juntos, damos meia-volta e seguimos pelo caminho por onde viemos. Outro grito percorre os túneis. Eu aperto o braço de Deshel com tanta força que ela arfa de dor. Quando tenho sua atenção, aponto para um dos meus ouvidos.

Escute.

Com cuidado e em silêncio dessa vez, seguimos os sons, rastreando-os até sua fonte. Descendo por túneis estreitos, subindo uma pequena rampa, à esquerda em mais duas bifurcações. Estou prestes a dobrar outra esquina quando os gritos param.

O terror se estabelece nas minhas entranhas. Os gritos são bons. Os gritos significam que Lotiya ainda está viva. Mas agora...

— Espere aqui — digo para o grupo. Entrego Deshel para Deros, para que ela não possa desobedecer. Quieta como sempre, me abaixo e dobro a esquina, e imediatamente me agacho ainda mais. Há uma saliência onde meu túnel termina. Embaixo fica uma caverna bem larga, com vários túneis saindo em diferentes direções.

Um corpo se ajoelha ao lado do meu. Riden. Eu podia dar um soco nele agora mesmo por não me ouvir, mas isso alertaria os homens na caverna sobre nossa presença.

Do nosso ponto privilegiado, dá para ver três homens de costas. Olho de relance para Riden, que está tão surpreso quanto eu. Eu tinha certeza de que encontraríamos algum monstro primeiro. Por que haveria homens na área de alimentação de uma fera cruel? As roupas deles não são diferentes das nossas, exceto pelo fato de estarem sujas e rasgadas em vários pontos. Não são nativos, então. Talvez sejam homens do rei das terras que naufragaram durante uma de suas escavações?

Quem quer que sejam, estão debruçados sobre alguma coisa a sua frente, mastigando alto e estalando os lábios. Fora os homens e sua refeição, não parece ter mais nada no espaço, exceto várias tochas acesas que foram cravadas no chão ao longo das bordas. Eu analiso o espaço e as saídas cuidadosamente antes de indicar para Riden que devemos voltar até onde estão os outros.

— O que é? — sussurra Sorinda.

— Homens. Três deles. Nenhum sinal de Lotiya.

— Vamos pegá-los, então — diz Deshel. — E obrigá-los a nos dizer para onde a criatura levou Lotiya.

Sorinda se afasta da parede contra a qual estava apoiada.

— E podemos ameaçar amarrá-los e deixá-los para o que quer que esteja nesta caverna, se não nos derem respostas.

— Vamos fazer isso — digo. Um a um, nós nos aproximamos em silêncio da saliência que dá para a caverna. Os homens não se afastam de sua refeição quando nossos pés tocam o chão. Provavelmente não conseguem nos ouvir com os sons de sua própria mastigação. Homens podem ser tão nojentos, em especial quando acham que ninguém está olhando.

Sorinda é a última a descer, e falo em voz bem alta para que os homens que encontramos escutem.

— Virem-se bem devagar.

Eles endireitam as costas ao ouvir minhas palavras. Começam a se virar e eu espero que corram, desembainhem as espadas que levam nas cinturas ou gritem por socorro.

Sangue vermelho vivo escorre por seus queixos. Seus olhos são opacos, sem vida, como se seus corpos fossem apenas cascas vazias.

E então, em uma das mãos deles, vejo os restos de um braço com parte da camisa de Lotiya ainda preso a ele.

Deshel começa a gritar quando os homens saem correndo na nossa direção. Minha mão vai até minha pistola, engatilhando-a enquanto a levanto. Minha arma não é a única que dispara.

Todos os três homens são abatidos, com sangue escorrendo de múltiplos buracos em seus peitos. Os tiros ecoam pelos túneis muito tempo depois que os homens caem.

Encaro os corpos por um longo tempo, até que uma percepção nauseante toma conta de mim. Sei quem são esses homens.

Deshel corre na direção dos restos mortais de sua irmã. A garganta de Lotiya foi cortada. Ela perdeu uma perna, um braço e muito sangue. Está tudo espalhado pelo chão da caverna.

Gritos e rosnados que parecem de animais chegam até a caverna e parecem cada vez mais próximos, alertados da nossa presença pelos tiros.

Mandsy se aproxima do corpo de Lotiya, como se houvesse algo que pudesse fazer para ajudar. Mas é inútil. Ela se foi. Meus olhos ardem só de ver o que sobrou dela. Deshel empurra Mandsy de lado e agarra o corpo da irmã. Ela o ergue nas costas.

— Vamos sair daqui — diz ela, com uma expressão de aço no rosto.

Ela está certa. Não temos tempo para lamentar agora. Preciso tirar o restante de nós daqui com vida.

Há quatro caminhos que levam para fora da caverna, sem incluir a saliência pela qual viemos. Um deles deve garantir nossa fuga. Com um corpo para carregar, a saliência não é a melhor opção.

— Eles virão por aqui — digo, indicando o segundo túnel da esquerda, o mais largo de todos, naturalmente, onde os rosnados são mais altos. — Conseguem ver alguma coisa nos outros túneis?

O grupo se dispersa para investigar os demais túneis que nos cercam.

— Capitã! — Mandsy grita. — Dá para sentir uma brisa vindo por aqui!

Os rosnados ficam cada vez mais altos, próximos demais de nós para nosso conforto.

— Corram!

CAPÍTULO 13

Corremos para salvar nossas vidas pelo túnel que Mandsy encontrou. Depois de um tempo, uma pequena luz aparece diante de nós. A luz do sol. Uma saída.

Olho por sobre o ombro. Os canibais ainda não estão à vista, mas tenho certeza de que não vai demorar muito até que descubram por qual caminho seguimos.

Dou uma trombada nas costas de Riden. Ele se vira e me segura antes que eu caia no chão, e eu esfrego o ponto do braço que bati nele.

— Por que paramos? — grito, ao mesmo tempo que vejo o problema.

Um desmoronamento. A luz do sol é filtrada por uma pequena abertura, não grande o suficiente para que uma pessoa passe por ela, não ainda. As garotas desembainharam seus alfanjes e batem com os cabos contra a muralha de pedras. Deros tenta encontrar apoio nas rochas para tirá-las do caminho.

— Continuem assim! — grito para eles.

Enfio minha tocha no chão, diante de mim, desembainho minha espada e me preparo para enfrentar os homens vorazes. Riden se posiciona ao meu lado, pronto para ajudar. Mal cabemos lado a lado.

— Tome — diz ele, e me entrega sua espada, enquanto recarrega sua pistola. — Você não estava brincando quando falou dos perigos que sua tripulação enfrenta.

— Gostamos de manter as coisas interessantes.

— E fatais.

Os canibais estão à vista agora, correndo em velocidade máxima.

Riden coloca mais pólvora em sua pistola, mira e atira. O primeiro canibal da fila cai, fazendo os que estão logo atrás tropeçarem nele. Alguns são espertos o bastante para saltarem sobre o corpo e continuam correndo.

Devolvo a espada para Riden, e começamos a nos defender. Os canibais se estendem até onde a minha vista consegue ver na luz escassa.

O primeiro que me alcança tem os olhos injetados de sangue, uma cicatriz na testa em forma de *K* e o cabelo comprido e emaranhado. Ele golpeia com a espada na direção da minha cabeça, e ergo a minha para me defender. Então ele tenta mais uma vez. Ele é rápido, mas, depois de três vezes dessa ação repetitiva, dou um passo para o lado assim que ele começa a descer o braço e o golpeio no cotovelo. O braço dele cai no chão, um grito que me faz querer arrancar os ouvidos se segue. Eu o silencio com uma punhalada bem dada.

Só preciso de uma tentativa para confirmar minhas suspeitas. Os homens não são afetados pela minha voz. Suas mentes já foram encantadas por sereias muito mais poderosas do que eu.

Sobrou muito pouco dos homens que eles foram um dia. Eles não têm habilidades com a espada. Seus golpes são imprecisos, fora do tempo, selvagens – como uma criança pequena com tacos de brinquedo. Eles são desesperados, rápidos, amadores. Daria para pensar que são eles que estão lutando pela própria vida, não nós.

Mas eles estão descansados e cheios de energia, ao contrário de nós.

— Um dia desses seria bom fazer algo normal com você — diz Riden enquanto soca um rosto que se aproxima e depois esfaqueia o canibal no estômago.

— Eu pensei que estivesse zangado comigo.

— Ainda estou, acho, mas não parece tão importante assim quando estamos lutando por nossas vidas.

Tudo bem, então.

— O que exatamente você tinha em mente? — Chuto um canibal que me ataca, bem na boca. Devo ter arrancado alguns dentes dele.

— Não sei. Podíamos compartilhar uma refeição juntos.

Compartilhar uma refeição? Não sei aonde ele quer chegar, mas digo:

— Ah, pare com isso. Isto aqui é muito mais divertido.

Continuamos recuando, enquanto os corpos se empilham diante de nós. Os sons do metal atingindo a rocha continuam nas nossas costas.

— Devo dizer que me sinto mais vivo quando acho que estou prestes a morrer — diz ele.

— Você não vai morrer — respondo.

É quando um deles pula em cima de mim. Eu estava lutando com um canibal, e o seguinte resolveu não esperar sua vez e saltou por cima do primeiro, me jogando de costas e fazendo a espada voar da minha mão.

O impacto já teria sido dolorido o suficiente sem os ossos no chão me cutucando. Dentes afiados como os de um tubarão mordem meu ombro, e solto um tipo de grunhido. Levo minha mão esquerda ao redor da garganta do canibal, apertando e empurrando aquelas agulhas para longe da minha pele. Os dentes foram afiados para terem pontas! Eles estão rangendo, ansiosos para perfurarem minha carne mais uma vez. Seu hálito é rançoso. Preciso me esforçar para não vomitar minha última refeição.

Agora Riden está ocupado bloqueando o túnel sozinho, enquanto estendo a mão e procuro freneticamente pela minha espada. Depois de um tempo, minha mão encontra algo duro e pesado. Um fêmur humano, acho. Acerto com ele na cabeça do canibal, que desmaia imediatamente.

Eu empurro o corpo para tirar o peso morto de cima de mim. Dois segundos depois tenho minha espada em mãos novamente. Mato o homem que acabo de deixar inconsciente – não quero que ele desperte nunca mais – enquanto Riden cuida dos demais.

Estou sangrando agora, e os canibais ficam ainda mais frenéticos com isso. Aparentemente, seus companheiros ensanguentados caídos por toda a caverna não os atraem. São só os marinheiros não encantados que têm o azar de atracar nesta ilha que despertam seu apetite.

Um pouco mais de barulho, e ouço as rochas escorregando atrás de mim. A luz invade o túnel, cegando temporariamente os canibais diante de nós.

— Corram! — grito novamente.

A luz queima meus olhos quando me viro, e acelero às cegas no início, tropeçando nas pedras e no chão da floresta. Mas não paro. A respiração faz minha garganta arder, mas ignoro a dor. Só consigo imaginar como todos devem estar se sentindo se *eu* estou ficando cansada.

Os canibais estão poucos metros atrás de nós. Deshel vai um pouco mais devagar por causa do corpo que carrega, mas nenhuma palavra é capaz de convencê-la a deixar a irmã. Nem eu sonharia em fazer isso. Não ter um enterro no mar é ser condenado pela eternidade, sem jamais encontrar descanso entre as estrelas.

Deros e eu alcançamos a praia primeiro. Nossos passos nunca vacilam enquanto colocamos nossa força no único bote a remo que sobrou para nós, empurrando-o até o oceano. Os outros pulam lá dentro, e finalmente seguimos na direção do navio. Na direção da segurança.

Os canibais entram na água. Deros e eu remamos com toda a energia que nos resta. No entanto, assim que a água cobre a cabeça dos canibais, eles tropeçam, lutando para conseguir ficar em pé na areia lá embaixo, engolindo água... e se afogando.

Há muito eles se esqueceram de ser homens.

❧

— O que aconteceu? — Niridia pergunta quando finalmente nos arrastamos de volta ao navio. — Que animal fez isso? — Ela encara horrorizada o corpo de Lotiya.

— Homens — responde Sorinda.

— Não eram simplesmente homens — digo. — Eram homens enfeitiçados. Já foram piratas algum dia. Homens da tripulação do meu pai.

— Como isso é possível? — pergunta Niridia.

— Em sua primeira viagem para cá, meu pai afirmou que foram atacados por sereias, mas nem todos os seus homens conseguiram escapar da ilha. Parece que os que ficaram para morrer foram encantados para proteger este lugar e se banquetear com quem parasse a caminho da Isla de Canta.

— Como você sabe que eram homens do seu pai? — pergunta Riden. Ele está parado perto de Deshel, que ainda não soltou o corpo de Lotiya.

— Alguns deles tinham a marca dos Kalligan. Os homens do meu pai se distinguem por desenhar a letra K em suas testas. Anos atrás, quem quisesse provar verdadeiramente sua lealdade devia esculpir isso na carne, deixando uma cicatriz. Meu pai acabou em grande parte com isso, já que fica difícil esconder uma pessoa dessas na multidão ou enviá-la como espiã.

— Só um momento — Enwen se intromete. — Está me dizendo que você pode enfeitiçar homens para que eles virem canibais?

— Não. Eu sou só metade sereia, e minhas habilidades duram apenas o tempo em que meu canto atinge os ouvidos dos homens. Assim que minha canção termina, o encantamento acaba. Parece que sereias de verdade são muito mais poderosas do que eu.

Enwen mostra a língua, desgostoso, como se imaginasse sua própria vida como canibal. Todos os demais ficam em silêncio enquanto digerem a nova informação.

Deshel rompe o silêncio com uma única gargalhada, uma que não tem humor algum.

— Arriscamos nossas vidas para salvar uma sereia. Que nos deixou para sermos caçados pelo rei. E agora quase fomos comidos vivos por causa do encanto dessa sereia, lançado há muito tempo. — O olhar dela me corta como uma faca. — Espero que sinta que a vida dela vale a da minha irmã. — Ela coloca o corpo no chão.

Um novo tipo de silêncio toma conta do navio, um silêncio de respirações presas.

Já estou correndo na direção dela. Tenho um punhado de sua camisa em minhas mãos quando a jogo contra a amurada do navio e a inclino para trás, para que a maior parte do seu peso fique pendurado do lado de fora, mantido apenas pelos meus braços.

Esse tipo de conversa segue muito na direção de um motim, e não vou tolerar isso.

— Lotiya era parte da minha família, não do jeito que era para você, mesmo assim do jeito que realmente importa.

Eu a puxo de volta para o navio e seguro com menos força.

— Não posso desfazer o que foi feito. Mas lembre-se que dei a todos uma chance de ficar ou partir antes de começarmos esta viagem. E você tem uma escolha para fazer agora, Deshel. Pode colocar a culpa em mim, deixar a amargura e o ressentimento tomarem conta de você, até que você não seja mais capaz de navegar com minha tripulação. Ou. Você pode aceitar que sua irmã conhecia os riscos e decidiu partir em busca de aventura e do tesouro mesmo assim. Você vai lamentar por ela. Todos vamos, mas continuaremos lutando e vivendo nossas vidas como ela gostaria que fizéssemos. Agora, vá lá para baixo se limpar. Tire algum tempo para pensar. Decida o que vai fazer.

Eu a solto. Ela não tem palavras para me responder. Ainda não. Então segue para o porão.

— Quanto ao resto de vocês... preparem este navio para zarpar. O rei pode estar a um dia de distância agora.

Eles começam a dar forma ao nosso novo mastro, cortando e alisando a madeira, e Radita dá ordens para que todos retomem suas tarefas.

Provavelmente é exagero – eu já vi que os canibais não sabem nadar e não parecem inteligentes o bastante para usar botes, mas, depois que alguém encara o perigo de ser comido vivo, não acho que isso realmente importe. De todo modo, posiciono vigias enquanto fazemos os reparos.

Uma mão segura meu cotovelo com gentileza.

— Venha — diz Riden. — Você também precisa se limpar.

Percebo agora que ainda estou coberta de sangue, e meu ombro precisa ser limpo. Provavelmente com uma garrafa inteira de rum.

— Mandsy — diz Riden. — Onde está seu estojo de cuidados médicos?

— Vou buscar.

— E um pouco de água. A capitã precisa se limpar.

Ele me leva para meus aposentos, agora pela mão, e eu permito. Me dá algum tempo para pensar no sermão que estou prestes a fazer. Digo para ele permanecer no convés enquanto reabasteço minhas habilidades, e ele vai para o porão. Digo para ele ficar na caverna com todo mundo, e ele me segue. Não posso ter pessoas neste navio em quem não confio.

Ele fecha a porta dos meus aposentos e me faz sentar na cama. Depois de examinar meu ombro por um instante, ele enfia a mão na bota e tira uma faca.

— Onde você conseguiu isso? — pergunto.

— Ganhei de Deros, em um jogo de cartas. Ele sempre perde suas facas para nós. — Riden não olha para mim enquanto fala. Em vez disso, mantém a atenção na faca, que traz para perto do meu ombro.

— O que está fazendo? — questiono, empurrando sua mão.

— Vou cortar a manga do seu espartilho. Preciso dar uma boa olhada nessa mordida.

— E estragar meu espartilho? Está louco?

— Alosa, ele já está todo manchado de sangue. Dá um tempo.

— Dar um tempo no quê?

— Nas discussões.

— É *você* quem precisa parar com as discussões. Está se tornando um hábito... desobedecer e questionar ordens.

— Então me puna novamente — diz ele. — Mas agora precisamos limpar isso direito.

Levanto os dois braços, possivelmente em uma tentativa de estrangulá-lo, mas meu ombro arde, e tenho que me contentar em gritar.

— Não se trata de punir você! Trata-se de fazer você escutar! Preciso de marinheiros sob meu comando em quem eu possa confiar.

Seus olhos castanhos brilham magoados por um instante antes de endurecerem.

— Você pode confiar em mim.

— Posso mesmo? Você vai para o porão quando ordeno que fique no convés. Me segue até o perigo quando digo para ficar para trás.

— Peço desculpas, capitã.

— Não se desculpe a menos que esteja falando sério. Você pretende me desobedecer novamente?

Ele olha para o chão por um instante, buscando as palavras certas. Me prende com aquele seu olhar imóvel quando as encontra.

— Não consigo me conter quando se trata de você.

— O que isso quer dizer?

— Antes eu era uma pessoa racional. Quando estávamos no *Perigos da Noite*, eu podia deixar os sentimentos de lado e me concentrar no que era importante. Naquela época, era dar para Draxen o que ele queria. Só que agora não é mais isso que é o mais importante.

Engulo em seco durante sua breve pausa.

— Sou fascinado por você. Eu precisava vê-la quando você estava sozinha na carceragem. Eu não gostava da ideia de você estar sozinha, e não pude controlar minha curiosidade. Eu tinha que ver como você era quando era... diferente. Você tem tanto poder. Você me tentou com um único movimento do dedo. Mesmo assim, quando é você mesma, você trata esta tripulação como se fosse sua família. Você gosta de fingir que é tão durona e que nada a atinge, mas você se importa de maneira tão profunda. E, quando estávamos na caverna, você ordenou que eu ficasse para trás. Você estava tentando proteger todo mundo de novo. Você não se importa em se colocar em perigo se esse for o preço para manter todos os outros vivos.

Ele dá um passo adiante, e meu coração bate mais rápido com a proximidade.

— Eu não valorizo minha vida acima da sua, e não podia deixar você em perigo sozinha. Eu queria ser parte da sua tripulação para poder lutar com você, não para que você tivesse que me salvar do perigo. Fiz a mim mesmo uma promessa — ele prossegue — depois que deixamos Draxen no posto de abastecimento. Não vou seguir ordens cegamente, como fiz como imediato no *Perigos da Noite*. Não quero ser o homem que não faz o que acredita ser certo porque está ocupado demais seguindo ordens. Quero fazer minhas próprias escolhas. Especialmente no que diz respeito a você.

Estou sem palavras, pega completamente desprevenida com a argumentação dele. Ele continua imóvel, mas estende a mão para acariciar meu cabelo.

— Você é linda, a pessoa mais deslumbrante que já conheci. É destemida. Gosta do perigo. Gosta de fazer seus amigos rirem e seus inimigos tremerem. Você tem o poder de obter tudo o que quer, mas trabalhou duro por tudo o que tem. Então, não, Alosa, não posso prometer que não vou ignorar ordens novamente. Como eu disse, quando se trata de você, não tenho controle sobre minhas ações.

Eu me levanto e vou até uma das vigias do quarto para olhar a luz do sol poente. Preciso colocar distância entre nós, para não fazer nada embaraçoso. Como desatar a falar sobre meus sentimentos ou me jogar em cima dele novamente.

Respiro fundo algumas vezes, tentando acalmar meus batimentos cardíacos; buscando, em vez disso, me concentrar na dor em meu ombro.

Mas então sinto sua mão tocar minha nuca. Quase dou um pulo. Nem sequer o ouvi se aproximar. Quando foi que relaxei tanto quando estou perto de Riden que nem o considero mais uma ameaça? Minha guarda não está erguida. E, estranhamente, perceber isso não me incomoda. Os dedos dele deslizam pelo meu pescoço, até o cabelo, afastando as mechas do meu couro cabeludo.

Meu coração dá um salto quando sinto a respiração dele ali.

— Seu encanto dura muito tempo depois que a canção acaba. — A voz dele tem uma tonalidade rouca, e meus sentidos se aguçam com isso. Os lábios dele roçam no meu pescoço, e ele começa a traçar uma linha de beijos até meu cabelo. Meu corpo estremece, uma reação incontrolável a ele. Riden sorri contra minha pele, satisfeito com a resposta.

Eu engulo em seco.

— Achei que não devíamos mais nos beijar.

— Não estamos nos beijando — ele sussurra. — Eu estou beijando você. — A mão livre dele desliza ao redor da minha cintura, pressionando meu corpo contra o dele. — Sua pele tem um gosto tão bom. — Ele roça os dentes na minha nuca, e um suspiro excitado deixa minha boca.

Estou prestes a me virar para ele, possivelmente para exigir um beijo ou cinquenta deles, mas então Mandsy chega com o estojo.

— Eu trouxe tudo — diz ela, animadamente. — Vou costurar você rapidinho.

Riden não se mexe. Ainda estou encarando a janela, então não consigo sequer imaginar a expressão no rosto dela.

— Ou eu posso voltar mais tarde — ela acrescenta, com o mesmo tom de voz animado. Nada a abala.

— Não — responde Riden. — A capitã precisa de tratamento agora. Deixarei você fazer isso. — O braço dele me deixa, e seus passos se retraem até desaparecerem completamente depois que a porta se fecha.

Mas que diabos acaba de acontecer?

Será que ele acha que esqueci como ele reagiu depois que impedi que ele se afogasse? Ele não pode simplesmente fazer tudo desaparecer me tocando!

Embora aparentemente ele possa, já que esqueci completamente disso no momento.

Balanço a cabeça e me viro na direção de Mandsy. Ela não age como se tivesse visto algo diferente. Está sorrindo, mas ela sempre sorri.

— Sente-se, capitã. — Ela aponta na direção da cama.

Não percebo como estou quente até que Mandsy coloque um pano úmido no meu rosto sujo de sangue. O peso dele é um conforto, ao contrário de todo o resto.

Lotiya está morta. Meu pai está quase nos alcançando. Minha mãe provavelmente está nadando em algum lugar sem se preocupar com nada no mundo. E meus músculos tremem de lutar, correr e levantar peso. E não consigo sequer começar a entender Riden.

As coisas estão se acumulando, e não quero lidar com nada disso.

— Por que você demorou tanto? — pergunto a Mandsy para me distrair.

— Demorei um tempo para conseguir abrir o barril de água doce.

A resposta dela é precipitada demais. Ela está bancando o cupido novamente, e eu estreito meus olhos para ela.

— Ah, certo. Então eu pensei que vocês dois poderiam ter um belo momento juntos. O mínimo que ele podia ter feito era ajudar você a tirar essas roupas para que eu pudesse...

— Mandsy!

Ela ergue as mãos em defesa.

— Só estou dizendo...

— Bem, então pare de dizer.

— É claro, capitã.

Ela fica em silêncio, mas o sorriso espertinho não abandona seu rosto.

Mandsy limpa meu ferimento em pouco tempo. Não preciso de pontos, embora seja provável que eu fique com os caninos daquele homem marcados na minha pele para sempre.

Quando deixo meus aposentos, o mastro está cortado na escala, e a tripulação o coloca cuidadosamente no espaço deixado pelo anterior. É um ato de equilíbrio erguer um pedaço de madeira tão grande sem que ele tombe no navio. Elas prenderam polias no mastro de traquete e no mastro de mezena, para deixar o tronco em pé, e eu corro para ajudar. Depois que está tudo pronto, precisamos prender as travessas e colocar o cesto da gávea de Roslyn no topo. As velas são colocadas na sequência.

Assim que o mastro está pronto para operar, zarpamos novamente. Radita está um pouco aborrecida por não ter conseguido resolver todas as falhas, mas é vital que voltemos a navegar. A tripulação comemora quando as velas se enchem de vento. Começamos a nos mover em nosso ritmo acelerado novamente. Olho por sobre o ombro para o horizonte; nenhum sinal da frota ainda.

À noite acendemos as lanternas. Deixamos que os restos mortais de Lotiya afundem no oceano, sepultados com os piratas caídos antes dela. Quando sua alma deixar o corpo, ela seguirá as luzes das lanternas e encontrará a superfície da água. De lá, será capaz de ver as estrelas e voará para o paraíso. Cada alma que parte deste mundo é uma estrela no céu. Elas vivem em paz, finalmente reunidas com seus entes amados perdidos.

Deshel fica em silêncio durante toda a cerimônia, sem tirar os olhos da água, como se desejasse que sua irmã voltasse à vida. Meu coração dói com a perda. Deshel pode me culpar, mas eu culpo o homem que me obrigou a tomar essa atitude. A culpa é do meu pai. De ninguém mais.

Depois de mais uma semana no mar e nenhum sinal da frota, eu relaxo. Colocamos alguma distância entre nós, e não sinto a necessidade de olhar por sobre o ombro toda hora.

Meu ferimento está cicatrizando bem, e todos estão mais bem-humorados. Finalmente tenho tempo para lidar com outras coisas.

Com as coisas de Riden.

Eu o encontro no porão, sentado em um beliche de frente para Deshel, os rostos de ambos sombrios. Ele coloca uma mão reconfortante no ombro dela. Eu me pergunto se ele está se sentindo culpado por todas as vezes que reclamou das irmãs. Se está tentando compensar de alguma forma.

Enquanto o observo consolá-la, sou atingida pela noção de que ele é uma pessoa *boa*. Eu zombo de suas tentativas de ser honrado, mas, neste momento, é fácil ver que ele realmente é uma pessoa generosa e atenciosa. Tenho certeza de que ele imagina como se sentiria se perdesse seu irmão. Ele tem tanta gentileza para oferecer a uma mulher que, normalmente, ele não suporta.

Mesmo assim, quando uma mulher *salva* a vida dele, ele não faz nada além de reclamar. E então tem a audácia de me tocar, de sussurrar pensamentos tentadores em meu ouvido, de beijar minha pele. Como se nada tivesse acontecido.

A raiva que toma conta de mim poderia fazer o oceano ferver.

Eu me aproximo dos dois.

— Às vezes eu me esqueço que ela se foi — diz Deshel. — Eu me pego procurando por ela, chamando seu nome, até. E então eu me lembro... essa é a pior parte. Perceber várias e várias vezes. Sinto uma dor constante, mas é nesse momento que ela me atinge de repente.

— Havia momentos em que eu me esquecia de que meu pai estava morto — conta Riden. — Mas eu sempre senti alívio quando me lembrava. Não posso imaginar como é estar na sua situação. Eu sinto muito mesmo. Estou aqui sempre que quiser conversar.

— Obrigada. Acho que eu gostaria de ficar sozinha agora.

Deshel ergue os olhos e percebe minha presença.

— Capitã. — Ela se levanta e dá um passo na minha direção. — Sobre antes, eu sinto muito pelo que falei. Eu não culpo você. Eu estava sofrendo... estou sofrendo... mais do que jamais sofri antes.

— Já está esquecido — digo a ela.

Ela assente uma vez antes de se deitar novamente em seu beliche.

— Preciso ver você em meus aposentos — informo a Riden.

— Tem alguma coisa errada? — ele pergunta.

Não respondo. Dou meia-volta e subo as escadas, esperando que ele me siga. Relaxo levemente quando escuto os passos dele atrás de mim. Mas ainda estou preocupada com a conversa que temos pela frente. Não sei como será. Se só tornará tudo ainda pior.

Riden fecha a porta atrás de si quando entra em meus aposentos. A luz natural penetra pelas vigias, iluminando suas feições uniformes.

Ele se recosta contra a parede, cruzando os braços preguiçosamente sobre o peito.

— O que foi que eu fiz?

— Estou pronta para o seu pedido de desculpas — digo a ele.

Ele pestaneja e endireita o corpo.

— E pelo o que devo me desculpar?

Eu me asseguro de que minhas palavras sejam claras e faço o máximo para não erguer a voz.

— Você não decide como me tratar com base no seu estado de espírito. Não me importo com sua gratidão; não preciso dela. Você é um membro da minha tripulação, e eu tentaria salvar qualquer um que tivesse caído do navio durante uma tempestade. Mas sua reação foi completamente injustificada. Sim, eu quebrei uma promessa, mas salvei você e tudo estava bem.

Seus braços cruzados se erguem quando seus músculos se tensionam, mas eu sigo em frente.

— Você se escondeu atrás de sua raiva hipócrita até que nossas vidas ficaram em perigo. "Não parece tão importante assim quando estamos lutando por nossas vidas"? — Eu cito as palavras dele como uma pergunta.

— Alosa...

— Ainda não terminei.

Ele fecha a boca.

— Você não tem permissão para me afastar quando estou no auge da vulnerabilidade, e depois ficar furioso comigo por resgatar você. E depois me tocar, me beijar e expressar seus sentimentos quando for conveniente para você. Eu quero respostas sobre o motivo de você ter se comportado dessa forma. E quero meu maldito pedido de desculpas, e quero agora!

Ele descruza os braços.

— Posso falar?

Aceno com a cabeça para não mergulhar em outro discurso.

— Tenho sido egoísta — diz ele. — Mas você também.

Entredentes, eu retruco:

— Isso não é exatamente um pedido de desculpas.

— Você teve sua chance de falar. Agora é minha vez. Se atirar sobre mim quando seu mundo despenca ao seu redor? Egoísta. Você estava tentando me usar. Eu queria mais de você do que aquilo.

Não deixo de notar que ele disse *queria*. Tempo passado.

— Falei sério com o que disse na ilha dos canibais. Quando estávamos lutando por nossas vidas, percebi que não queria ficar zangado com você. Pode-se dizer que minha resposta a essa percepção foi... apressada.

A lembrança dos lábios dele na minha nuca retorna.

— Mas antes — diz ele —, depois que você me resgatou do mar, pode-se dizer que *eu* estava no auge da vulnerabilidade. Eu precisava de tempo para lidar com meu próprio passado e resolver algumas questões relacionadas a ele. Passei grande parte dos meus primeiros anos de vida sem ter controle sobre nada. — Ele fecha os olhos, talvez tentando bloquear as lembranças. Quando os abre novamente, prossegue: — Meu pai ditava quando eu podia comer, quando podia dormir, quando podia mijar... não importava o quanto eu pedisse ou implorasse. Ele me odiava e fazia o que podia para demonstrar isso, preferindo me fazer sofrer a me matar. Havia momentos... poucos, mas havia... em que eu fazia qualquer coisa para agradá-lo. Ele prometia que nunca mais iria me bater. Claro, eram apenas mentiras. Não vou entrar em detalhes sobre tudo o que ele fez comigo. Basta dizer que Jeskor era um bastardo. Ainda carrego essas cicatrizes comigo. Os temores de um garotinho tentando acreditar que seu pai não vai machucá-lo. Quando você usou suas habilidades em mim, depois que eu pedi especificamente que não fizesse isso, você me fez lembrar daquela época. As cicatrizes vieram à superfície. Eu me lembrei das promessas quebradas. Dos espancamentos, das chibatadas, da fome. Eu me lembrei de tudo, e me senti manipulado novamente. Sinto muito pelo que falei e pelo modo como me comportei. Eu só precisava de tempo para me lembrar que você não é ele. Você não me salvou para ser cruel.

— É claro que não — digo.

— Então por que você me salvou? — ele pergunta.

A pergunta é tão bizarra que quase não respondo.

— Porque você é parte da minha tripulação. Eu cuido dos meus.

Ele fica quieto, me encarando.

— Isso é tudo?

Há palavras que ele quer que eu diga. Palavras que eu devia dizer. Mas não posso me permitir pensar nelas, muito menos pronunciá-las. Minha mente fica em branco e minha boca fica seca.

— Essa é a segunda vez que sou honesto com você, Alosa. A segunda vez que me fiz vulnerável para você. Isso precisa ser uma via de mão dupla.

Quando ainda não consigo dizer nada, ele vai embora.

CAPÍTULO 14

O vento para e ficamos completamente presos no lugar depois de mais alguns dias navegando. O clima pode ser assim. Selvagem e mortal um dia. Inexistente no seguinte. De muitas formas, isso é pior do que ser pego pela tempestade, em especial quando se está fugindo do homem mais mortal dos mares. E é assim que a vantagem que conseguimos depois de consertar o mastro se dissipa.

Atribuo tarefas à tripulação, para que ninguém possa ficar pensando na nossa situação difícil. Mando todos ao porão para limpar os beliches. Trianne pega algumas das garotas para ajudá-la a arrumar a cozinha, e o convés precisa desesperadamente de uma faxina depois da tempestade. Radita finalmente tem a chance de arrumar o mastro do jeito que ela gostaria.

Mas não precisamos de mais do que um dia para limpar o navio e deixar tudo perfeito. Já estou começando a ficar com coceira.

— Kearan! Por que não está no leme? Vá para o castelo de popa.

— E fazer o quê? Nos girar em círculos?

— Pelo menos tente parecer ocupado!

Mas Kearan está ocupado. Ele passa o tempo fazendo mais flexões e alongamentos. Faz levantamento de peso pelo navio, e eu o vi subindo e descendo as escadas que levam para o porão. Não porque esteja indo para algum lugar, mas porque está fortalecendo as pernas. Antes ele tinha uma aparência de urso, com a barba desgrenhada, uma gordura preguiçosa espalhada pelos membros e o fedor de um bêbado permeando seu corpo. Agora ele realmente parece ter a idade que tem: dezenove anos.

Ele não é bonito – nada pode consertar isso –, mas é saudável, robusto. Seus olhos ainda são muito separados, seu nariz ainda é quebrado e mal consertado. Mas cada protuberância em sua pele agora é músculo. A tripulação agora consegue ficar a menos de três metros dele, e ele está lúcido de um jeito que o torna ainda mais útil. Eu pensei que talvez as mudanças o fizessem encarar menos Sorinda, mas não houve progresso nisso.

Deshel vem ao convés pela escotilha. Sozinha. E tudo em que consigo pensar é como que ela estava sempre na companhia da irmã, as duas rindo de alguma piada interna.

Perdi um membro da tripulação nesta viagem, e provavelmente perderei mais antes que tudo esteja acabado. Meu próprio pai está me caçando, e não tenho muita certeza do que ele fará se me pegar. Sei que ele matará minha tripulação. Bem devagar. E quanto a mim? Será que ele tentará me convencer a ficar do seu lado novamente? Ou sequer vai se incomodar com isso? Talvez meu pescoço já esteja marcado para uma corda.

Estou fugindo do meu pai e retornando para minha mãe, mas que tipo de recepção terei da parte dela? Duvido que ela me reconheça ainda. Ela voltou para a água, e todos os humanos serão presas para ela. Posso ser sua filha, mas será que isso importa se ela é uma fera marinha irracional?

E ainda tem Riden...

Não, não vou pensar em Riden.

Na manhã seguinte, os céus ainda estão vazios de vento, mas uma neblina preenche o espaço. Roslyn mal consegue ver o convés do navio do alto do cesto da gávea. O próprio oceano está contra nós agora.

Enwen apresenta maneiras infalíveis de se livrar da névoa.

— Jogue três moedas ao mar, capitã. Uma para as estrelas, uma para o céu e uma para o oceano — diz ele.

— Por que eles precisariam de dinheiro?

— Não se trata de dinheiro, mas de demonstrar reverência.

Em geral sou paciente com ele, mas hoje não consigo.

— Não me importa se quiser desperdiçar seu dinheiro, Enwen. Mas, se colocar um pé no meu tesouro, eu o jogo ao mar.

Mandsy está sentada de pernas cruzadas no convés com algum tecido no colo. Parece que está trabalhando em um vestido. Mandsy aprecia coisas elegantes tanto quanto eu. Niridia se agacha ao lado dela, conversando baixinho.

Kearan rola um barril cheio de água doce do outro lado do convés, como exercício matinal. Sorinda está sentada à sombra criada pelo castelo de popa, observando a tripulação no convés. Estou entediada, então me sento ao lado dela.

— Kearan está com uma aparência melhor — comento.

— Não percebi.

— Talvez você devesse conversar com ele.

Ela vira a cabeça para me olhar de frente. Sorinda com frequência me lembra um gato com o jeito suave com que se move.

— Sobre o quê?

— Ele não é mais um bêbado. Tem coisas a dizer.

— Eu não tenho.

— Você nunca conversa com ninguém. Talvez seja o momento de começar.

Ela para de me olhar e espia Kearan novamente.

— Conversar não é necessário para que eu faça o meu trabalho.

— Não, mas você pode gostar se tentar. — Eu fico em pé. Ninguém consegue fazer Sorinda mudar de ideia. Ela segue ordens melhor do que qualquer um no navio, mas, quando se trata de sua vida pessoal, é tão fechada quanto um molusco.

— Capitã — ela me chama. — Eu vejo tudo neste navio. Em vez de tentar me fazer conversar, você pode tentar falar com a pessoa com quem realmente deseja falar.

Sua linha de visão muda.

Para onde Riden conversa com Wallov e Daros, perto da proa.

— Isso não é problema seu — digo, mas Sorinda já desapareceu. Volto meu olhar para Riden.

— Navios ao longe! — grita Roslyn da amurada perto dos homens. Ainda que não esteja no cesto da gávea, ela claramente está mantendo uma vigia melhor do que qualquer outro.

Cabeças se voltam para estibordo. Dedos são apontados. Mãos cobrem bocas abertas. Wallov corre para colocar Roslyn no cesto da gávea, para que ela possa se esconder no fundo falso em seu posto.

A frota do rei pirata nos encontrou.

A neblina começou a se dissipar, e ao longe estão vinte navios, com o *Crânio de Dragão* à frente.

O ar está mortalmente silencioso, nem mesmo uma brisa para agitá-lo.

Atrevo-me a torcer para que não tenham nos visto, mas então uma embarcação avança, separando-se da frota, usando remos para navegar bem na nossa direção.

— Posições de batalha! — grito. — Preparem os canhões! Atiradoras, aos seus postos! Carreguem todo mosquetão e pistola deste navio! Mexam-se, mexam-se, mexam-se!

Passos rápidos ressoam pelo piso de madeira. Mosquetões são distribuídos entre todos. Barreiras são feitas de barris, caixotes e botes extras para proporcionar proteção contra disparos. Lá embaixo, Philoria, Bayla, Wallov, Deros e os outros devem estar transportando pólvora e balas de canhão.

Niridia e eu montamos uma posição logo atrás da escotilha. Temos cinco mosquetões e cinco pistolas entre nós duas, todas colocadas no chão. Munição e pólvora estão ao alcance para recarregarmos as armas. Niridia está ali para recarregar para mim e distribuir as ordens que eu der.

Riden se enfia no espaço conosco.

— Sou um bom atirador. Você vai me querer aqui... a menos que tenha outros planos para mim.

Como o mais novo membro do navio, ele não recebeu uma posição de batalha.

Parte de mim quer mandá-lo embora só para ser mesquinha, mas me lembro de quando nos conhecemos, quando ele usou sua pistola para tirar a arma da minha mão. Ele realmente tem uma boa mira.

— Você pode ficar — digo.

É o navio de Tylon, *Segredo Mortal*, que se aproxima de nós. Eu me pego desejando que meu navio fosse equipado com remos de varredura, mas o *Ava-lee* não foi construído para carregá-los. Não temos como fugir. Não nos resta mais nada a não ser esperar.

— Atiramos neles quando se aproximarem? — pergunta Niridia.

— Não. Isso só vai fazer meu pai recuar e ordenar que toda a frota dispare em nós. Se um navio está avançando, é porque ele quer conversar primeiro. O resto da frota não vai atirar e correr o risco de acertar um de seus navios, e gosto mais das nossas chances quando a luta é um contra um.

— Conversar *primeiro?* — ela pergunta.

— Se o rei pirata tivesse apenas uma conversa em mente, teria avançado com *seu* próprio navio. Como isso vai se transformar em uma batalha, e ele não quer correr o risco de danificar sua embarcação, está mandando outra.

Pelo menos é um pouco satisfatório saber que vou colocar uns buracos no navio de Tylon.

O *Segredo Mortal* para de remar quando está a cerca de cinquenta metros, posicionando-se de modo a alinhar seu lado estibordo conosco, canhão com canhão.

Não é difícil localizar meu pai. Ele desce do castelo de popa para ficar parado no convés principal, tão perto de mim quanto é possível. Ele tem um cinturão pendurado em um ombro, com quatro pistolas presas nas costas. Um alfanje imenso que geraria um transtorno para um homem normal está fincado na lateral de seu corpo. Ele pode arrancar uma cabeça com aquilo.

Meu pai gosta de parecer feroz. Assim como eu. Felizmente acordei de mau humor hoje, e isso é demonstrado pelo meu traje. Meu espartilho é preto, com uma blusa vermelho sangue por baixo. Prendi o cabelo, para mantê-lo longe do rosto, e amarrei uma bandana vermelha ao redor da cabeça. Pareço pronta para a batalha.

Paro diante do meu pai, nada além da água nos separando.

— Onde ela está? — diz ele lentamente, como se mal conseguisse controlar seu temperamento.

— Também senti saudade, pai — digo em resposta.

— Você vai trazê-la para este navio, baixar as armas e se entregar aos meus homens.

— Ela não está comigo. Foi embora nadando assim que se viu livre de você. Você pode revistar este navio de cima a baixo, e verá que estou dizendo a verdade.

Ele acena com a cabeça para si mesmo, como se estivesse preparado para essa resposta.

— Então ordene aos seus homens que baixem as armas e entreguem o navio.

— E se eu não fizer isso? — pergunto.

— Nesse caso meu navio vai estraçalhar o seu! — Tylon grita. Meu pai vira a cabeça na direção dele, irritado pela interrupção.

— Tylon — digo. — Eu não tinha notado você na sombra do meu pai.

A tez clara dele ganha um tom avermelhado.

— Você é minha filha — meu pai continua. — Renda seu navio e vamos conversar.

Fico surpresa com a oferta dele. Claro, sei que ele não planeja nada a não ser uma morte lenta para minha tripulação se eu ordenar que eles se rendam. Posso ver em seus olhos. Mas o fato de ele tentar isso quando todos do navio de Tylon podem ouvi-lo... isso poderia ser interpretado como fraqueza. Eu não tinha percebido o quanto meu pai depende de mim e das minhas habilidades. Ele acha que pode me dobrar se conseguir colocar as mãos em mim, me obrigar a fazer mais uma vez o que ele manda. Ele não quer me matar, ainda não.

Mas não vou cair em suas mãos novamente, assim como tenho certeza de que não o deixarei chegar perto da minha tripulação.

Melhor atacar do que desviar. Foi uma das primeiras lições que meu pai me ensinou.

Coloco a mão sobre a boca e o queixo, como se estivesse analisando sua oferta.

— Niridia — digo baixinho. — Diga para a tripulação lá embaixo disparar os canhões.

— Sim. — Ela desaparece discretamente pela escotilha.

Faço um espetáculo fingindo pensar na oferta do meu pai, mas tudo em que consigo pensar é que eu nunca conheci realmente esse homem. Eu julguei que conhecesse. Pensei que soubesse quão feroz e cruel ele era, embora eu estivesse de acordo com isso, já que essa crueldade era em geral direcionada aos nossos inimigos. Agora que é direcionada à minha tripulação, porém, é algo que não posso perdoar.

— Me deixe dizer o que acho de sua oferta — começo.

Neste instante o primeiro canhão dispara.

O *Ava-lee* balança com os disparos. A madeira é estraçalhada no outro navio. Só tenho quatro canhões no porão. Dois estavam virados para o convés do navio adversário, um tiro separando um grupo de homens amontoados enquanto o outro corta o mastro de mezena. Os outros dois canhões abrem buracos a estibordo, um se alojando na madeira enquanto o outro a atravessa completamente.

Meu pai se vira e grita ordens para os homens de Tylon. Dou um sorriso ao ver o rosto irritado dele, parecendo uma fuinha, quando meu pai assume o controle de seus homens, e começo a dar ordens para minha própria tripulação.

— Disparem os mosquetões! — grito. — Apontem para as portas de disparo. Derrubem os homens nos canhões!

O navio de Tylon tem mais que o dobro de canhões do que o meu. Se não concentrarmos fogo nos homens operando os canhões, eles nos destruirão rapidamente.

Niridia aparece novamente ao meu lado.

— Mosquetão — digo, estendendo a mão, e ela me entrega uma arma. Olho para uma das portas de disparo, miro no homem carregando balas no canhão e atiro. Ele cai, e Niridia troca um mosquetão carregado por um vazio.

Riden desvia de mim para dar seu próprio tiro, mirando na porta de disparo, como ordenado. Seu alvo é abatido.

— Muito bem — cumprimento.

Ele sorri antes de trocar de mosquetão.

Os tiros cortam o ar dos dois lados. Minhas garotas estão bem protegidas atrás dos barris, caixas e outros esconderijos, mas os homens do navio de Tylon voam como granizo do céu, alguns despencando pela amurada e caindo na água.

Só consigo dar mais um tiro antes que o primeiro disparo de canhão nos atinja. O navio se inclina para trás com a força do golpe, mas não há tempo para verificar o dano.

Em vez disso, aciono minha voz. Sei que, se meu pai está gritando ordens por aí, seus homens não devem estar com os ouvidos tampados.

Encontro três homens em um canhão e os coloco sob meu encanto. Não é difícil projetar uma nova imagem em suas mentes, fazê-los pensar que o fundo de seu navio é, na verdade, o meu. Eles começam a puxar o canhão pela porta de disparo e miram na base da própria embarcação.

Mas então perco um deles. Ele foi morto por um de seus companheiros assim que perceberam o que está acontecendo. Pego outro homem, faço-o ajudar na tarefa. Um deles finalmente consegue afastar o canhão o suficiente, outro pega uma bala de ferro, mas então perco os três. Alguém está mantendo uma boa briga ali. Com sorte, porém, está tirando o restante dos artilheiros de seus próprios canhões, enquanto tentam impedir que seus companheiros abram buracos no próprio navio. Eu os mantenho ocupados, procurando homens vivos assim que os anteriores morrem, como fiz na estalagem de Vordan.

Sorinda corre na minha direção, agachada atrás da barreira que construímos. Com quatro pessoas aqui, estamos todos ombro a ombro.

— Enguias acura vieram à superfície — diz ela.

Dou um sorriso.

— Quantas?

— Pelo menos duas. Uma delas é enorme.

— Perfeito.

Mudo de tática, cantando para os homens que estão no convés superior, encantando-os para que pulem na água. Assim que saltam, eu os liberto e procuro outros homens que ainda estão a bordo com minha voz.

— Continuem atirando — digo para Riden e Niridia. Pego outro mosquetão carregado e uma pistola extra, e saio correndo com Sorinda até sua posição anterior, protegida dos ataques por barris de água doce.

Dou uma espiada no mar.

Homens gritam enquanto as enguias dão voltas ao redor deles. As enguias gostam de brincar com a comida primeiro. É quando elas mergulham que a coisa se torna preocupante. Quando estão prontas para atacar. Elas são animais mortalmente carnívoros, que passam a maior parte do tempo no fundo do mar, procurando perturbações na água.

As narinas delas se destacam com proeminência, dando-lhes uma aparência ainda mais feroz. São azul-marinho na parte de cima e brancas embaixo: a camuflagem perfeita. Não que precisem disso.

Enguias-acura são muito piores do que tubarões. Tubarões só matam quando estão com fome. Mas as enguias não deixam nada vivo, quer estejam com fome ou não.

Uma das enguias na água neste momento deve ter pelo menos quatro metros e dentes duas vezes mais compridos que um dedo. Os homens de Tylon nadam desesperadamente até o navio, agarrando-se às laterais da embarcação – antes de serem arrastados para debaixo d'água.

Não consigo atirar e cantar ao mesmo tempo, e os homens nas portas de disparo voltaram a carregar os canhões. Eu os alcanço mais uma vez com minha canção, e finalmente encanto um dos homens para que ele acenda o pavio do canhão apontado para baixo.

Ouço o disparo um segundo mais tarde, o que traz um sorriso ao meu rosto. Isso vai manter os artilheiros ocupados enquanto tentam tampar o buraco.

Meu pai está visível de onde estou posicionada. Sua voz ressoa sobre o som dos canhões do meu navio disparando mais uma vez.

Vejo um dos homens de Tylon bem ao lado dele. Com meu canto, eu lhe prometo muitas riquezas na água – basta ele pular. Meu pai observa enquanto o homem se atira em alto-mar.

Uma enguia o circunda, causando uma correnteza ao redor dele, antes de mergulhar. Segundos depois, ele grita ao ser puxado para baixo d'água.

Kalligan observa meu navio. Ele estreita os olhos ao me encontrar.

Eu gostaria de poder derrotar meu pai, mas ele é um lutador muito habilidoso. Só seria momentaneamente distraído se eu mandasse homens para lutar contra ele. E exigiria toda a minha concentração só para mantê-lo ocupado.

Uma brisa passa pela minha testa quando pronuncio a última nota, e mais três homens se jogam ao mar. E então estou oficialmente com meu canto esgotado.

Mas meu pai ainda não sabe disso, e ouço uma palavra se erguer sobre o caos.

— Retirar!

Ele cansou de brincar conosco. Agora enfrentaremos a frota assim que o navio de Tylon estiver fora do caminho.

Seco o suor da testa, disparo meu mosquetão mais uma vez pela porta de disparo, bem quando outra brisa reconfortante passa pela minha pele quente.

A brisa...

— Armadores! Baixem as velas! — grito.

As garotas deixam seus esconderijos e correm até os mastros. Riden se apressa em se juntar a elas.

— Você não, Riden! Continue atirando! — digo para ele.

Vamos abater o máximo de bastardos que conseguirmos.

— Sim, sim! — Ele volta para atrás da escotilha com Niridia. Sorinda dispara seu mosquetão ao meu lado, e levanto uma arma recém-carregada.

Alguma coisa é disparada a distância entre nossos dois navios, atingindo meu convés e arrebentando a madeira, antes de ficar presa na amurada. Outro disparo logo se segue. E mais outro e outro.

Os arpões.

Meu pai deve ter mudado de ideia assim que a brisa nos alcançou. Ele sabe que podemos escapar dele agora.

— Cortem essas cordas! — grito para a tripulação. Niridia, Teniri, Athella, Sorinda e Deshel correm até a amurada e se penduram precariamente para fora do convés, para tentar alcançar as cordas presas aos arpões. Alfanjes cortam e serram as cordas tensionadas. Duas se vão, mas outros três arpões rapidamente as substituem.

Maldição!

Paro de mirar meu mosquetão nos homens que disparam os arpões para me juntar às garotas.

Os disparos chovem sobre nós agora que os homens não estão mais com medo de que eu os pegue. Riden continua a atirar, mas vários disparos inimigos atingem seus alvos.

Ouço um grito e um baque quando uma das garotas cai do cordame. Mandsy já está saindo de seu esconderijo para cuidar de quem quer que seja. Teniri sibila entredentes quando um tiro atinge seu braço de raspão, mas não para de serrar a corda diante de si.

E então Niridia...

Niridia cai na água.

O tempo parece parar enquanto minha mente tenta analisar tantas coisas ao mesmo tempo. Mesmo se conseguirmos baixar as velas, estamos presos no lugar pelas cordas que nos conectam à outra embarcação. Os atiradores estão nos abatendo. Tenho certeza de que não vai demorar até que os homens voltem aos canhões. Se conseguirem nos arrastar com os arpões, os homens estão em maior número do que nós, pelo menos dois para um. Minhas habilidades foram drenadas. Já encaramos situações piores, mas meu pai está naquele navio.

Ele vale por dez homens. Nenhuma pessoa neste navio pode derrotá-lo, exceto talvez eu. Quando lutei com meu pai no passado, só o derrotei metade das vezes. Nossas capacidades são muito equilibradas.

Mas e Niridia?

Ela vai morrer se eu não tirá-la da água.

Uma das minhas garotas vai atrás de uma corda, mas uma enguia próxima ao navio de Tylon se aproxima de nós para investigar o que perturba as águas por aqui.

O *Ava-lee* pende para o lado com tanta violência que mal consigo me segurar na amurada, mas Teniri, Deshel e Athella caem na água. Apenas Sorinda consegue se manter a bordo.

Os arpões devem ter começado a nos puxar.

Minha mente rodopia. Preciso ir atrás delas. Sorinda precisa me prender com uma corda. Preciso de uma adaga se vou enfrentar uma enguia. Mas, se eu tiver algo afiado em mãos, a sereia vai cortar a corda e seguir seus próprios objetivos.

Elas vão morrer, e eu me perderei no mar.

A menos que...

Riden dispara outro tiro.

Toda vez que consegui manter controle sobre a sereia, Riden estava comigo. De algum modo, ele me mantém humana. Não sei por quê. Não sei como, mas preciso dele se pretendo fazer isso.

Corro até ele enquanto bolas de ferro passam voando ao meu redor. Ele dá outro tiro e então percebe minha presença.

— Venha comigo agora! — digo para ele. Eu o seguro com firmeza pelo braço. Ele não hesita em me seguir, embora não tenha ideia do que pretendo fazer.

— Corra! — exijo, para que não tenha que arrastá-lo muito.

Ele faz isso, até que percebe que estamos nos dirigindo para a beirada do navio. Tenta parar, mas, a esta altura, já há impulso suficiente para que possamos passar pela amurada.

Eu o seguro com toda a força enquanto caímos. Me agarro a ele como se ele fosse a chave para minha sobrevivência. De certo modo, ele é. Se isso não funcionar, minhas garotas vão morrer, e eu serei um animal irracional para sempre. Todos os músculos do meu corpo ficam tensos quando mergulho, e eu realmente espero não quebrar o braço de Riden com a força que uso...

Todo o medo e a tensão desaparecem. É como acordar depois de uma boa noite de sono, totalmente descansada. Cheia de energia. Cheia de poder. Pronta para cantar o dia todo.

Mas meu oceano está repleto de perturbações.

Homens berram ao longe, seus gritos interrompidos pelas enguias que os destroçam. Que animais maravilhosos. Outra vem nadando nesta direção, atrás das mulheres que agitam as pernas para se manterem na superfície. Uma delas está sangrando, deixando a enguia frenética. Fico parada onde estou, pronta para observar o espetáculo. Até que alguma coisa me chuta.

Não percebi que estava segurando um homem. Embora a água salgada deva irritar seus olhos, ele consegue me encarar com uma expressão bem zangada.

Dou risada da criatura idiota. Observo-o lutar contra mim. Estamos embaixo da superfície. Não vai demorar para que os pulmões dele desistam. Mas então ele para de lutar. Não é possível que tenha se afogado tão rapidamente. Não, ele se aproxima de mim, encosta a testa na minha, o nariz no meu.

O calor dele...

Essa sensação. A falta de luta. É...

É...

Uma lembrança abre caminho até a superfície e as palavras retornam à minha mente como se tivessem asas. *Seu encanto dura muito tempo depois que a canção acaba*, ele disse antes de beijar minha pele.

De repente, a paz e a ansiedade se vão, substituídas mais uma vez pelo medo e a urgência. Jogo Riden na direção da superfície do oceano antes de me lançar na direção da enguia que se aproxima. É a maior delas, talvez com quase cinco metros – toda cheia de dentes e músculos. Sua cauda se agita na água com tanta rapidez que mal consigo vê-la.

Mas sou mais rápida.

Posso não ter nascido no mar, mas nasci para governá-lo.

Sou a filha da rainha sereia.

A enguia já terminou de circundar Niridia e as outras. Está bem abaixo de nós agora, subindo cada vez mais, com a boca aberta.

Pego a adaga em minha bota e me lanço contra a enguia pela lateral. A adaga a encontra primeiro, e depois minhas pernas se enroscam ao redor do corpo da criatura, quase sem conseguir que meus pés se toquem do outro lado do imenso animal marinho.

Ela se agita de dor, mandando-nos em direções aleatórias. Puxo a adaga e a golpeio novamente. E mais uma vez e mais outra. Por fim, a criatura para de se mexer, e eu a solto. Uma olhada rápida me mostra que alguém jogou uma corda para as garotas e para Riden.

Mas o *Segredo Mortal* ainda está nos puxando.

Um arpão se solta do meu navio; uma das garotas deve tê-lo jogado ao mar depois de cortar a corda. Uma ideia me ocorre, e agarro o arpão antes que ele possa afundar até as profundezas do oceano. Nado para o fundo, para o fundo, para o fundo – o mais longe que consigo enquanto sigo em direção ao navio adversário.

Então me impulsiono na direção do navio de Tylon, meus músculos tensos, nadando o mais rápido que minha natureza de sereia permite, virando o arpão para acertá-lo com a ponta.

Ele perfura a madeira e eu o arranco do casco. Puxo as tábuas para abrir o buraco, aumentando-o enquanto a água entra sem parar. Eles devem ter remendado o buraco de bala de canhão que fiz um dos homens disparar no próprio navio.

Vamos ver se conseguem remendar este.

Repito a ação, nadando para o fundo e atacando o navio com o arpão mais três vezes.

O *Segredo Mortal* afunda rapidamente.

Estou submersa, completamente no controle da minha mente, e o navio que leva meu pai está afundando. Eu devia ser um animal irracional agora, perdida para o mar para sempre, minha tripulação e navio desaparecendo nas profundezas.

Em vez disso, sou mais poderosa do que jamais fui em toda a minha vida.

Perceber isso é inebriante.

Não quero deixar a água. Assim que isso acontecer, sei que terei a mesma fraqueza de antes. Incapaz de reabastecer minhas habilidades sem perder a mente, inútil para todos.

Mas qual é a alternativa? Ficar submersa com minha mente humana para sempre? Nunca viver nem como sereia nem como humana. Presa em algum lugar entre os dois mundos.

Nado de volta para meu próprio navio, observando as cordas dos arpões caírem na água. O *Ava-lee* está livre e começa a se afastar.

Não subo para a superfície até estar a bombordo, onde a frota não pode me ver.

Não quero que meu pai saiba que derrotei seu navio destruindo-o por baixo d'água. Essa não vai ser a última vez que eu o vejo ou à sua frota, e não quero que ele saiba que descobri uma vantagem.

CAPÍTULO
15

— Corda! — grito da água.

Sorinda espia pela amurada do navio antes de me jogar uma. Eu subo a bordo com a ajuda dela.

Os navios ao longe disparam seus canhões, agora que a embarcação de Tylon se foi. As balas atingem a água perto de nós, mas logo estaremos fora de alcance.

Precisamos ganhar vantagem novamente.

É esperar demais querer que meu pai tenha afundado com o navio. Ele deve ter sido o primeiro a dar o fora.

Uso um pouco do meu canto para absorver a água que encharca minhas roupas. Assim que me secar, não serei mais capaz de reabastecer sem me perder. De algum modo, sei disso. Sinto minha parte sereia esperando para aparecer.

Eu me posiciono no castelo de popa com Kearan. Ele nos conduz enquanto fico de olho na frota. Não consigo ver os rostos dos homens a essa distância, mas há uma figura – maior que as demais – que se destaca. O rei. Ele deve estar furioso. Seus homens devem estar morrendo de medo dele.

Eles já devem estar exaustos de remar até aqui, porque são incapazes de manter o mesmo ritmo que nós.

Fico ali em cima com Kearan por quase uma hora, tempo suficiente para determinar se ainda estamos ganhando terreno e fora de alcance. A frota ainda está à vista. Vai demorar um tempo até que não possamos mais vê-los no horizonte. Mas já é seguro o bastante para verificar outras coisas.

Minha primeira parada é na enfermaria. Encontro Mandsy enfaixando a mão de Niridia com gaze. Minha imediata está enrolada em um cobertor grande, e a água empoça no chão.

— É muito sério? — pergunto.

— O tiro passou direto pelo meio da mão dela. É difícil dizer como os ossos vão se curar.

— É minha mão esquerda — murmura Niridia. — Ainda terei a mão da espada. Não há nada com o que se preocupar.

— Tentei dar algo para a dor, mas ela não aceitou.

Ergo uma sobrancelha para Niridia.

— Você precisa de mim atenta. Nossos inimigos estão perto demais.

Coloco uma mão no ombro dela.

— Preciso de você bem. Estamos seguros por enquanto. Cuide-se. Tome o que quer que Mandsy lhe der. É uma ordem.

Niridia aperta os lábios, mas não recusa a garrafa que Mandsy lhe entrega.

— Niridia é a última a ser tratada — diz Mandsy. — Já cuidei das outras. Estão todas descansando lá embaixo. Algumas das garotas levaram tiros nas pernas e nos braços. Em grande parte foram de raspão, quando estavam saindo detrás de seus esconderijos para atirar.

— Ouvi alguém cair do mastro quando ordenei que baixassem as velas — digo. — Nenhuma concussão?

O rosto de Mandsy fica sério.

— Não. Uma baixa, capitã.

Engulo em seco.

— Quem?

— Haeli. Ela levou um tiro nas costas. Tentei parar o sangramento, mas era tarde demais. Eu a deixei no convés, para que pudéssemos colocá-la para descansar assim que estivermos longe o bastante da frota.

Haeli. Uma das minhas melhores armadoras. Eu a peguei em Calpoon – uma das Dezessete Ilhas. Ela viajava com um grupo de atores. Metade do tempo ela tocava flauta durante os espetáculos, e na outra estava na plateia, roubando os bolsos dos presentes. Eu fui um de seus alvos. Depois que ela me roubou, eu lhe ofereci um trabalho. Disse que pagava melhor do que os roubos.

Agora ela jaz sem vida no meu convés.

Me obrigo a inspirar o ar com força pelo nariz.

— Alguma outra baixa?

— Não.

— Ótimo.

Eu as deixo. O peso dessa jornada pressiona meus ombros, me exaurindo fisicamente, apesar da nutrição que acabo de receber do oceano. Quantos de nós sobrarão quando chegarmos à ilha das sereias? Quantos dos meus entes queridos terei que perder a fim de deixar os demais em segurança?

Não suporto a pressão dos meus pensamentos. Preciso ficar ocupada.

Procuro Radita no porão.

— Levamos alguns tiros, capitã — diz ela assim que pergunto sobre a situação do navio. — Um deles acertou a cozinha. Grande parte do nosso estoque de água se foi, e todos os barris de água no convés ficaram repletos de furos durante a batalha. Perdemos a maior parte da nossa água potável.

— Quanto sobrou?

— Só um barril.

— Só um?

Ela confirma com a cabeça.

— Um que já abrimos e que já começamos a consumir.

Cubro o rosto com as mãos. Nossos dias estão contados. Ordenarei a Trianne que comece a racionar a água. Mesmo assim, não vejo como podemos chegar à ilha das sereias com o que nos resta. E ainda temos a viagem de volta...

— Você consegue consertar o navio? — pergunto.

— Já coloquei algumas garotas nisso.

— Obrigada.

— É meu trabalho, capitã, mas de nada.

Quando passo pelos beliches, Roslyn está surtando com o ferimento de Wallov.

— É só um arranhão, querida — ele a tranquiliza.

— Não, era uma lasca de madeira no seu ombro. Agora deite-se.

— Estou *bem* — diz ele, enfatizando a última palavra.

Consigo dar um sorriso quando fecho a escotilha atrás de mim, e sigo para meus aposentos. Mas minha expressão divertida desaparece assim que entro.

Alguém já está lá, esperando por mim.

— O que está fazendo? Você não tem permissão para ficar aqui, a menos que eu o convide.

— Preciso resolver umas coisas com minha capitã — diz Riden. O corpo todo dele está rígido de fúria, e me pergunto como ele consegue manter o tom de voz baixo. — Achei que era melhor fazer isso em particular para que você não me acuse de tentar levar o navio a um motim.

— Você não é o único com problemas — retruco. — Meu próprio pai abriu buracos no meu navio. Um terço da minha tripulação está ferido. Um dos nossos morreu. Então, a menos que você tenha questões mais importantes do que essas, sugiro que vá embora, porque não preciso acrescentar mais peso à minha carga.

O tom calmo dele desaparece.

— Estivemos bem perto de ter mais do que uma baixa! Que diabos estava pensando quando me puxou para alto-mar com você?

— Eu estava pensando que havia garotas na água e que eu precisava salvá-las! Eu não tinha tempo para pedir sua permissão antes que as enguias as devorassem.

— E eu fui o quê? Uma isca? Um corpo descartável enquanto você tentava salvar os membros da sua tripulação de verdade?

— Os membros da minha tripulação *de verdade*? Você consegue ser tão estúpido às vezes! Eu assumi um risco calculado. Não tinha escolha além de envolver você.

As narinas dele se abrem enquanto ele se esforça para inspirar.

— Eu precisava de você — retruco. — Sem você, eu me transformo em um monstro embaixo d'água. Mas você... você me mantém humana. Você é o que eu preciso para me lembrar de mim mesma. Odeio isso, mas percebi que existe algo em você, *apenas* em você, que me mantém humana quando minha natureza de sereia tenta tomar conta.

Isso o faz refletir.

— Por quê?

— Bem que eu queria saber. Eu não ia deixar quatro garotas sob minha proteção morrerem enquanto parava para descobrir.

Ele ergue o olhar para o teto, ponderando alguma coisa.

— Você não era você mesma no início. Era perigosa. Era a sereia, e então... de algum modo eu sabia o que fazer. Eu sabia que, se não lutasse, se eu simplesmente me aproximasse de você, você não me afogaria.

— Na história que meu pai sempre me contou sobre como conheceu minha mãe, ele disse que, em vez de lutar contra a sereia que tentava afogá-lo, ele não resistiu. Que isso a deteve. Que, em vez de matá-lo, ela o levou para terra firme.

Não pode ser tão simples assim, pode? Um homem que não resiste faz com que a natureza da sereia seja substituída pela humanidade? O que quer que seja, preciso aprender a controlar a sereia, e Riden é a primeira chance que tenho de fazer isso.

— O que foi? — pergunta Riden. Ele está olhando para mim mais uma vez.

— Preciso da sua ajuda. Consegui afundar um navio atacando por baixo d'água. Se eu puder aprender a me controlar, para ir para a água a qualquer momento sem medo... não é só um desejo. É uma necessidade. Preciso disso para proteger minha tripulação. Preciso aprender a reabastecer minhas habilidades sem perder a cabeça. Preciso ser capaz de submergir na água sem me transformar em um animal irracional. Preciso que você me ajude.

Um pouco da vontade de brigar o abandona com a expressão em meu rosto. Não sei o que ele vê ali.

— Alosa, há pouquíssimas coisas que eu não faria por você, mas exatamente o que você está me pedindo?

— Preciso que esteja comigo enquanto reabasteço minhas habilidades. Preciso que me traga de volta. Várias e várias vezes. Até que eu consiga fazer isso sozinha.

Ele bufa.

— Eu vim aqui para falar para você *não* me arrastar para baixo d'água com você, e está me pedindo para fazer exatamente isso?

— Riden, precisamos disso.

— Você *prometeu* que não usaria suas habilidades em mim. Já quebrou essa promessa uma vez para salvar minha vida. E agora...
— Ele estremece.

— Isso é diferente. Estou pedindo sua permissão antecipadamente.

— E se eu disser não?

— Então vou respeitar sua decisão.

— Ótimo. Estou dizendo não.

Eu não esperava que ele respondesse tão rápido. Ele podia pelo menos ter fingido pensar no assunto.

Parte de mim está aliviada. A sereia me apavora todas as vezes que preciso me reabastecer. Mas a outra parte de mim está desapontada. Ele não sabe o que isso significaria para a tripulação, para nossas chances de sobrevivência?

Não importa. Riden não vai cooperar. Isso significa que terei que pensar em outra coisa.

— Então, vá cuidar da sua vida — digo, apontando para a porta.

🐚

Kearan, Niridia e eu estamos mais uma vez diante dos mapas. Já expliquei a situação da água para a tripulação. Agora, nós três precisamos achar uma solução.

— Há essa ilha grande no mapa dos Allemos — diz Kearan, apontando para o mapa. — É provável que tenha água doce. Podíamos parar aqui.

— Na última ilha que paramos, encontramos canibais feitos pelas sereias — diz Niridia. — Só o diabo sabe o que há nessa aí.

— A questão é se preferimos morrer de sede ou arriscar dar de cara com algum perigo em outra ilha — comento.

Niridia pensa um pouco.

— Morrer de sede é garantido se não pararmos. Morrer nesta segunda ilha é só uma possibilidade a esta altura.

— Concordo — diz Kearan.

Estou pensando a mesma coisa.

— Ótimo. Kearan, defina uma rota.

Meus olhos percorrem o horizonte, como fizeram pelos últimos vários dias, mas não há sinal da frota. Roslyn também não viu nada de seu ponto de observação no cesto da gávea, então decido descansar um pouco.

Um grupo de baleias nada a algumas centenas de metros à nossa direita. Elas saltam e mergulham, jogando água para todos os lados. Roslyn ri da amurada, esticando o corpo o máximo que pode para tentar pegar um pouco dos respingos com os dedos.

A água é surpreendentemente límpida aqui. Peixes em vivos tons de vermelho, azul e amarelo nadam no raso quando passamos por mais ilhas ao longo do caminho. São trechos estéreis de areia sem mais do que uma ou duas palmeiras nascendo. Ainda não passamos por nada que possa conter uma fonte de água doce.

Hoje me pego observando a tripulação em suas tarefas. Radita anda pelo barco, verificando os cordames, assegurando-se de que os consertos foram todos bem-feitos. Algumas garotas limpam o convés. Outras se penduram do lado de fora do navio, presas por cordas para arrancar cracas e outras criaturas indesejadas que tentam pegar carona.

A temperatura subiu ainda mais, deixando-nos ainda mais sedentos com o novo racionamento. As garotas usam as mangas das camisas enroladas e os cabelos presos.

Riden está nos cordames, cuidando das velas. Está descalço, sem camisa e não se barbeia há alguns dias.

Puta merda.

Estou encarando. Sei que estou, mas não consigo parar.

— Eu podia me acostumar a esse clima mais quente — diz Niridia ao meu lado. — Não deixa as pessoas com o melhor dos cheiros, mas a vista melhora bastante.

Eu devia ter uma resposta mais inteligente, mas tudo o que consigo dizer é:

— Pois é.

Nós encaramos por mais alguns segundos, até que ele está prestes a se virar, e certamente seremos pegas.

— O que está acontecendo aí? — pergunta Niridia.

— O que quer dizer?

— Quero dizer, por que eu não o vejo sair saltitante de seu quarto todas as manhãs?

Dou uma risada.

— Porque não há *nada* para ver.

— Por que não?

Ouso olhar novamente para ele, observo o jeito decidido como se move, observo seus músculos tensos quando ele puxa uma corda.

— Ele não consegue lidar com o que eu sou. Minhas habilidades o apavoram.

— Qualquer pessoa ajuizada fica apavorada com o que você pode fazer. Isso não significa que todas nós não amemos você.

— Obrigada, mas é diferente com ele. Ele tem uma história com pessoas que tentaram controlá-lo. O fato de que eu posso literalmente obrigá-lo a fazer coisas faz sua mente voltar a um tempo mais sombrio.

— Ele vai superar isso — diz Niridia, com uma certeza que me surpreende.

— Como você sabe?

— Porque ele não é idiota.

Respiro fundo.

— Eu piorei as coisas.

— O que você fez?

— As poucas vezes que consegui me controlar embaixo da água... sempre foi por causa de Riden. Eu queria conseguir lidar melhor com minhas habilidades, então pedi que ele me ajudasse. Pedi que ele se deixasse ficar vulnerável assim várias e várias vezes.

— E ele disse *não*? — ela pergunta, atônita.

— Claro que disse. Eu não devia ter pedido. Foi errado...

— Não, Alosa. O que é errado é você não tentar fazer tudo que está ao seu alcance para proteger sua tripulação. Você fez a coisa certa. Ele vai ver que isso é certo também.

— Não tem como ele mudar de ideia.

— Bem, não por conta própria — diz ela. — Os homens podem ser estúpidos às vezes. Precisam de ajuda de vez em quando.

Dou um sorriso. Eu disse exatamente isso na cara de Riden, mas, quando Niridia começa a se afastar, meu sorriso desaparece.

— O que você está fazendo?

— Ajudando.

— Niridia!

— Riden! — ela grita.

Ele olha para baixo, e seus olhos vasculham o convés até que ele a encontra.

— Sim?

— Desça aqui por um instante, por favor.

Ele salta até a rede e começa a descer.

— Niridia, ele já disse que não. Deixe-o em paz.

— Só me deixe tentar uma coisa. Você confia em mim, não confia?

— É claro.

— Então me deixe fazer meu trabalho neste navio.

Riden dá um pulo e aterrissa agachado no convés. Ele se endireita, percebe que estou ao lado de Niridia, mas se concentra nela.

— Você se considera uma pessoa egoísta, Riden? — ela pergunta, descaradamente.

Se fica desconfortável com a pergunta, ele não demonstra.

— Eu posso ser — diz ele.

— Sou a imediata neste navio, o que quer dizer que vejo tudo o que acontece. Vejo você consolando Deshel, vejo você amolecendo cada vez que Roslyn se aproxima de você, vejo você rindo com Wallov e Deros. Você nos conquistou, sabe disso?

— Sim.

— Ótimo. Agora, a capitã me diz que você pode ser inestimável para ajudá-la a controlar suas habilidades e, dessa forma, nos ajudar a sobreviver ao rei pirata. Você acha que ela está certa a esse respeito?

Ele se fecha, e vira o rosto levemente.

Fico chocada quando um *sim* bem baixinho sai de sua boca.

— Você já arriscou sua vida por Roslyn uma vez. Quase morreu por causa dela. Me diga: se o rei pirata nos pegar, você acha que ele vai poupá-la porque ela é uma criança?

Ele vira a cabeça para trás.

— Não — diz ele, mais forte.

— Ninguém está ordenando que você faça nada. Eu só acho que é importante que você veja as coisas exatamente como elas são. Você pode virar as chances ao nosso favor, Riden. Lembre-se disso quando tentar dormir à noite.

E então ela vai embora. Me deixando para enfrentar Riden.

Um Riden sem camisa.

— Eu juro que não pedi para ela fazer isso — digo. — Falei para ela deixar você em paz. Eu só estava conversando com ela, e ela colocou isso na cabeça...

— Está tudo bem.

— Está?

— Lembre-se que já fui um imediato. Somos um bando de teimosos.

Ele coça um ponto em seu braço, e me concentro nisso, em vez de em seu abdome.

— Ela está certa — diz ele de repente, atraindo meu olhar para seu rosto. — Eu não gosto disso, e não posso prometer que não vou estourar depois... mas precisamos fazer.

— Se houvesse algum outro meio, não teria pedido. Tentei a vida toda controlar isso. Meu pai me fez passar por todo tipo de... não faz diferença. Isso não é importante. Só estou dizendo que o rei pirata considerou uma causa perdida, então sei que você é realmente minha última opção.

— Hummmm — é tudo o que ele diz.

— Quando devemos começar? — pergunto, hesitante.

— Provavelmente, quanto mais cedo, melhor.

— Provavelmente. — Uma pausa. — Então... agora? — arrisco.

— Sim.

Aceno com a cabeça.

— Me deixe fazer alguns preparativos.

🐚

Preciso de quinze minutos para deixar tudo pronto – e só demorou tanto porque enrolei. Não tenho pressa para usar minhas habilidades diante de Riden novamente. Para ver o desgosto e a raiva dele. Se tivermos êxito, isso vai fazer uma diferença incomensurável na batalha contra meu pai. Mas, se alguma coisa der errado, se eu machucar alguém enquanto estiver perdida para a sereia...

Estou andando em uma linha muito tênue.

Quando reapareço ao lado de Riden, ele não diz nada, só me segue até o porão. Todos os outros homens receberam ordens de uma presunçosa Niridia para que tampassem os ouvidos com cera. Sorinda espera por nós na carceragem, do lado de fora da minha cela acolchoada.

— Não é Mandsy quem em geral a ajuda com isso? — pergunta Riden, surpreso ao ver a assassina.

— Se as coisas saírem do controle, Sorinda está aqui para detê-las.

Calmamente, ele pergunta.

— Quer dizer que ela está aqui para me abater se eu cair sob seu controle?

— Não — digo, horrorizada com o tom de aceitação de sua voz, com o fato de ele achar que eu permitiria uma coisa dessas. — Ela está aqui para garantir que eu não machuque você. — *Seu imbecil.* Meus olhos descem antes de imediatamente voltarem para seu rosto. — Vá vestir uma camisa antes de começarmos.

— Está quente — ele argumenta, e posso imaginar o que está pensando. *Isso vai ser horrível. O mínimo que você pode fazer é me deixar ficar o mais confortável possível.*

Tenho duas escolhas. Posso deixá-lo pensar que sou irracionalmente cruel ou posso explicar as coisas. Ele insiste que eu nunca me abro com ele.

Tudo bem. Vou explicar.

— As sereias querem duas coisas dos homens. Ouro e prazer. Há algum ouro com você?

— Não — ele responde.

— A sereia em mim o faria gemer de prazer enquanto abre buracos no seu corpo com uma faca. Ela o deixaria nu e o faria dançar até seus pés ficarem em carne viva. Assim que você a entediasse em vida, ela se divertiria dançando com seu cadáver sob o mar. Você quer que eu lhe diga o quanto essas ideias a deliciam? Ela já pensou em fazer isso com você antes.

Um silêncio esmagador é tudo o que ele tem como resposta.

— Eu achei que não. Coloque sua camisa. Não vamos deixá-la mais faminta do que ela precisa estar.

Ele deixa a carceragem e, quando volta, tem uma expressão séria no rosto. Pelo menos a metade superior de seu corpo também está coberta agora.

Entro na cela acolchoada, entregando minhas armas, meu espartilho e minhas botas para Sorinda. Qualquer coisa contendo metal, tudo que é pontiagudo. Todas as coisas que a sereia pode tentar usar para escapar.

Ela me tranca e então faz a mesma coisa com Riden, fazendo-o entregar suas armas, e o tranca em uma cela diante de mim, onde não posso alcançá-lo.

Mas serei capaz de ouvi-lo.

— Na ilha com Vordan — eu digo —, quando me colocaram naquela gaiola e me obrigaram a cantar para você, você me manteve sã o bastante para fazer o que me mandavam, para que ele não matasse você. Você devia ter morrido. Nunca permaneci humana tão logo depois de reabastecer minhas habilidades. Aqueles piratas jogaram água em mim, me obrigando a absorvê-la várias e várias vezes. Mas, apenas falando comigo, você manteve minha mente limpa. Exigiu algum esforço. Mas acho que, no fim da nossa estadia na ilha, já tinha ficado mais fácil. Estocar meu poder é diferente de ficar submersa no mar, com todo aquele poder infinito fluindo através de mim. De qualquer forma, começaremos pequeno e vamos avançando. Se é que há algum progresso a ser feito — acrescento.

— E considerando que eu não morra — diz ele.

Sorinda tira sua rapieira da bainha.

— Você não vai morrer. Não no meu turno.

— Prometo que isso não vai ser mais divertido para mim do que vai ser para você — garanto.

Neste instante meu poder está no máximo, então canto para expelir um pouco dele. Não estou encantando ninguém. Meu canto não precisa ter um comando. Riden se encolhe mesmo assim. Finjo não perceber.

Quando já gastei um pouco, mergulho um dedo na água. Quase pergunto a Riden se ele está ou não pronto, mas percebo que nem ele nem eu jamais estaremos prontos para isso.

Puxo a água pela minha pele, deixo que ela me preencha. É como tomar um gole de água gelada quando a garganta está seca. O jeito como as habilidades drenadas dentro de mim anseiam por força e poder. Anseiam pela água.

Observo meus arredores com novos olhos. Olhos que podem ver as fibras individuais da madeira nas paredes, as manchas no chão, os tons dourados nos olhos do homem humano diante de mim.

Os humanos me prenderam de novo, mas dessa vez foram gentis o bastante para me deixar alguém com quem brincar.

— Alosa — diz ele, com firmeza, como se fosse um comando. Humano inútil. Nenhuma criatura me comanda. — Alosa — ele chama novamente, mas dessa vez é diferente. É suave, é um pedido.

Onde antes havia apenas outro humano, agora está Riden. Meu Riden.

Meu.

A sereia ainda luta para dominar. Ela é implacável e brutal. Está faminta por um pouco de diversão. Faminta por poder. Mas coloco uma jaula em minha mente, e a tranco lá dentro. Não preciso dela agora.

— Sou eu — digo.

Riden solta um longo suspiro.

Estou acostumada com a sereia depois de lidar com ela durante todos esses anos. É tão estranho. Porque eu sou ela. Quando entro na água, me torno uma criatura que não reconhece minha existência humana, não reconhece aqueles com quem me importo ou minhas aspirações humanas. Eu me torno o que teria sido se nunca tivesse conhecido uma vida acima do mar.

É aterrorizante saber que eu podia me perder para ela. Mas isso não vai acontecer aqui. Não em um ambiente que posso controlar. Tiro conforto do entorno familiar do *Ava-lee*.

No entanto, o que mais me preocupa agora é Riden. Ele parece estar bem, apesar do que eu acabo de fazê-lo passar. Ouso falar.

— Antes — começo —, quando eu estava reabastecendo minhas habilidades e você desobedeceu às ordens e veio me *observar*, você não falou. E eu não recobrei meus sentidos. Permaneci sereia o tempo todo. Eu me pergunto se é sua voz que faz isso de algum jeito.

— E quando você estava submersa? — pergunta Riden. — Eu não conseguia falar com você, mas você recobrou os sentidos três vezes distintas.

— Você está certo. Daquelas vezes, você...

— Eu beijei você — ele completa.

Sorinda permanece apática como sempre, e Riden continua a falar.

— Quando nos salvou de Vordan, você me segurou embaixo d'água. Eu achei que fosse morrer, e o último pensamento que lembro de ter tido era que eu queria beijar você mais uma vez antes que isso acontecesse.

Ele nunca me contou isso.

— Foi quando voltei a mim — relembro. — E, quando você caiu na água durante a tempestade, estava se afogando novamente. A sereia colocou os lábios nos seus para lhe dar ar, para que você não morresse antes que ela pudesse se divertir um pouco. Foi quando voltei a ser eu mesma novamente.

— E então, durante a batalha — diz Riden —, encostei minha testa na sua. Não foi exatamente um beijo, mas chegou perto disso.

Eu o encaro através das grades.

— Por que você fez isso? Você não tinha como saber o que eu estava tentando fazer.

— De algum modo, eu só pensei que, se pudesse me aproximar de você, talvez nós não morrêssemos.

Não é só a sereia que reage a Riden. De algum modo, ele sabe lidar com ela também.

— Vamos tentar de novo — digo, mergulhando o dedo na água mais uma vez.

Riden não se opõe, então absorvo a água.

Riden e eu praticamos por horas. Todas as vezes, ele só precisa dizer meu nome, e eu volto a ser eu novamente.

Não consigo explicar. Riden não foi o único que falou comigo enquanto eu era a sereia. No passado, meu pai me mantinha presa enquanto eu reabastecia minhas habilidades. A voz dele não me trazia de volta. Tylon já me viu como sereia, tentou falar comigo. Não adiantou nada. Wallov e Deros já fizeram isso. Alguns outros capitães da fortaleza também.

Nada.

É Riden. Apenas Riden.

CAPÍTULO 16

Foi por pouco, não foi? Quando nos encontrarmos novamente, Alosa, você vai encarar a força completa do Crânio de Dragão e da minha frota. As coisas vão ser diferentes então.

Qualquer progresso que penso ter feito com Riden no dia anterior parece insignificante quando me lembro do tamanho total da frota. E daí que consigo manter minha mente enquanto reabasteço minhas habilidades? O que posso fazer contra vinte navios? E com os outros trinta que podem estar vindo logo atrás deles? Sem o tesouro das sereias para corromper os homens do meu pai, não gosto das nossas chances.

Só algumas horas mais tarde, outro bilhete chega.

Eu vejo você.

Subo pelo cordame até o cesto da gávea. Mesmo assim, tenho que forçar a vista para ver a linha marrom no horizonte. Deve haver uma boa correnteza ali, ajudando a frota a avançar. Meu coração acelera ao vê-los tão perto.

Desço o mais rápido possível.

— Vá buscar Radita — digo para Niridia.

Meu pai deve estar forçando seus homens ao máximo, fazendo rodízio entre eles nos remos de varredura. Eles estarão exaustos quando chegarem à Isla de Canta. Mas não acho que esse seja o objetivo atual do meu pai. Ele só precisa me pegar. Depois eles poderão descansar antes de prosseguir.

Quando Niridia volta com Radita, não consigo falar rápido o bastante.

— Eles estão se aproximando. Agora que ele já nos viu, não vai diminuir o ritmo. O que podemos fazer para aumentar nossa velocidade?

A resposta de Radita é imediata.

— Não podemos fazer nada com o navio em si, mas podemos deixá-lo mais leve. O jeito mais eficiente é jogar os canhões ao mar.

— Não podemos fazer isso — diz Niridia. — Se ele nos alcançar, não teremos como lutar!

Não tenho solução para nada. Faz sentido diminuir a carga, e faz sentido manter os canhões. É impossível saber qual a escolha mais inteligente agora.

— Tudo bem — digo. — Não faremos nada por enquanto. Roslyn!

A garota não está trabalhando, mas preciso mudar isso rapidamente.

— Sim, capitã? — ela pergunta, se afastando de um grupo de garotas com quem conversava.

— Preciso de você lá em cima. Você precisa me avisar imediatamente se os navios ao longe ficarem maiores. Entendeu?

— Sim. — Ela corre lá para cima.

— Revire o navio, Radita — digo. — Veja se há algo que podemos jogar ao mar que fará alguma diferença.

— Não há nada...

— Apenas verifique, por favor!

Ela troca um olhar com Niridia antes de ir para o porão.

— Não estou sendo irracional. Talvez ela esteja negligenciando alguma coisa. Ele não pode nos alcançar, Niridia.

— Nós o derrotamos uma vez — diz ela. — Podemos fazer isso de novo.

— Ele não vai nos enfrentar com um navio dessa vez. Não podemos encarar vinte deles.

— Isso é verdade — ela concorda. — Mas ainda não há nada que você possa fazer para resolver a situação. Concentre-se em praticar com Riden. Eu supervisiono tudo por aqui.

Eu queria dar uma folga para Riden depois do que conseguimos fazer ontem. Ficar perto de mim enquanto uso minhas habilidades não é fácil para ele. Mas a necessidade de resolver as coisas se tornou mais urgente do que nunca.

Suspiro de alívio quando Riden não faz nenhum comentário irônico depois que lhe digo que precisamos começar a praticar de novo imediatamente.

Ele deve ser capaz de perceber que estou por um fio, porque, assim que chegamos à carceragem, ele pergunta:

— Qual é o problema?

— Dá para ver a frota do cesto da gávea. Meu pai está forçando os homens ao máximo para conseguir nos alcançar.

— Então é melhor estarmos prontos para ele.

Sob os cuidados de Sorinda, passamos o resto do dia aprendendo a aumentar meu controle sobre a sereia dentro de mim.

Riden tenta deixar o ambiente – com os ouvidos tampados, é claro – para ver se a distância afeta a resposta da sereia com ele.

Afeta. Ele precisa estar no meu campo de visão, ou a sereia bloqueia seus gritos.

Ele tenta me chamar cada vez mais baixo, até não dizer absolutamente nada, com a esperança de que, com o tempo, apenas olhar para ele seja o bastante. Mas isso não mantém a sereia afastada.

É a sua voz, enquanto ele está no meu campo de visão.

Nada menos.

Eu tinha tanta esperança de que, com a prática, eu pudesse aprender a controlar a sereia sozinha.

No entanto, depois de mais três dias com o mesmo resultado, sou obrigada a desistir dessa ideia. Mesmo assim, enquanto Riden estiver por perto, posso reabastecer minhas habilidades e recuperar os sentidos imediatamente.

Da próxima vez que enfrentar meu pai em batalha, não terei que me preocupar com o que fazer quando minhas habilidades se esgotarem. Eu posso reabastecer sem medo de que a sereia assuma o controle, desde que possa ouvir Riden – até que minhas forças se esgotem ou cada um dos homens do meu pai caia morto. O que quer que aconteça primeiro. Mesmo assim, é muito fácil para nossos inimigos tamparem os ouvidos. Isso não é o suficiente.

Este é só o primeiro passo. O real desafio será permanecer eu mesma quando estiver cercada pela água do mar.

Preciso entrar no mar e ainda ser eu.

🐚

A frota desaparece no horizonte, e não consigo decidir se é melhor ou pior não saber onde estão. Mesmo assim, não conseguir vê-los significa que aumentamos nossa vantagem.

Talvez seja por isso que demorei a dar o próximo passo para descobrir se consigo dominar outro aspecto das minhas habilidades com Riden.

É mais do que a frota, digo a mim mesma. *Não posso forçar Riden demais, nem tão rápido. Ele precisa de tempo para lidar com tudo isso.*

É uma mentira que digo a mim mesma. Na verdade, quanto mais tempo Riden passa perto da sereia, mais confortável ele parece ficar. E enquanto, é claro, estou levando seus sentimentos em consideração, a verdade é que estar na água me apavora. Há tanto dano que a sereia pode causar. Tantas pessoas que ela pode machucar neste navio.

Fico completamente petrificada em ser ela e me arriscar a me perder no mar para sempre.

Com a ameaça da desidratação pairando cada vez mais perto de nossas cabeças, porém, estou ficando sem desculpas.

Kearan acha que devemos chegar à ilha a qualquer momento agora.

No convés, ele e Enwen estão recostados na amurada, encarando melancolicamente a expansão plana de água.

— A aparência é melhor que o gosto — digo para eles.

— Por que, ah, por que o mar contém sal? — pergunta Enwen.

— Para nos deixar malucos — responde Kearan.

— Parem de olhar para ele — digo aos dois. — Vão encontrar alguma coisa para se distrair.

Como se tivessem combinado com antecedência, os dois dão meia-volta e saltam para o convés ao mesmo tempo.

Podemos não sobreviver para chegar àquela ilha.

Sigo para a cozinha, em busca de Trianne. Ela trancou o último barril de água em um dos depósitos. Confio que minha tripulação não vai roubar mais do que sua parte quando se trata de ouro. Mas água é uma questão completamente diferente. A falta dela mexe com a mente da pessoa.

— Quanto ainda temos? — pergunto para ela.

Ela sabe imediatamente do que estou falando.

— Se continuarmos com essas porções? Cinco dias.

Cinco.

— Comece a servir rum com o jantar, no lugar de água — digo para ela. Não só nos dará mais tempo no mar como ajudará a tripulação a dormir à noite com sede.

— Isso vai nos garantir mais uma semana, talvez. Agradeço às estrelas por Kearan ter parado de beber. Ou então já não teríamos mais nada agora.

— Isso é verdade.

Dou um tapinha no ombro dela antes de deixar a cozinha.

— Eles voltaram!

Não dá para ouvir o grito muito bem aqui embaixo, mas sei que é Roslyn. Ela deve estar falando dos navios.

A frota.

Será que ele está brincando comigo? Eu não estranharia se meu pai tivesse dado uma folga aos seus homens por tempo suficiente para que eu me sentisse segura, simplesmente para acelerar de novo e me tirar dos eixos.

Meu pai gosta de jogos mentais, e, a esta altura, a única vantagem que tenho sobre ele é ser capaz de reabastecer minhas habilidades sem ter que me encarcerar e esperar uma noite.

Não é o bastante.

Sei disso. Sei o que preciso fazer a seguir.

Minhas pernas tremem só de pensar nisso, mas me obrigo a dar os passos necessários. Localizo Sorinda primeiro e lhe dou as ordens. Então vou para meu quarto me trocar. Por fim, vou atrás de Riden.

Ele está conversando com Wallov na carceragem quando o encontro. Provavelmente, aqui embaixo não foi possível para eles ouvirem o grito, e, quando começo a perceber o assunto da conversa, decido não interrompê-los imediatamente.

— Cuidar de uma criança é trabalho pesado — diz Wallov. — Especialmente quando elas são pequenas demais para andarem sozinhas. Mas eu não trocaria Roslyn por todo o ouro deste mundo.

— Já se sentiu constrangido por ser pai sozinho de uma menina? — pergunta Riden.

— Ainda não, mas temo as conversas que vou precisar ter quando ela for um pouco mais velha.

— Não tema, Wallov — digo, alertando os dois homens da minha presença. — Há uma tripulação inteira de mulheres para ajudar nisso.

— Ótimo. — O alívio é evidente em sua voz. — Eu realmente esperava por isso.

— Sinto muito interromper — minha voz ganha um tom mais urgente —, mas preciso de Riden.

Riden inclina a cabeça de lado, e me apresso a acrescentar mais coisas à minha declaração.

— A frota está de volta. É hora de dar o próximo passo.

As expressões relaxadas nos rostos deles desaparecem. Wallov corre lá para cima para ficar perto da filha enquanto ela faz seu trabalho.

— Venha comigo. — digo para Riden.

Quando vê que vou para as escadas, ele pergunta:

— Lá em cima? Não vamos ficar na carceragem?

— Hoje não.

Ele me segue sem mais perguntas, e me pego pensando em sua conversa com Wallov, apesar da ameaça iminente que a frota representa.

— Está planejando ter filhos em breve? — pergunto assim que estamos no convés e seguimos em direção aos meus aposentos.

Niridia me dá um olhar calculado, acenando de maneira aprovadora quando me vê com Riden. A mão machucada dela está apoiada em uma tipoia ao redor do pescoço.

— Não em breve — responde ele. — Mas algum dia. Eu não imaginava que isso seria possível na minha vida antes. Mas aqui, neste navio, uma criança estaria em segurança. Bem, provavelmente não tão segura quanto em terra firme, mas segura o suficiente com esta tripulação por perto.

Minha mente está girando com a revelação. Riden sendo pai de uma criança? Não consigo me acostumar com isso, e minha mente está com mais dificuldade do que o normal com meu pai sob nossa vista.

— Você não gostaria de ter um filho um dia? — ele indaga.

A questão coloca Roslyn e meu pai no mesmo espaço mental, e estremeço antes de encontrar uma resposta.

— Honestamente, nunca pensei sobre isso.

— Nunca?

— Não. Eu já cuido de uma tripulação inteira. Não vejo como uma criança se encaixaria nessa mistura.

— Eu consigo imaginar uma criança de cabelo vermelho correndo pelo navio, e prendendo as bonecas na carceragem quando elas se comportarem mal.

Dou uma gargalhada.

— Provavelmente você só pode ter filhas, certo? Nenhum filho? Suponho que eu não tenha pensado nisso tampouco.

— Provavelmente. Mas será que elas seriam como eu? Ou seriam... humanas? — eu quase disse *normais*.

— Isso importa? — ele pergunta.

A confusão toma conta de mim. Ele é todo relutante em se permitir ficar na presença da sereia. Por que não se importaria que uma criança gerada por mim também tivesse uma sereia em si?

A falta de água está afetando a mente dele. Ele está delirando.

Sorinda já espera por nós na minha câmara de banho.

Riden dá uma olhada na banheira cheia de água.

— Está falando sério?

— Muito.

— Qual é o plano exatamente?

— Entro na banheira, me transformo totalmente em sereia e você tenta me trazer de volta.

— Você não estará presa — diz ele.

— A banheira é presa ao chão. Não consigo levá-la até a carceragem.

Ele deve ter sentido o quanto estou nervosa, o quanto realmente *não quero* fazer isso, porque diz na sequência:

— Está tudo bem. Entre na água.

Tiro minha bota e qualquer outro item perigoso. Fico só com a blusa preta e a calça justa. Decido que é melhor não usar branco para esta atividade na frente de Riden, já que sei que vou ficar molhada.

Entro na banheira, cada músculo do meu corpo tenso com o que me espera. A água está fria, causando arrepios na minha pele. Minha própria mente se torna traiçoeira, me implorando para afundar na água, querendo o poder, a certeza e a revitalização que vêm com isso.

Eu sei que, assim que me permitir me sentar, a água vai me consumir, e serei impotente contra ela. Ser a sereia é nunca ficar assustada. Nunca ter fome ou sede. Nunca ter dúvidas ou preocupações. Nunca ter medo. É uma existência diferente de qualquer outra. Despreocupada e maravilhosa. Às vezes desejo isso, mas também sei que, com isso, vem a falta de todas as coisas humanas. Me faz esquecer todos os humanos que tanto amo.

Não quero esquecer, mas preciso que a sereia derrote meu pai. Tenho essa certeza de um jeito que não consigo explicar. Se eu conseguir mesclar essas duas metades de mim para realizar isso.

Eu me deixo afundar na água. Minha preocupação se transforma em confiança. A fraqueza se torna força. Eu me deito, deixando que o poder me envolva. Ergo os braços para alongá-los, para nadar, mas eles batem contra o metal.

Mas que...

Isso é um recipiente. Não é o mar. Não, consigo sentir meu precioso oceano logo abaixo de mim, separado de mim por metros de madeira.

Cavar minha rota de fuga não é uma opção. Preciso deixar a água a fim de alcançar meu lar verdadeiro.

Uma voz me chama de cima.

— Alosa, saia da água.

A voz é masculina. O mesmo homem de antes. O bonito. Aquele que ainda não consegui transformar em cadáver.

Levanto a cabeça da água e o procuro com olhos que veem muito melhor sob o mar.

— Nenhum humano me dá ordens!

Espero que ele se acovarde e se encolha. Mas, se acontece alguma coisa, ele endireita ainda mais o corpo.

— Parte de você é humana também. Deixe isso sair.

Eu fico em pé, e meus olhos vão até a saída. O humano está no meu caminho. Ergo um dedo, examinando a garra afiada na ponta.

— Acho que vou fazer um risco na sua garganta. Você gostaria disso, não gostaria? — Minha língua se curva em uma nota doce, deixando que minha vontade se torne a dele também.

— Sim — diz ele ansioso, esticando o pescoço na minha direção.

Eu podia fazer os desenhos mais bonitos com seu sangue, por todo o seu corpo, canto. Eu me deleito em decidir por onde começar. No torso musculoso? Nas pernas compridas?

Mas ficar longe do mar é como ter uma coceira desconfortável; preciso correr de volta para lá.

Suponho que seja só levá-lo comigo. Saio da banheira.

Solto um sibilo entredentes quando uma dor quente atravessa meu braço.

Há outra humana na sala. Uma mulher escondida da minha vista até agora. Sua espada pinga com meu sangue. Vou arrancar o braço que segura aquela espada.

No entanto, antes que eu possa me mover, um corpo se pressiona contra minhas costas. Um braço se prende ao redor da minha cintura, o outro atravessa meus ombros e meu peito. Um queixo se apoia em meu ombro, e sinto um rosto com barba por fazer roçando no meu.

— Você não vai machucar aqueles a quem ama, Alosa — diz Riden. — Não enquanto eu ainda respirar.

Minhas pernas perdem a força. Eu teria caído no chão se Riden ainda não estivesse me segurando. Lágrimas enchem meus olhos, mas não caem. Meu estômago revira quando penso no que quase fiz. Com Riden. Com Sorinda. Com o restante da tripulação.

Eu poderia ter matado todos eles.

— Sou eu — digo baixinho, tremendo. O movimento também sacode Riden. Absorvo a água que ainda encharca minhas roupas, pensando que talvez eu só esteja com frio.

Mas o tremor não para.

— Terminamos por enquanto — digo para Sorinda. — Você pode ir.

— Vou buscar Mandsy — ela avisa, acenando com a cabeça na direção do corte que ela me fez.

— Não, eu cuido disso. Eu acho que preciso... assimilar tudo.

Ela não discute. Adoro isso em Sorinda. Ela vai embora em silêncio. Nem sequer ouço a porta se fechar atrás dela.

— Você também pode ir — digo para Riden, que ainda está atrás de mim.

— Ainda não. — Ele me segura enquanto espero que o tremor diminua. Quando isso acontece, eu anuncio:

— Nunca mais vamos fazer isso.

Ele me segura com menos força, deixando que uma de suas mãos faça círculos em minhas costas.

— Sim, vamos, sim.

Eu me viro para ele, fazendo-o me soltar completamente.

— Como pode dizer isso? Você não gostou de nada disso desde o início. Só aceitou fazer porque é altruísta demais.

— Eu me importo com esta tripulação. Assim como você. É por isso que precisamos tentar de novo. Até conseguirmos lidar com isso, assim como conseguimos fazer quando você está reabastecendo suas habilidades.

— Eu estava confiante demais. Pensei que seria mais fácil porque praticamos muito antes. Mas isso foi diferente. Eu quase matei você e Sorinda. E então eu estaria solta no navio. Nem quero imaginar o dano que teria causado.

— Mas não aconteceu nada — diz ele, ainda estendendo a mão na minha direção.

— Por que está tentando me tocar? — grito para ele, perdendo a compostura. — Eu enojo você. Meus poderes apavoram você. Você não suporta ficar perto de mim. Não precisa fingir.

Riden fica paralisado no lugar.

— É isso o que você pensa?

— É o que eu sei, Riden.

— E suponho que você entenda minha mente melhor do que eu?

— Está tudo bem, Riden. Posso lidar com a verdade.

Ele esfrega uma mão no rosto, como se tentasse apagar a tensão ali.

— Não odeio você ou suas habilidades, Alosa. Eu só precisava de tempo para me ajustar a elas. Para superar tudo o que aconteceu comigo no passado.

Fico quieta por um momento. O horror pelo que quase fiz ainda rodopia dentro de mim, como uma tempestade esperando para ser libertada. Há tanta coisa que sinto agora. Coisas demais para que eu fique em silêncio.

— Não consigo superar a maneira como você agiu quando eu o salvei — digo. — Você fez parecer que eu cantava para os homens por pura diversão... como se fossem brinquedos com os quais eu brincava. Você já devia saber que *só* uso minha voz quando preciso proteger minha tripulação. Isso inclui você. Quando você caiu no mar, eu não pensei, Riden. Eu não me lembrei do nosso acordo. A única coisa na qual eu conseguia pensar era que você estava em perigo. Eu agi. Eu pulei.

Minha voz ganha força enquanto falo, enquanto preencho as palavras com significado, com emoção. Do jeito que os humanos fazem, não as sereias.

— Mas, mesmo se eu tivesse parado para me lembrar — eu prossigo —, eu teria feito a mesma escolha. Eu não pude evitar. Quando se trata de você, não tenho controle sobre minhas ações. — Essas são as mesmas palavras que ele me disse depois que escapamos da ilha dos canibais. Vejo em seu rosto que ele também se lembra.

— Eu sei disso — diz ele. — Sei que você nunca usa suas habilidades para sua própria diversão. Não é seu jeito de agir. Naquele momento, eu não consegui ver isso. Era mais fácil acreditar que você estava me manipulando como meu pai costumava fazer do que pensar que você estava me salvando porque se importava de verdade. Não posso apagar o jeito como agi depois que você me salvou. Mas, honestamente, isso — ele gesticula para a água salgada na banheira —, esses momentos em que trabalhamos para controlar suas habilidades, eles me ajudaram a amadurecer tanto quanto você. Você é perfeita do jeito que é — ele prossegue. — E eu não mudaria nada em você.

Quero puxar o rosto dele em direção ao meu. Beijá-lo até não conseguir respirar. Seu olhar se intensifica, posso dizer que ele está pensando na mesma coisa. Isso envia um calor abrasador até os dedos dos meus pés.

Riden respira profundamente.

— Você está fazendo de novo, Alosa. Está furiosa consigo mesma dessa vez. Está se sentindo culpada pelo que podia ter acontecido. E está procurando uma distração.

E daí?, quero retrucar. Como ele consegue ler meus sentimentos tão bem? Por que ele mantém a sereia afastada? Qual é a desse homem maldito?

Antes que eu possa dizer qualquer coisa, seus olhos se voltam para meu braço.

Onde Sorinda me cortou.

— Posso ajudar você com isso? — ele pergunta.

Se ele espera que eu mantenha minhas mãos afastadas dele, então, não.

— Eu mesma cuido do machucado. Pode pedir para Niridia mandar alguém aqui para tirar a água da minha banheira?

— É claro — responde ele.

Ele vai embora.

Vou para meu guarda-roupa e faço um curativo no meu braço sozinha.

CAPÍTULO 17

Exijo atualizações constantes da frota agora. Eles estão cada vez mais perto. Isso ocupa minha mente todas as horas do dia. Isso e a destruição que quase causei em meu próprio navio.

Além de tudo, há a culpa que sinto pela minha tripulação desidratada. É tão forte que me pego comendo depois de todo mundo, só para não ter que observá-los drenando suas rações escassas.

Eu me sento com meu jantar, alguns dias depois, e a cozinha está quase vazia. Kearan e Enwen estão juntos na mesa, e Enwen é responsável por toda a conversa, claro. Kearan está largado em seu assento, o racionamento afetando-o mais do que aos outros. Ele se recusa a tomar rum com seu jantar.

— O que você precisa fazer, Kearan, é tirar sua mente dessas coisas — diz Enwen.

— E como supostamente eu deveria fazer isso?

— Quer ouvir uma piada?

— Não.

— Um pirata no mar tem uma perna de pau, um gancho na mão e um tapa-olho. Um de seus companheiros pergunta como ele perdeu a perna.

— Por favor, pare — implora Kearan.

— Ele responde: "um tiro de canhão". Então seu companheiro pergunta como ele perdeu a mão. Ele responde: "uma espada".

— Enwen, eu vou dar um soco em você — ameaça Kearan, mas dá para ver que ele não tem energia para cumprir a promessa.

— Quando seu companheiro pergunta como ele perdeu o olho, o homem diz: "espirrou um pouco de água do mar".

Kearan encara Enwen.

— Isso não faz nenhum sentido.

— Era o primeiro dia dele com o gancho.

Kearan geme e recosta a cabeça na mesa.

Dou um sorriso para os dois homens, mesmo que seja só para disfarçar a culpa que cresce dentro do meu peito. Eu gostaria que minhas habilidades incluíssem extrair o sal da água.

Do outro lado da cozinha, há apenas outra dupla sentada: Wallov e Roslyn. Roslyn vira seu copo na boca, tentando tomar a última gota. Deixa o copo de lado, olha para o pai e sussurra alguma coisa para ele.

Ele lhe entrega seu próprio copo.

Eu me levanto tão rapidamente que o banco atrás de mim tomba.

— Wallov — digo, talvez com aspereza demais —, não.

A discussão entre Kearan e Enwen para imediatamente, e a atenção deles se volta para a cena que estou fazendo.

— Ela está com tanta sede, capitã — diz Wallov.

— Estamos todos com sede. Mas ninguém vai morrer com o atual racionamento. Se você começar a dar sua parte para ela, você *vai* morrer. Ela não lhe agradecerá então.

Volto minha atenção para a pequena Roslyn.

— Você nunca pode aceitar a parte dele. Entendeu? Vai ser difícil, e sua garganta e sua barriga vão doer, mas você vai perder seu pai se aceitar a água dele.

Ela engole em seco, e não desfaz o contato visual comigo.

— Eu entendo, capitã. Ele não vai mais ouvir reclamações minhas novamente.

Tamanha convicção de alguém tão pequeno. Acredito nela.

— Logo chegaremos àquela ilha — digo. — Então todos poderemos beber até cansar.

Os dois acenam com a cabeça para mim.

Quando levo meu prato e meu copo para Trianne, digo para ela:

— Fique de olho nesses dois.

— Sim, capitã.

Ainda estou pensando na conversa quando volto para o convés. Estou obrigando um pai a ver a filha morrer de sede diante dele.

Niridia corre na minha direção, me tirando de meus pensamentos.

— Temos um problema.

— O que é?

— Podemos vê-los agora.

Meu olhar se volta para o horizonte atrás de nós, onde aquela linha marrom está mais escura do que nunca. Do cesto da gávea, dá para ver quilômetros mais longe do que do convés. Se posso ver a frota agora, a olho nu...

— Ele está nos provocando — afirmo com amargura. Mantendo-se na nossa vista agora. Ele vai continuar assim por dias, se quiser. Sem se aproximar, só invocando o medo.

Ele é excelente nisso.

Minhas suspeitas sobre seus jogos brutais se confirmam alguns dias depois. Ele se aproxima, mas não muito.

Radita não conseguiu ter nenhuma outra ideia de como podemos tornar o navio mais leve. São os canhões, ou nada feito.

Metade da tripulação está olhando pela amurada, atrás de nós, observando a frota se aproximar. Cada vez mais.

— Terra à vista!

Alguns gritos de alegria se erguem no ar, mas a animação não é muita; a energia da minha tripulação está baixa o tempo todo.

Mas temos um problema maior.

Não podemos parar com o rei no nosso encalço. Se fizermos isso, ele com certeza nos alcançará. Precisaremos de horas de caminhada na nova ilha antes de encontrarmos água. E depois mais tempo ainda para trazê-la de volta ao navio.

Tempo é exatamente o que não temos agora.

Kearan e eu nos revezamos olhando pelo telescópio e examinando o mapa de Allemos. No fim, nossas descobertas estão de acordo. É a grande ilha do mapa. Estamos muito perto da Isla de Canta. É só passarmos por esta ilha da qual nos aproximamos agora. E, pelo telescópio, dá para ver que se trata de um terreno de florestas. Tão verde. Tão cheio de água.

Meu estômago afunda com a salvação bem diante de nós, nossa perdição logo atrás. Não podemos ter um sem o outro.

Os que estavam olhando para a frota agora viram os olhares na direção da proa. Na direção da esperança.

— Quantos devem desembarcar, capitã? — pergunta Niridia.

Tantas mãos se erguem no ar.

— Você precisa de mim — diz Athella.

— Não serei deixada para trás — fala Deshel, com ar desafiador.

— Por favor, me leve desta vez. — Isso vem da pequena Roslyn.

Tantas faces esperançosas, tantos corpos desesperados para desembarcar e encontrar água primeiro.

— Ninguém — falo, com a voz rouca.

Tantos olhos arregalados. Tantas bocas sedentas engolindo em seco. Tantos me encarando como se de repente eu tivesse ganhado uma cauda.

— Ninguém? — pergunta Niridia. — Capitã, eu estava falando da ilha. Uma ilha tão verde certamente vai ter água.

— Eu sei. Eu não entendi errado. Não podemos parar.

— Estamos morrendo! — insiste Deshel.

Aponto enfaticamente para a frota atrás de nós.

— Se pararmos, eles nos alcançam. Estaremos mortos.

— Se não pararmos, vamos morrer de sede!

Sorinda aparece no convés, onde todo mundo pode vê-la.

— Estou com a capitã. Devemos ir em frente.

Mandsy ergue a voz:

— Tenho corpos demais descansando na sombra da enfermaria de exaustão do calor. Capitã, *precisamos* parar. Caso contrário, não vamos sobreviver.

— Alosa... — Niridia começa a falar.

— Não, não me venha com *Alosa*. Eu disse que não vamos parar.

Kearan olha com ar de arrependimento para Sorinda antes de dizer:

— Não sei quanto tempo consigo continuar assim. Provavelmente sou o maior corpo do navio e o mais desidratado. Não sei se consigo nos levar até a Isla de Canta se não conseguirmos mais água logo.

— A capitã deu as ordens — Sorinda retruca. — Não vamos parar.

Percebo que Riden está na lateral do navio, sem dizer nada. Será que ele não tem uma opinião?

— Mas capitã... — É Roslyn novamente. — Estamos com tanta sede.

— Se não pararmos, morreremos de sede — diz Niridia. — Acho que é um jeito pior de ir do que pelas mãos do rei pirata.

Não consigo lidar com isso. Não consigo lidar com os rostos perturbados deles. Não consigo lidar com o fato de não ser capaz de protegê-los desta vez.

E eu estouro.

— Isso é porque vocês nunca sofreram nas mãos dele antes! — Olho ao redor, para todos os corpos no convés, observo o vento soprando em suas peles secas. Observo as respirações entrecortadas de todos, com as bocas entreabertas. — Vocês o viram a distância porque eu mantive todos vocês longe das garras dele. Mas *eu estive ali*. Fui espancada até desmaiar. Passei fome até querer comer a pele dos meus ossos. Fiquei acorrentada naquela masmorra escura e fria por meses sem fim, até esquecer como era sentir o sol na minha pele.

Respiro fundo para me acalmar, tentando afastar a mente daquelas épocas sombrias.

— Vocês precisam acreditar em mim quando digo que é *muito pior* morrer nas mãos daquele homem. Nós. Não. Vamos. Parar.

Estão todos em silêncio agora. Ninguém tem resposta.

— E, se alguém tentar deixar o barco, vou arrastar a pessoa de volta pessoalmente e trancá-la na carceragem. — Dito isso, eu me tranco nos meus aposentos.

Não fico nada surpresa quando ouço uma batida na porta algum tempo depois.

Decido por um minuto se vou ou não deixá-lo entrar. Não consigo lidar com ninguém discutindo comigo agora.

— Alosa, não estou aqui para discutir com você — diz Riden.

Então, além de manter a sereia afastada, ele também consegue ler meus pensamentos? Será que ele realmente já me conhece tão bem?

Eu o deixo entrar.

Então volto a me recostar na montanha de travesseiros na minha cama, cruzando os braços, e encarando o edredom de penas de ganso azul royal e vermelho.

— Não odeie a si mesma — diz ele, se sentando na beirada da cama. — Isso está fora do seu controle.

— Eu sei. Odeio o fato de não poder salvá-los, mas não odeio a mim mesma por isso.

Tenho certeza de que ele percebe imediatamente o significado do que estou dizendo.

— Então por que você está se odiando neste momento?

O pequeno segredo se tornou um fardo por si só. Eu o empurrei para o fundo da minha mente desde que ficamos com pouca água.

— Porque não estou com sede.

Ele inclina uma sobrancelha.

— Riden, o mar me nutre. Toda vez que reabasteço minhas habilidades, é como comer ou beber. Não. Estou. Com. Sede. E toda a minha tripulação está sofrendo. E eu simplesmente disse para eles que não podemos parar, quando não estou sentindo o que eles estão sentindo. Sou egoísta e horrível. — Aproximo os joelhos do corpo, e apoio os braços cruzados sobre eles.

Ele coloca uma mão no meu braço.

— Você não é egoísta e horrível. Você é o que você é. Isso não vai mudar nada. Pelo contrário, é até uma boa coisa. Mantém você com a mente aguçada, permite que você tome as decisões necessárias para manter o restante de nós em segurança.

— Metade deles não acredita em mim. Eles não percebem a ameaça que meu pai é. Não têm ideia do que ele é capaz.

— Eles confiam em você; só é mais difícil quando a dor da sede está nublando suas mentes.

— E quanto a você?

Ele inclina a cabeça, de modo que seus olhos ficam no nível dos meus.

— Eu confio em você também. Alosa, se fosse meu pai atrás de nós, prestes a nos pegar, eu teria feito a mesma escolha que você está fazendo agora.

Isso me conforta um pouco, saber que não sou a única que teria tomado essa decisão.

— Como podemos ser do jeito que somos quando homens tão horríveis nos criaram? — eu me pergunto em voz alta.

— Porque não somos nossos pais. Já vimos qual é a aparência do mal, e sabemos que queremos ser diferentes.

Encaro a mão em meu braço, pensando nas palavras dele. Posso não ser meu pai, mas isso não quer dizer que sempre sei qual é a decisão certa a ser tomada.

E, neste momento, estou apavorada, desesperada por alguém em quem confiar. Não pode ser Niridia quando ela está contra mim nessa situação toda.

— Serei obrigada a ver todo mundo com quem me importo morrer aos poucos? — digo. — Serei a única a sobrar neste navio? A única que meu pai vai capturar? Parece que minhas únicas escolhas são me perder no mar ou me perder para ele. Não tenho certeza de qual é a pior.

— Nada disso vai acontecer — ele diz, com a maior confiança, como o bastardo arrogante que sempre achei que ele fosse.

— E como vai ser, então?

— Você vai se controlar embaixo d'água.

Eu zombo.

— Para poder salvar a mim mesma?

— Não, para que você possa salvar a todos nós.

Balanço a cabeça.

— Não vai acontecer. A sereia não pode ser domada em seu habitat. Quase cortei sua garganta da última vez. Acho que você não percebeu o quanto esteve perto da morte.

— Não quero que você corra o risco de se perder. E se cair na água na próxima vez que o *Ava-lee* levar um tiro? Então você estará perdida para nós. Incapaz de salvar qualquer um. Não vale a pena tentar de novo?

— Não se isso significar que vou matar toda a tripulação.

— Alosa, já estamos cercados pela morte por todos os lados. Precisamos correr esse risco.

Minha mente está tão exausta. Todos aqueles rostos desapontados...

— Você disse que não tinha vindo aqui para discutir comigo. Quero ficar sozinha agora.

Ele afasta o braço e me observa com cuidado.

— Você está ficando sem opções. Estamos ficando sem tempo.

No dia seguinte, toda a tripulação observa quando a ilha se aproxima.

E passamos por ela.

Niridia mal consegue falar comigo ou repassar minhas ordens, de tão furiosa que está. Mandsy está na enfermaria com os pacientes mais exaustos. Sorinda fica ao meu lado, na sombra, mas próxima, mesmo assim. Um apoio físico.

É querer demais esperar por chuva. Não há uma única nuvem no céu. A água não vai chegar dessa maneira.

Temos alguns dias. Dias.

Niridia se aproxima de mim no dia seguinte, quando a ilha está nas nossas costas, perto da frota.

— Niridia...

— Quieta — ela retruca.

Eu a encaro com um olhar de advertência.

— Não, Alosa — diz ela. — Eu vou falar. Pareço ser a única voz da razão neste navio nesses dias. Riden me disse que você está se recusando a praticar suas habilidades embaixo d'água.

— É claro que estou me recusando! Eu quase matei todo mundo da última vez.

Ela me agarra com força pelo braço e me arrasta na direção da popa. A tripulação nos observa, e tento decidir como posso colocá-la em seu lugar sem baixar ainda mais a moral. A tripulação não pode ver a imediata e a capitã em desacordo.

Mas ela me solta antes que eu possa pensar em algo para dizer ou fazer.

Ela aponta um dedo diante de nós.

— Frota! Bem ali! Estamos sem opções!

Dou um passo para longe dela.

— Nossas escolhas são morte, morte ou morte — diz ela. — Vá fazer algo de útil! Precisamos da sereia! Na pior das hipóteses, ela dará uma morte rápida para todas as mulheres. Na melhor, você usará seu controle recém-descoberto para encontrar um jeito de nos tirar desta encrenca. Você tornou impossível pararmos para pegar água agora. Essa é nossa única escolha.

Eu rosno.

— Maldição, Riden.

— Ele é a única coisa que nos manteve vivas até agora. Eu lhe devo meus agradecimentos pelo que ele faz com a sereia. Agora precisamos dela novamente.

Com todo mundo olhando, percebo que não tenho escolha. Terei que me arriscar a matar todos eles e me odiar depois. Terei que arriscar isso por eles.

— Você me entregou — digo para Riden quando o encontro no porão.

— Você fez o mesmo comigo da última vez.

— Não vejo como vocês dois esperam resultados diferentes dos da última vez! Coisas ruins vão acontecer!

Eu me sinto perto da histeria. Não consigo ver um final feliz para nenhum de nós.

— Eu já pensei nisso — diz ele.

Olho fixamente para ele.

— Se não tivesse me chutado para fora do seu quarto ontem à noite, eu teria tido tempo para explicar.

Quero explodir com ele, mas calo a boca, pronta para ouvir.

— Vou ficar perto de você o tempo todo — ele afirma. — Da última vez, tudo o que tive que fazer foi tocar em você, colocar meu rosto perto do seu, e você retornou a si mesma. Desta vez vou me manter perto enquanto você submerge. Você não vai machucar ninguém. Também não vai se machucar.

É...

Uma boa ideia.

O medo ainda está ali. Estou absolutamente apavorada com a ideia de machucar alguém. Mas também estamos desesperados. E Riden parece tão certo de que pode me ajudar desta vez.

E eu confio nele.

Perceber isso é um choque e tanto, e eu me pego cedendo.

Sorinda e Mandsy enchem a banheira. Eu me preparo, tanto mental quanto fisicamente. Nada de metal. Nenhuma fita. Nenhum alfinete ou enfeites de cabelo. Inspirar. Expirar. Tentar não matar ninguém.

Mandsy fica depois que a banheira está cheia para ajudar a me manter na linha se as coisas derem errado. Desta vez decido que duas garotas preparadas para agir se alguma coisa der errado é melhor do que uma. Eu me preocupo que Mandsy não seja brutal o bastante para me machucar (ou mais) se for necessário. Sei que posso contar com Sorinda para fazer o que precisar ser feito, mas alguém mais pode hesitar. E um momento de hesitação é tudo de que preciso para causar danos sérios. Da próxima vez, a sereia pode não estar disposta a brincar. Talvez ela parta para a matança logo de cara.

Entro na banheira, meus dedos dos pés se curvando com a promessa de poder que os acaricia.

Quase dou um pulo quando Riden entra comigo.

Sei que esse era o plano, mas e se não funcionar? E se eu o afogar? Ou se quebrar seu pescoço?

Estou no limite, desconfortável, drenada por todas as pressões externas. Ele deve sentir isso.

— Relaxe — diz ele.

— Relaxe você — retruco. — É você quem está prestes a morrer.

Ele balança a cabeça.

— Venha aqui. — Antes que eu possa fazer o que ele pede, ele me puxa para um abraço. — Só fique perto de mim. Agora, sente-se.

É desajeitado tentar fazer isso com ele agarrado em mim, mas damos um jeito. A cada centímetro que descemos, a água se torna mais e mais irresistível. Estou tão ansiosa, tão cansada – a água promete alívio de tudo isso.

Quando ela alcança minha cintura, não posso mais evitar.

Deixo que ela entre.

E, com o rosto de Riden próximo ao meu, a sereia não vem à superfície. Ela permanece distante, bem onde eu a quero. Deixo minha cabeça afundar na água, e Riden, como se sentisse que sou eu o tempo todo, permite que eu faça isso.

Depois de talvez um minuto descansando no fundo da banheira, eu retorno à superfície, saio, puxo a água para dentro de mim e dou um sorriso.

— De novo.

Depois de mais algumas tentativas com o mesmo resultado, Mandsy e Sorinda deixam o aposento. Eu não preciso delas. Riden é a chave.

Eu me seco novamente depois da quinta vez, e jogo uma toalha para Riden. Ele despenteia o cabelo com ela e espreme as roupas sobre a banheira.

— Todo esse tempo — digo enquanto amarro um espartilho —, eu só precisava que você estivesse comigo para me manter humana.

— Por que você acha que isso acontece?

Ainda não sei. Talvez eu ainda não esteja pronta para saber. Não com o perigo pairando tão perto.

O perigo tão perto.

A frota está perto.

A frota tem água.

— Riden, tenho uma ideia.

CAPÍTULO
18

Converso com Niridia e Riden em particular.

— Não quero que ninguém tenha esperança, caso não dê certo.

— A tripulação precisa de esperanças agora — diz Niridia. — Que tal se eu contar para eles depois que vocês partirem?

Ela sabe que não quero ter que encará-los. Não depois que os fiz perder qualquer chance de conseguirmos água. Não quero oferecer uma chance nova. O quanto eles vão me odiar se não der certo?

— Tudo bem — respondo. Então me volto para Riden. — Você está confortável com isso?

— Estou disposto a tentar se você estiver — diz ele.

— Então vamos logo.

Nós dois nos aproximamos da abertura na amurada, aquela que é usada para embarcar nos botes a remo. Subimos na beirada, espiando o abismo azul. Provavelmente milhares de metros de profundidade. O oceano é um mistério tão assustador.

Olho para Riden, nervosa.

— Vai ser a mesma coisa que na banheira — garante ele.

— É melhor que seja.

Atrás de nós, a tripulação deve estar observando, curiosa para saber o que estamos fazendo.

— Essa é sua última chance para... — começo a falar.

Ele envolve os braços ao meu redor, e começamos a cair.

A água salgada morna nos envolve depois que mergulhamos. Riden tem os dois braços e as duas pernas em volta de mim com força, a lateral do rosto pressionada com firmeza contra o meu.

Não encontro a sereia em nenhum lugar. Não com ele aqui.

O mais profundo suspiro de alívio escapa dos meus lábios quando começo a bater as pernas para nos levar de volta à superfície. O poder do oceano me inunda, aplacando minha culpa, meus medos. Ainda estão ali, no fundo da minha mente, para serem acessados e processados caso eu deseje. Mas, neste instante, essas coisas não servem de nada.

Sinto Riden respirando perto da minha orelha. Faz cócegas na minha pele molhada. Os braços e pernas dele me seguram com tanta força, como se ele tivesse medo de que eu pudesse ir embora – e me perder para sempre.

— Riden, vou nadar com mais facilidade se você me soltar um pouco.

Ele se afasta, então, e encara meu rosto.

— É você.

— Sou eu.

Ficamos nos encarando, com a água escorrendo em nossos rostos, abraçando um ao outro.

Cada vez que estive na água com ele, o perigo estava no nosso encalço. Mas agora não há ameaça imediata, ainda que tenhamos uma tarefa a cumprir.

Então aproveito um instante para desfrutar disso. Da sensação de ser empoderada pelo oceano. De ter Riden tão perto de mim, confiando que vou mantê-lo flutuando, que não vou machucá-lo.

Para mim, nadar é tão fácil quanto andar. E o peso de Riden faz muito pouco para diminuir minha velocidade. Eu poderia ficar com ele assim para sempre.

Sussurros chegam até nós, vindos do alto. Ergo os olhos e vejo a maior parte da tripulação olhando para nós por sobre a amurada.

— Nós vamos voltar — digo.

Então começo a nadar.

Não sei quão rápido consigo nadar. Nunca tive a oportunidade de descobrir. Mas sei que sou mais rápida que um navio. Muito mais rápida. E, quando estou na água, com todo o poder do oceano correndo através de mim, não me canso. Posso manter essa velocidade para sempre, se for necessário.

A água está morna – o navio nos levou até um clima tropical. É uma coisa boa, caso contrário Riden estaria congelando.

Ele fica em silêncio enquanto nado. Tomo cuidado para manter sua cabeça acima da água enquanto dou braçadas e pernadas silenciosas no mar. Já é quase noite, e espero alcançar os navios assim que a escuridão cair de vez. Não podemos nos arriscar sermos localizados na água, e não posso nadar submersa quando tenho Riden comigo.

Quando o céu por fim escurece completamente, estamos quase perto da frota. Os vigias não vão ser capazes de nos ver agora, a não ser que saibam que precisam nos procurar, de todo jeito.

Escolho um dos navios menores, uma embarcação na beirada da formação da frota. Menos chances de sermos vistos assim. E, se formos pegos, haverá uma tripulação menor contra a qual teremos que lutar.

O *Serpente* é a escolha perfeita. As lanternas estão acesas no convés, mas há pouco movimento. A maioria da tripulação deve estar no porão, com sorte já dormindo.

Encontro um ponto de apoio no navio, com uma linha amarrada na lateral. Riden estende o braço e começa a subir na frente. A água escorre de seu corpo e faz cócegas em meus olhos enquanto vou atrás dele.

Ele para em uma das portas de disparo e enfia a cabeça lá dentro. Depois de alguns instantes, ergue o corpo e passa por ela, e eu sigo logo atrás. O convés de bateria está vazio, mas não silencioso. Dá para ouvir vozes abaixo de nós, subindo pela escada do outro lado do navio.

A água das minhas roupas empoça no chão. Sussurro uma canção para expelir um pouco do poder antes de absorver a água e me secar.

Riden bufa antes de apontar para si mesmo.

Não vamos chegar muito longe com as botas dele rangendo ou com o som da água pingando.

Sem dizer uma palavra, eu o empurro contra uma parede vazia entre dois canhões e cubro seu corpo com o meu. Mais palavras flutuam no ar, da minha boca, baixas demais para serem ouvidas por outra pessoa que não Riden. Então começo a absorver a água dele.

Ele solta uma exclamação de surpresa quando começa a se secar. Se é de medo, de admiração ou de algo totalmente diferente, não tenho certeza. Minha cabeça está sobre seu ombro, minhas mãos passeiam pelo seu cabelo, suas costas, atraindo as últimas gotas para mim.

— Meu traseiro ainda está molhado — ele brinca.

— Resolva você mesmo.

Dou um tapinha no ombro dele e vejo sua expressão divertida antes de me virar. Percebo agora que andei tocando, bem, *muitas partes* do corpo dele. Algo que eu não tinha feito desde a última vez que nos beijamos.

Um tempo que parece ter sido há um século.

Mas não é hora desse tipo de pensamento. A tripulação tem sede. Tenho uma tripulação com sede.

A cozinha fica no convés logo acima de onde estamos. Subimos a escada com todo o cuidado, observando os conveses inferiores, para ter certeza de que ninguém nos veja. Enxergo duas cabeças logo acima. Dois homens sentados nos degraus, rindo de uma piada contada por alguém que não consigo ver.

Desviamos de mesas e bancos para chegar ao estoque que fica no fundo. Pedaços de carne seca estão penduradas no teto da cozinha. O fogão não tem nada além de fuligem e cinzas. Os pratos do jantar já foram lavados e guardados.

Uma porta trancada nos oferece pouco problema. Não trouxe minhas gazuas, mas uso uma faca para desmontar as dobradiças.

Um barulho baixo de alguma coisa raspando é o único som que faço. Nós congelamos, mas ninguém aparece correndo. Não com toda a conversa lá embaixo para encobrir o que estamos fazendo.

Lá dentro, encontramos uma bela variedade de alimentos: pães, vegetais em conserva, farinha, açúcar e outros ingredientes culinários.

E, no fundo: os barris de água.

Riden abre um deles, enfia a cabeça inteira lá dentro e bebe.

— Cuidado, você pode passar mal — digo.

— Não me importo — responde ele, e mergulha a cabeça mais uma vez.

Quando ele termina, carregamos os barris (um por vez, com nossas forças combinadas) pelas escadas, até o convés de bateria. Ali, amarramos todos juntos com uma corda que encontramos no navio. Então os jogamos pela porta de disparo.

Riden começa a sair pela abertura, mas eu o impeço.

— Só um instante.

Abro o estoque do convés de bateria, que está destrancado, e dou um sorriso quando encontro o que estou procurando.

Penduro um machado no cinto ao redor do meu espartilho.

Riden fica me olhando, mas não faz perguntas antes de me segurar novamente para pularmos na água. Quando voltamos à superfície, ambos sorrimos diante do nosso sucesso.

— Pode esperar aqui um momento? — pergunto para ele.

— O que você vai fazer?

— Atrasar um pouco a frota.

— Com um machado?

Meu sorriso aumenta antes que eu mergulhe a cabeça na água. Nado até ficar embaixo dos navios, analiso os cascos, até encontrar o maior deles, na dianteira da frota.

E, assim como fiz com o arpão durante a batalha marítima, nado como um disparo na direção do *Crânio de Dragão*, segurando o machado diante de mim com as duas mãos, virado de modo que a lâmina afiada incida primeiro. A lâmina se conecta com o leme, reverberando com força em meus braços. O navio todo deve ter balançado com o contato. Eu me pergunto o que meu pai vai fazer com isso.

Apoio os pés na base do navio, puxando a estrutura, até conseguir arrancar o leme. Com meu trabalho feito, volto para Riden e os barris.

O mergulho de volta é o melhor de toda a minha vida.

Sou eu, plenamente no controle. Estou trazendo a água que salvará as vidas da minha tripulação logo atrás de mim. Quatro barris gloriosos. E a melhor parte é que, se precisarmos de mais, Riden e eu podemos fazer uma visitinha a outro navio.

É quase manhã quando voltamos para o *Ava-lee*.

— Joguem um gancho e uma corda! — grito.

Minha ordem é obedecida, e coloco o gancho ao redor de uma parte da corda que prende os barris juntos.

— Puxem!

Minha tripulação tira os barris da água. Ouço quando eles caem no convés. Outra corda é lançada para ajudar Riden e eu a voltarmos a bordo.

Quando chegamos ao convés, somos recebidos com o som das pessoas bebendo, engolindo, gargalhando. *Gargalhando.*

Eles revezam, dividindo livremente, passando copos de um para o outro.

Quando terminam, todos me cercam. Me abraçam, dão tapinhas nas minhas costas, murmuram *desculpa e obrigada.*

— Eu não teria conseguido fazer isso sem Riden — digo, e então todos o cercam também.

Percebo que Niridia me observa, e vou até ela. Ela coça a bandagem sobre a mão esquerda.

— Capitã, peço desculpas — ela começa. — Eu não devia ter discutido com você diante da tripulação. Eu não devia ter falado tão diretamente, eu...

— Não venha com essa de me chamar de "capitã". Não agora. — Dou um abraço nela.

Ela ergue a cabaça do meu ombro, olhando para trás de nós.

— A frota se foi.

Dou um sorriso.

— É porque eu arranquei o leme do *Crânio de Dragão* antes que Riden e eu voltássemos.

— É claro que sim.

Eu adoraria ficar e comemorar com o restante deles, mas passei a noite acordada.

— Vou dormir. Mantenha as coisas funcionando por aqui.

— É claro.

Ouço a tripulação no convés, suas risadas e seus cantos. Alguém deve ter pegado o alaúde de Haeli e começou a tocar uma música. Meu coração se aquece em pensar como eles a estão homenageando. Mantendo o que ela mais amava quando estava viva.

Estou tão cansada que permaneci completamente vestida, com meu espartilho e botas. Tiro o calçado e vou até meu guarda-roupa.

Batidas na porta.

Espero que Niridia não tenha más notícias para mim.

— Entre — digo, procurando uma camisola.

Paro quando vejo que não é Niridia, mas Riden, que entra no meu quarto.

— Não está cansado? — pergunto. Eu me nutri do mar durante horas hoje, então, se eu estou sonolenta, ele deve estar exausto.

— Acho que não conseguiria dormir agora — diz ele.

— Por que não? — Dou as costas para o guarda-roupa e o encaro.

— Não consigo parar de pensar no que estamos fazendo juntos. Todo o treino. Não consigo parar de me perguntar por que sou eu quem mantém você humana.

Meu coração bate com mais força no peito, mas dou de ombros.

— Um dos mistérios da vida — respondo.

Volto minha atenção novamente para as roupas diante de mim, mas os passos dele se aproximam.

Ele para na minha frente, colocando-se entre mim e minhas roupas. De repente, qualquer vontade de dormir desaparece.

— Acho que você tem uma ideia — aponta ele. — Por que não a compartilha comigo?

— Não sei por que — sussurro.

Mas é mentira. Uma mentira enorme.

— Por que eu? — ele sussurra também, de forma tão gentil. Tão convidativa.

Espontaneamente, a verdade surge em minha mente.

Porque você me ama, percebo, mas não digo em voz alta. É por isso. Esse relacionamento especial – o que é mais poderoso do que qualquer outra coisa. A coisa mais *humana* que existe. Esse é o motivo.

— Alosa? — ele me incentiva.

— Tenho um... relacionamento diferente com você do que com qualquer outra pessoa.

— Diferente — ele repete, divertido. — Diferente como?

— Você sabe.

— Quero ouvir você falar.

Talvez seja a emoção de ser capaz de permanecer eu mesma embaixo d'água. Talvez seja a percepção do motivo pelo qual ele consegue me manter humana. Ou a percepção de que, quer eu diga ou não o que é, esse relacionamento entre nós está aí. Só preciso escolher se eu quero isso ou não.

Ele tem sido tão aberto comigo. Se eu quero dar esse salto com ele, é minha vez.

— Acho que você me ama — eu digo.

— Eu amo.

— E acho que eu amo você.

— Você acha?

— Eu sei.

Ele se aproxima de mim. Uma mão desliza pelo meu braço, do pulso até o ombro. Ele segura uma mecha do meu cabelo e a gira ao redor dos dedos, antes de levá-la aos lábios.

— No que você está pensando agora? — ele pergunta.

— Só em você. — Não há nada que me preocupe ou que me frustre. Só há Riden.

Ele desliza a mão até minha nuca para trazer meus lábios até os seus. Ele me beija com suavidade, sem pressa, saboreando cada vez que nossos lábios se conectam. Derreto sob essa pressão, mas consigo arrancar a camisa ainda molhada dele. Ele me ajuda a tirá-la. Passo as mãos pelo seu peito suave. Um torso tão perfeito quanto o de Riden nunca devia ficar coberto.

Seus lábios deslizam pela minha garganta, e inclino a cabeça para trás. Ele me segura com as mãos na parte de baixo das minhas costas.

— E quanto àquele cara afeminado?

— Hummm?

— Seu amante.

— Ah, eu menti sobre isso. Não suporto Tylon.

Ele se afasta só o suficiente para me olhar nos olhos.

— Por que você faria isso?

— Você estava sendo cruel, e eu queria deixá-lo com ciúmes.

— Acho que podemos discordar sobre quem estava sendo mais cruel naquele momento.

Dou um sorriso e levo meus lábios ao ombro dele.

— Está dizendo que deu certo?

Em vez de me responder, ele me ergue, colocando uma mão embaixo de cada uma das minhas coxas e me encosta na parede. Seus lábios estão sobre os meus novamente, duros e implacáveis desta vez. Conecto minhas pernas atrás de suas costas. Meus braços se apertam ao redor de seu pescoço.

Mal consigo respirar, e não me importo nem um pouco. Ar não é o que preciso para viver. Sempre foi ele. Por que demorei tanto tempo para perceber?

Riden me coloca em pé novamente, para poder passar as mãos

pelo meu corpo. Elas deslizam pelas minhas laterais, até meu cabelo, e novamente pelas costas.

Este, em geral, é o momento em que me convenço de que devo parar com isso. Não desta vez. Não há motivo para não beijar Riden. Não há motivo para não deixá-lo entrar. Não há motivo para não confiar nele. Ele é o que eu quero.

Eu o viro, pressionando-o contra a parede. Dou uma mordiscada em seus lábios, passo a língua por eles, ouço sua respiração falhar e sinto seus músculos ficarem tensos.

Sem interromper o beijo, começo a puxá-lo na minha direção, caminhando de costas até a cama. Mas devo estar me mexendo muito devagar, porque ele me pega no colo novamente e me carrega pelo resto do caminho.

Ele me deita, se posiciona em cima de mim, mas a pressão de seus lábios nunca suaviza, nunca para, e eu não quero que isso aconteça.

Percebo que meu espartilho está sendo desamarrado. Seus dedos, tão habilidosos e leves, puxam as fitas, soltando-as um ilhós depois do outro. Quando finalmente termina, ele apoia os dedos no meu estômago, agora coberto apenas por uma blusa fina.

Seus lábios deixam os meus. Estou prestes a protestar quando sinto que estão onde suas mãos estavam antes. Eles se abaixam ainda mais, e sinto minha blusa sendo erguida lentamente. Fecho os olhos, tomada pelas sensações.

Riden para com os lábios no meu umbigo.

E se senta.

— O que você está fazendo? — pergunto. — Volte aqui.

Ele não olha para mim. Em vez disso, se dirige para a porta.

É quando eu escuto.

O canto.

Ah, inferno.

CAPÍTULO 19

Seguro Riden pelo ombro e aperto seu rosto contra a parede mais próxima do quarto.

— Riden, volte a si.

Ele luta contra mim, gira um braço e me empurra com o pé.

— Maldição, Riden. Pare!

Ele joga a cabeça para trás, batendo-a no meu nariz. O sangue escorre até minha boca. Limpo o rosto com o braço.

Tudo bem, vai ter que ser assim.

Agarro o objeto pesado mais perto do meu alcance, um bonito pote da ilha de Naula onde guardo meus grampos de cabelo.

Que pena, penso quando acerto a cabeça de Riden com ele.

A peça se estilhaça, e ele desmaia. Reviro minhas coisas até encontrar a cera que trouxe para os homens. Enfio um pouco nos ouvidos de Riden, antes de correr lá para fora.

Sorinda derrubou Kearan de costas no chão, pronta para acertá-lo com o punho da espada novamente se o primeiro golpe não for suficiente.

— Aqui — digo, jogando a cera para ela.

Mandsy e Niridia seguram os braços de Enwen nas costas enquanto ele se debate deitado no chão. Corro para ajudá-las a tampar os ouvidos dele. Deros já está inconsciente no chão perto delas, e Niridia vai até ele com uma bola de cera.

Com isso, só falta...

— Papai! Volte aqui!

Wallov.

Desço as escadas correndo, trombando com Wallov na pressa de chegar ao porão. Nós dois rolamos escada abaixo.

Solto um gemido enquanto esfrego a cabeça, mas Wallov já está de pé, ignorando a dor, enquanto tenta subir a escada novamente.

Roslyn sai correndo na minha frente e pula sobre Wallov, envolvendo os bracinhos ao redor das pernas dele. Ela também consegue segurá-lo com as pernas, e o agarra com todas as suas forças.

Isso o manda para o chão novamente, o que me dá o tempo de que preciso para alcançá-los. Pressiono um joelho contra suas costas, e enfio a cera em seus ouvidos.

Ele para.

— Está tudo bem, Roslyn — digo. — Pode soltá-lo agora.

Ela se levanta e dá um longo suspiro.

— Essa foi por pouco.

— Você agiu bem — digo para ela.

Wallov se levanta e esfrega a lateral do corpo, que deve ter sofrido o impacto da nossa queda na escada.

Aponto para minhas próprias orelhas. Ele leva a mão aos ouvidos, sente a cera. Seus olhos demonstram compreensão. Roslyn coloca um braço ao redor dele. Ele acena com a cabeça para mim.

Deixo os dois e volto lá para cima.

— Como eles estão? — pergunto para Niridia.

— Enwen voltou a si. Riden, Kearan e Deros estão desmaiados. Nós os amarramos ao mastro, para impedir que tentem destampar os ouvidos assim que acordarem. Sorinda está de olho neles.

— Ótimo. A ilha ainda nem está à vista — comento.

— Eu sei. As sereias saem nadando para longe da costa?

— Ou o canto delas chega mais longe do que imaginávamos.

Niridia arregala os olhos.

— Você acha isso?

— Não há como saber.

— Provavelmente é querer demais que o rei seja pego desprevenido como nós fomos.

Eu bufo.

— Provavelmente ele vai mandar um navio na frente, para testar as águas primeiro.

Niridia faz uma careta.

A crueldade do meu pai não conhece limites.

— Quero saber no instante em que a ilha aparecer — digo.

— Sim.

🐚

O canto vem e vai enquanto navegamos, mas não ousamos permitir que os homens destampem os ouvidos. Nem por um instante.

Passa-se uma semana até que a Isla de Canta apareça. Uma semana inteira sem conversarmos com nossos homens. Uma semana inteira sem conseguir conversar com Riden.

Agora observo a ilha pelo telescópio. Árvores cobrem o lugar, tornando impossível ver qualquer outra coisa. Outra floresta como a da ilha que passamos na nossa busca por água.

Em um pedaço de pergaminho, escrevo: *Veja se consegue encontrar um lugar fora da vista para ancorar.*

Kearan lê e confirma com a cabeça.

Riden está parado ao meu lado no castelo de popa. Ele não fala; não poderia ouvir minha resposta se tentasse. Mas sua presença é reconfortante. Quanto mais nos aproximamos da ilha, mais alto o canto se torna.

O canto que interrompeu Riden e eu.

Suponho que poderia tê-lo puxado de volta para a cama comigo quando ele despertou. Ele certamente não precisa dos ouvidos para aquilo, mas não quero dar esse passo com ele quando ele não tem uso de todos os seus sentidos. Não na primeira vez.

Sinto calor só de pensar nisso, e rapidamente volto meus pensamentos para a ilha adiante.

O que só aumenta minha ansiedade.

Será que minha mãe está por perto? Eu igualmente temo e aprecio a ideia de falar com ela novamente. Quero perguntar para ela – não, quero exigir que ela me conte por que me abandonou. Quero saber o que aconteceu com ela. Será que ainda está frágil e fraca? Ela se lembra do nosso encontro na fortaleza? Ou é agora um monstro irracional sem nada além da necessidade de matar homens?

Ninguém ousa falar enquanto navegamos. Várias das garotas se reclinam na amurada do navio, espiando a água, procurando avistar sereias.

Apesar do fato de que elas devem saber que estamos aqui, estamos tentando permanecer fora da vista.

Kearan acha o lugar perfeito para baixar a âncora.

A praia faz uma curva, formando um pequeno recanto escondido por árvores e outras vegetações. É distante o bastante da costa principal para maior conforto, e nos dá algum abrigo de qualquer um que venha nessa direção. Também bloqueia nossa vista do mar, mas não estou preocupada com isso agora. Meu truque com o leme deve ter feito a frota parar por horas. Talvez até por um dia inteiro.

— Devo ordenar o desembarque? — pergunta Niridia.

— Não. Não vamos desembarcar. Não ainda, de todo modo. — Não quando a última ilha na qual paramos abrigava tantos horrores.

— Quero dar uma olhada abaixo da superfície primeiro.

Ela ergue uma sobrancelha.

— Você vai entrar no mar sozinha?

— Se esse tesouro lendário foi amealhado pelas sereias, é provável que seja mais bem acessado pelo mar. Além disso, precisamos saber o que estamos enfrentando. É melhor que eu vá sozinha. É menos provável que eu seja notada. — Sem mencionar que é impossível que alguém me siga.

— Fique de olho aberto — recomendo. — Um no mar e outro na ilha. Sob nenhuma circunstância alguém deve desembarcar.

Diminuo o peso que carrego, removendo minhas botas e meu espartilho. Não quero ser atrasada, e não há utilidade para nada disso no lugar para onde estou indo. Amarro uma faca no meu tornozelo, mas, fora isso, estou desarmada. Uma espada e uma pistola não teriam uso embaixo d'água.

Seguro a mão de Riden e o puxo até a borda do navio comigo. Aceno com a cabeça na direção do oceano, indicando o que quero fazer.

Ele balança a cabeça ferozmente. Sabe que é para isso que estivemos praticando, mas também sabe que há sereias nessas águas.

Eu entendo a hesitação dele, mas gesticulo ao redor do navio. *Preciso fazer isso para manter todos em segurança.*

Os olhos dele ainda estão duros, mas ele atravessa a amurada comigo, cedendo.

Confiando em mim.

Ele envolve os braços ao meu redor, e nós dois pulamos.

Atinjo a água; todo aquele poder entra e...

Ainda sou eu.

Posso fazer qualquer coisa agora.

Eu poderia cantar para sempre. Meus membros estão fortalecidos. Posso me mover mais rápido embaixo d'água do que em terra firme. Eu já era o dispositivo perfeito para matar quando era pirata.

Mas agora...

É difícil lembrar a mim mesma que não sou invencível quando sinto o completo oposto.

Observo as profundezas do oceano: nenhuma sereia à vista, embora o canto delas tenha ficado ainda mais alto agora que estou submersa.

Nado com Riden até a superfície da água. Uma corda é lançada. Ele me dá um olhar de despedida e diz duas palavras:

Se cuide.

Eu o observo até que ele desaparece pela borda do navio. Não consigo me afastar até saber que ele está em segurança. Então mergulho mais uma vez.

A água nunca foi mais bonita. Tão límpida e clara, intocada por humanos. A luz é filtrada pela água, manchas dançando no fundo arenoso. Um cardume de peixes com listras brilhantes azuis e vermelhas passa nadando. Uma tartaruga apoia suas barbatanas em uma grande rocha no fundo do oceano. Um jovem tubarão, pouco maior que meu braço, passeia.

Nado mais longe no mar e então sigo a costa ao redor da ilha, acompanhando o canto. Mais e mais criaturas surgem. Caranguejos correm de lado pela areia. Uma água-viva flutua com as ondas, seguindo em direção à praia. Conchas, tanto quebradas quanto inteiras, rolam na areia enquanto são empurradas na direção da ilha.

Mas nenhuma sereia, não ainda.

No início, fico perplexa com a falta de sentinelas, de pessoas de vigia. Será que elas não querem ser advertidas sobre qualquer ameaça?

Mas então percebo que não há ameaça para elas enquanto estão sob a superfície. Nada pode machucá-las. Nenhum homem consegue sobreviver embaixo d'água. Qual a necessidade de ter sereias vigiando a aproximação de navios?

Meus pensamentos se perdem, no entanto, quando me concentro no canto.

Vozes entrelaçam melodias tão complexas que nenhum mortal seria capaz de colocá-las no papel. Elas me atraem, assim como as marés fazem com as águas. Sereias chamando outras sereias. Cantei sozinha minha vida toda. E sempre com um propósito. Cantar nunca foi algo que fiz apenas por divertimento, em especial quando quem estava ao meu redor temia que eu os encantasse. Não minha tripulação, é claro, mas os homens do meu pai.

Sigo o som, saboreando cada nota. Mas há um acorde faltando. Um lugar na melodia que precisa ser preenchido. Antes que eu tome a decisão de maneira consciente, minha voz está preenchendo esse espaço, lançando uma fileira de notas que se encaixam perfeitamente nas vozes das outras.

Meus músculos vibram com a sincronização. A música fica mais alta conforme me aproximo, dando a volta em um recife de corais.

E ali estão elas. Centenas delas, mas mal consigo absorver isso até que minha garganta solte a última nota, segurando-a, deixando-a preencher o espaço ao meu redor.

Como uma chama apagada pela água, a música para. Cabeças se voltam na minha direção, cabelos longos e sedutores ondulando com o movimento. Castanho cremoso. Loiro marcado pelo sol. Preto retinto.

E então, no centro, uma se ergue sobre as demais, com o cabelo da cor das chamas.

— *Finalmente você veio para casa* —, diz minha mãe.

Se eu estivesse fora da água, teria achado estranho o fato de elas não usarem roupas. Mas faz total sentido aqui. A água não nos causa frio. Não há clima ruim ou temperaturas extremas dos quais se abrigar. Não há ninguém de quem esconder a nudez.

As sereias mais velhas, minha mãe incluída, têm conchas presas aos cabelos, como se fossem contas. Percebo que minha mãe é quem tem mais. As sereias maduras não têm linhas ao redor dos olhos ou qualquer outra indicação de idade, mas há algo nelas que indica que são mais velhas. Algo que posso sentir, em vez de ver.

As sereias crianças – eu nunca tinha pensado na existência delas antes – ficam perto do fundo do oceano. Elas pulam na areia, rolam nela, e me fazem lembrar de crianças humanas brincando em poças de lama. Uma delas me vê e nada imediatamente para a sereia que presumo ser sua mãe. As duas têm os mesmos cachos dourados.

Minha mãe está tão diferente de quando a vi em terra firme. Se antes ela estava encurvada, fraca, mal conseguia parar em pé, agora seus músculos estão torneados, sua pele lisa e imaculada. Ela é uma criatura de poder e beleza diferente de todas as demais. Sua rainha.

Quando vê que meus olhos retornam para ela, ela diz:

— *Sempre houve uma peça faltando. Estamos completas agora que você está aqui para preenchê-la.*

Ela nada pelas outras, usando braços e pernas para se impulsionar na minha direção. Quando está bem diante de mim, estende os braços na minha direção.

— *Por que demorou tanto? Senti tanto a sua falta.*

Quero ter cautela com ela. Com todas as sereias. Sereias são animais. São monstros irracionais que não se importam com nada ou ninguém além delas mesmas.

Mas não consigo.

Não depois do que senti enquanto cantava. Sempre houve um lugar para mim aqui. Minha mãe deixou uma abertura na canção apenas para mim, esperando – não, desesperada – que eu viesse preenchê-la.

— *Não entendo* — digo a ela. — *Você me deixou. Você me abandonou depois que libertei você. Por quê?*

Suas sobrancelhas se erguem, formando um arco perfeito.

— *Eu tinha que voltar para minhas irmãs. Sou a rainha delas. Elas precisavam de mim. Falei para você me seguir. Por que não me ouviu?*

— *Porque eu não podia. Eu me torno outra coisa quando estou na água. Não sou eu mesma. Só recentemente descobri um jeito de controlar isso.*

Há uma agitação na água, e sinto que as sereias ao nosso redor se mexem desconfortáveis.

Minha mãe fecha os olhos, analisando minhas palavras, pensando sobre elas.

— *É claro* — diz ela. — *Você nasceu em terra firme. Suas naturezas lutam entre si por dominância. Uma mais forte na terra, a outra no mar. Mas parece que a humana em você venceu.*

Quase imperceptivelmente, todas as sereias na água se afastam um centímetro. Todas exceto minha mãe.

— *Isso é algo ruim?* — pergunto.

— *Não para mim* — diz ela, tão baixinho que só eu consigo ouvir.

— *E para todas as outras?* — pergunto no mesmo tom.

— *Elas podem precisar de mais tempo para se acostumarem. Mas isso não importa por enquanto. Quero lhe mostrar uma coisa.*

Agora, em vez de nadar adiante sem mim, ela segura minha mão. Tenho toda a intenção de segui-la, mas gosto do contato. Sei o que ele significa. Desta vez ela não vai correr o risco de ser separada de mim.

Nadamos ao redor do grupo de sereias, que começam a conversar entre si.

— *O que é aquilo cobrindo a pele dela?*
— *Ela tem cheiro de humana.*
— *Por que a rainha a acolheu?*
— *Ela é uma intrusa.*

Minha mãe para, se vira e canta uma nota retumbante, tudo ao mesmo tempo.

— *Já basta!* — a canção cessa. Todas as bocas se fecham, como se tivessem sido caladas com uma mão no alto de suas cabeças e outra sob seus queixos.

Com minha mão ainda na dela, ela me puxa em direção a terra.

— *As sereias têm que obedecer ao seu canto?* — pergunto.
— *Sim, mas não é o mesmo de quando cantamos para os homens. Sou a rainha delas. Minha voz move o encantamento.*
— *O encantamento?*
— *A totalidade do nosso povo junta é chamada de encantamento. Eu digo para onde devemos nadar, o que fazer, e o encantamento obedece. Está em nossa natureza. É diferente da magia que compele os homens.*

Como uma abelha-rainha comandando seu enxame.

— *Não funciona em mim, no entanto* — digo, sabendo disso de algum modo. Não pode me comandar.
— *Não. Está em você se tornar a rainha. Você é minha filha. Está predestinada a governar quando minha alma passar.*

Isso me faz parar no lugar. Governar as sereias? Minha mente sempre esteve determinada a governar os mares. Tenho uma tripulação para cuidar e para comandar. Não posso assumir o encantamento.

Mas afasto esse pensamento da minha mente enquanto continuo a nadar atrás dela. Não é algo que precisa ser resolvido agora.

— *Sei que é muita coisa para assimilar. Você vai se encaixar e entender. Espere para ver!*

O leito do oceano fica rochoso quando nos aproximamos de um novo lado da praia. Uma série de rochas se abre em uma caverna subterrânea. Minha mãe entra nela, segurando minha mão todo o tempo. O caminho fica mais escuro, mas ainda consigo ver. Ouriços e estrelas-do-mar se prendem às rochas. As cracas se abrem conforme a correnteza se move pela caverna. Mas a correnteza não é impedimento para minha mãe e para mim. Passamos por ela sem problema algum.

Depois de um tempo, a caverna fica mais espaçosa. É bem funda, com cerca de cinco metros de profundidade. E bem ali está...

Tanto ouro e prata.

Em moedas, joias, cálices e pratos. Incrustados de gemas e pedras preciosas.

Eu poderia comprar o mundo todo umas cinco vezes com o total de riquezas contido aqui.

Minha mãe nada até lá, pega um punhado de moedas e deixa que escorram por entre seus dedos.

— *Está na família há gerações* — diz minha mãe — *mas todas ajudamos a fazê-lo aumentar.* — Ela encontra um anel de prata com um diamante no meio. Passa o dedo nele. — *Peguei isto de um marinheiro que caiu no mar durante uma tempestade. O mar engoliu seus gritos enquanto eu tirava isso de seu bolso. Acho que estava guardando para sua amada em casa.*

— *E isto* — ela prossegue, pegando um garfo e um prato de ouro — *caiu de uma embarcação perto das suas Dezessete Ilhas. Assim que soubemos que havia tesouros a bordo, cantamos para o restante dos homens, exigindo que jogassem tudo de valioso ao mar. Quando terminaram, fizemos com que saltassem também. Então pudemos desfrutar deles.*

Mantenho minha expressão cuidadosamente neutra, mas ela pergunta:

— *O que incomoda você?*

O que ela revela é perturbador. É errado segundo meu código de ética. Segundo minha natureza humana. Mas também posso ver pelo ponto de vista da sereia em mim. É natural. O jeito de ser das sereias. Alguém culparia um tigre por considerar o humano uma presa?

— *Eu matei muitos homens* — digo.

— *Mas você desfrutou deles antes?*

— *Não, eu só* desfruto *dos homens de quem gosto. Não daqueles que pretendo matar.*

Ela dá as costas para mim e olha para o tesouro.

— *Ele tirou você de mim. Algum dia vou adicionar o ouro dele a esta pilha, e pensarei com prazer em como ele morreu.*

— *Espero que esse momento chegue logo* — digo. — *Odeio que ele tenha nos mantido separadas. Mas gosto de ser quem eu sou. Meu lado humano pode enojar você, mas eu não gostaria de ser de outra forma.*

— *Mas* olhe *para você mesma* — diz ela. Ela leva a mão até a manga da minha blusa e a puxa, para revelar todas as cicatrizes que estão ali. — *Você deve estar coberta disso. Ele fez isso com você, não foi?*

— *Foi parte do meu treinamento.*

Ela solta um som tão não humano que sequer tenho palavras para descrevê-lo.

— *Você devia ter ficado comigo, não sofrer! Você tinha que ter nadado até o encantamento, acrescentado lembranças a esta pilha de ouro. Caçar conchas coloridas, dançar com as correntezas. Observar a vida marinha, cantar com sua família, explorar cada fenda escondida do oceano. Nossa existência é repleta e feliz. Você não devia ter sido espancada!*

Ela se recompõe e me puxa para outro abraço.

— Minha querida menina, ele não vai machucá-la novamente. Fique comigo, e eu protegerei você.

Por mais que eu queira acreditar nela, e estar com ela, sei que não posso.

— Não posso. Tenho aqueles a quem proteger.

— Sua tripulação.

— Sim.

Uma pausa.

— Você não veio para cá por minha causa. Está aqui pelo tesouro.

Quero dizer que não, mas não acho que ela acreditaria em mim.

— Eu achei que você tivesse me abandonado. Pensei que tivesse me usado para que eu libertasse você, que tivesse fingido preocupação comigo. Depois que libertei você, o rei pirata veio atrás de mim. Ele está me caçando. Ele não deve estar muito para trás. Achei que, se pudesse colocar as mãos no tesouro, eu poderia corromper seus homens, para que o abandonassem, e poderia me estabelecer como a rainha pirata. Vim para cá para sobreviver. Não porque quisesse roubar de você. Embora, quando pensei que tivesse me usado, roubar de você não me parecesse algo ruim.

O rosto dela se suaviza com minhas palavras.

— Eu não tenho preocupações por você. Eu amo você, Alosa-lina.

O jeito como ela canta a última parte do meu nome enche o ambiente de verdade, de poder. É impossível para mim duvidar.

— Uma simples preocupação não é nada se comparado ao que sinto pela minha própria carne e sangue. Você é minha. Minha para proteger e para cuidar. Eu já sei que você é feroz e poderosa, e não posso esperar para conhecê-la melhor.

Meus membros tremem quando ela me abraça, sabendo que cada palavra que ela acaba de dizer é verdade.

— *Mas primeiro* — ela continua — *precisamos deixar você e seus amigos em segurança. Leve o tanto de ouro que precisar daqui. Estabeleça seu regime. Eu esperarei por você.*

O alívio toma conta de mim.

— *Obrigada.*

— *O encantamento não fará mal para você nem para sua tripulação.*

— *Nem mesmo para os homens?* — pergunto.

— *Nem mesmo para eles. Agora vá. Traga seu navio até esta posição. O encantamento a ajudará a levar o ouro que não foi reivindicado pelas sereias vivas.*

É quase bom demais para ser verdade, mas não posso duvidar de suas palavras. Não do jeito que ela fala.

Sentir tanto ódio e nojo pela minha mãe para, de repente, estar cheia de amor e compreensão. Isso quase acaba comigo. Não posso acreditar em tudo o que aconteceu.

Mesmo assim, ainda há muito a ser feito.

— *Eu voltarei depois que minha tripulação e eu estivermos em segurança. Eu prometo* — digo para ela.

— *Ótimo. Agora vá. Quanto antes você partir, antes retornará..*

Eu gostaria que houvesse mais tempo. Minha mãe não é um animal irracional. É uma sereia, verdadeira em sua natureza, mas isso não a torna um monstro. Ela é mortal e implacável, mas eu também sou. Um novo futuro se abre diante de mim. Um futuro no qual conheço minha mãe. No qual a visito. Somos diferentes, e nunca poderei abandonar minha natureza humana, mas existe algo para nós. Onde antes não havia nada, agora há esperança.

E a fúria que sinto pelo meu pai só aumenta por ele tê-la mantido longe de mim. Mas, sob essa fúria, ainda há medo. Ele está bem atrás de nós, poderia nos atacar a qualquer momento. Meu navio manteve uma vantagem, mas ele tem aqueles remos de varredura. Até onde eu sei, ele seria capaz de fazer seus homens remarem até a morte para nos alcançar.

Nado de volta para meu navio. Para o *Ava-lee*. Suponho que, no fim das contas, não vou precisar rebatizá-lo.

Niridia deixou uma corda para mim. Ela pende na água. Eu a agarro e subo até o convés sem esforço, absorvendo a água enquanto isso.

Quando chego ao convés, encontro-o vazio.

Meu coração afunda. Eu falei para não desembarcarem. Deixei isso perfeitamente claro. E falei para ficarem de vigia. O navio *nunca* deve ficar sozinho. Alguma coisa está muito errada.

A amurada está lascada e quebrada em alguns pontos a bombordo. Ganchos de abordagem? Procuro na água, daquele lado, oposto ao lado pelo qual cheguei. Pedaços de madeira flutuam na superfície. Botes a remo explodidos? Alguma coisa veio a bordo da ilha e levou toda a minha tripulação? Nem pensei em perguntar para minha mãe o que vivia nessa ilha, com toda a emoção de vê-la novamente.

Não tenho arma alguma, exceto minha adaga. Vou para meus aposentos primeiro.

Ele está esperando por mim ali.

— Alosa.

A voz é profunda e cortante, rápida e penetrante, tudo ao mesmo tempo. É a voz da dor, a voz da violência, a voz do terror.

A voz do meu pai.

CAPÍTULO 20

O PAVOR TOMA CONTA DE CADA MÚSCULO DO MEU CORPO POR UM SEGUNDO.

— Onde andou se escondendo? — meu pai pergunta. — Meus homens revistaram toda a embarcação.

Minha mente acelera. Será que ele me viu na água? Está tentando me fazer admitir alguma coisa? Onde está minha tripulação? O que ele fez com todos?

— Eu desembarquei — minto sem pestanejar.

— Ótimo. Você pode nos mostrar onde está o tesouro.

Vários de seus homens estão parados atrás dele, com as mãos nos cabos das espadas. Tylon está entre eles.

— Nem se incomode em tentar cantar. Eles estão com os ouvidos tampados — diz meu pai. Só estou meio surpresa pelo fato de ele se arriscar não tampando os próprios ouvidos. Então atribuo isso à sua própria arrogância. Assim que ele acabar comigo, vai se proteger e continuar com seus planos. Provavelmente é querer demais que o encantamento comece a cantar agora.

— Vou dar seu navio para Tylon, já que você estragou o dele.

— Estraguei? Eu o afundei. Onde está minha tripulação?

— Estão lá embaixo, esperando por você. Por que não vai vê-los?

— Seu tom faz meu sangue virar gelo nas minhas veias. O que ele fez com eles?

Os homens de Tylon desembainham as espadas diante de algum comando não verbal. Há mais de dez deles apinhados nos meus aposentos de tamanho modesto. Se meu pai não estivesse presente, eu poderia tentar lutar contra eles. Com ele aqui, sei que não tenho chance.

É *preciso* ver minha tripulação. Imagens horrendas aparecem em minha mente. Imagens deles já ensanguentados e mortos. Seria típico dele matar todo mundo e me trancar na carceragem com nada além de cadáveres de todos os meus entes queridos como companhia.

Mas, quando chegamos lá, não sou recebida pela morte. Minha tripulação está em segurança por enquanto, mas trancada nas celas, com mais homens do meu pai parados ali de vigia.

— Capitã — diz Niridia, com alívio. Mandsy está na cela com ela. Sorinda, Riden, Kearan, Enwen e os outros estão espalhados em todas as celas da carceragem.

— Quieta — meu pai ordena antes de se voltar para mim. — Onde está o tesouro, Alosa?

— Eu não o encontrei.

Meu pai saca a pistola e a aponta para mim. Eu a encaro, sem pestanejar.

— Não me importa o que vai fazer comigo.

— Achei que não — diz ele, e vira o braço levemente para a direita, para uma das outras celas.

Antes que eu possa gritar, ele puxa o gatilho. A perna de Niridia cede, forçando-a a ir para o chão, e o sangue escorre por um buraco em sua calça, logo acima do joelho.

Eu encaro a mancha vermelha se espalhando pelo chão, tentando entender o que aconteceu, tentando abrir caminho entre os homens do meu pai para alcançá-la.

Outro tiro é disparado.

Meu olhar se volta para meu pai. Ele está com outra pistola, e sai fumaça do cano. Reona, uma das minhas armadoras, cambaleia para a direita e cai.

Meu pai saca uma terceira pistola.

— Pai, pare com isso!

Ele me ignora. Uma mudança está ocorrendo nele. Machucá-los já não é mais o bastante. Ele está mais zangado comigo do que jamais o vi. Sei que o próximo tiro vai tirar uma vida.

— Por favor! — grito enquanto tento me livrar dos homens do meu pai que me seguram. Mas há muitos deles.

É Deros quem leva o tiro no coração. Deros que cai no chão com olhos sem vida. Deros que eu nunca mais verei.

Quero correr até que minhas pernas parem de funcionar. Gritar até ficar sem voz. Socar a cabeça do meu pai até transformá-la em uma poça de miolos no chão.

Mas nenhuma dessas coisas mudaria o fato de que ele se foi.

— Você não vai achar o tesouro na ilha! — grito para ele. — Está embaixo d'água, onde só as sereias podem alcançá-lo.

A quarta pistola que ele sacou se abaixa de leve.

— Como você sabe disso?

Mal consigo ver através da água que se acumula em meus olhos, mas, de algum modo, consigo dizer uma mentira rápida.

— Não sou afetada pelo canto da sereia, mas ainda consigo ouvi-lo. Elas cantam sobre isso. Eu as ouvi cantar enquanto contavam suas moedas e se moviam embaixo d'água. O único caminho para aquele tesouro é submergindo.

Meu pai fica em silêncio. Dá para ver que ele pensa nas minhas palavras com muito cuidado, decidindo se acredita ou não nelas. Estou desesperada para que ele acredite na mentira.

— Então terei que lidar com as feras primeiro — diz ele —, antes de explorar o fundo do mar com nosso sino de mergulho.

— Não!

— Agora você se importa com as sereias? Ótimo. Pode ficar olhando pela vigia. — Ele me agarra pelo braço, e é preciso ele e mais três para me conter, mas não vou sem lutar. Dou um bom chute entre as pernas de um dos piratas, depois levo um soco no queixo. Minhas unhas arranham o rosto de outro homem.

No fim, eles conseguem me enfiar na cela acolchoada. Aquela com uma vigia minúscula, pequena demais para alguém passar por ela, caso eu a quebrasse.

— Você não tem mais nada a dizer — decreta meu pai. — Vai ficar trancada até aprender sua lição e assistir a cada membro de sua tripulação sofrer e morrer.

Grito para ele, sacudo as grades, mas sei que não há escapatória desta cela. Ela foi construída *para mim*, para que eu pudesse reabastecer minhas habilidades. Sei que não posso sair daqui.

Não tenho como correr até os membros ensanguentados da minha tripulação que ainda estão vivos. Mandsy já está ao lado de Niridia, ajudando-a. Ela dá ordens para Sorinda, que está na cela com Reona, tentando estancar o sangramento do ferimento.

Não posso sequer avisar as sereias sobre o que está indo até elas. Elas estão muito distantes para que eu cante. Se estivesse submersa, eu poderia fazer isso, mas do jeito que estou, presa sobre a água... sou inútil.

Meu pai sai da carceragem, satisfeito com minha punição temporária. Ele deixa Tylon e vários de seus homens nos vigiando, agora que meu navio é dele. Até parece. Não enquanto eu respirar. O *Ava-lee* é *meu*.

Tylon me lança vários olhares desdenhosos e presunçosos antes de dizer:

— Obrigado, Alosa — com a voz muito alta por causa da cera em seus ouvidos. Só quando fica cansado de tanto se gabar ele deixa a mim e a minha tripulação no porão.

Chuto as grades e sibilo profanidades em sua direção.

Quando ele está fora da vista, não há nada em que eu possa pensar além das garotas sangrando na carceragem. No corpo de Deros. Wallov fecha os olhos do amigo e se senta no chão ao seu lado.

— Aperte com força, Sorinda! — diz Mandsy. — Vai machucá-la, mas é melhor do que deixá-la morrer! Wallov, jogue sua camisa!

Mandsy já fez um torniquete sobre o joelho de Niridia. Agora se concentra em guiar Sorinda.

— Ela está com dificuldade para respirar — diz Sorinda.

Com uma voz menos urgente, Mandsy pergunta:

— Está saindo sangue pela boca dela?

— Sim.

Mandy pisca devagar.

— Solte o ferimento, Sorinda. Segure a mão dela e converse com ela.

— O que é isso, Mandsy? — pergunto.

— A bala deve ter atingido um pulmão. É mais gentil deixá-la sangrar do que engasgar com o próprio sangue.

Cada respiração que dou parece alimentar o ódio pelo meu pai.

— Vai ficar tudo bem — diz Sorinda, e sua voz ganha um tom suave. Não achava que ela soubesse ser suave. — A dor já vai parar, Reona. Feche os olhos. Apenas escute a minha voz.

Não posso aceitar isso. Não posso aceitar ficar presa aqui, incapaz de fazer qualquer coisa, enquanto minha tripulação morre ao meu redor!

— Athella? — chamo.

— Eles me revistaram muito bem, capitã — ela responde. — Não sobrou nem um grampo de cabelo comigo.

— Sorinda, você tem alguma arma escondida aí?

— Não.

Reona solta seu último suspiro. Sorinda solta sua mão, colocando-a gentilmente de lado.

Por vários segundos, não consigo fazer nada além de pestanejar.

— Vamos encontrar um jeito de sair dessa situação. Todo mundo pensando.

Eu me recuso a desistir, mesmo quando minha própria mente tenta me dizer que é inútil. Tylon está com as chaves. Ele as manterá por perto. Não deixará que nada dê errado. Não agora que ele acha que está tão perto de conseguir o que sempre quis.

Obrigado, Alosa, disse ele. Por trair meu pai. Por sair em fuga. Por fazer com que ele parecesse bom. Ele acha que o legado do meu pai passará para ele agora. Amaldiçoo o nome de Tylon.

— Como está Niridia? — ouso perguntar.

— Estou bem — diz ela. Seus grunhidos são audíveis agora que o barulho que Reona fazia parou.

— Ela vai ficar bem — diz Mandsy —, desde que eu consiga meu estojo de cuidados logo. Preciso tirar essa bala do joelho dela.

O que eu preciso fazer é trazer Tylon para baixo. Não vou conseguir nos tirar daqui a menos que consiga alcançar algo útil.

— Você está bem?

Riden está na cela ao lado da minha. Não consegui nem olhar para ele com tudo o que está acontecendo.

— Estou bem — digo. Mas não é verdade. Não com os dois cadáveres na carceragem.

— O que aconteceu depois que você partiu?

Isso clareia minha mente o suficiente para pensar em alguma outra coisa que não as mortes ao meu redor. Conto para eles sobre o encontro com minha mãe e sobre o que ela nos ofereceu.

— Estivemos tão perto assim de derrotá-lo? — pergunta Niridia.

— Pare de falar — Mandsy diz para ela.

— Isso me distrai da dor!

— Já passamos por situações difíceis antes — diz Riden — e saímos com vida. Faremos isso de novo.

— Está trabalhando em outro plano brilhante? — pergunto.

— Ainda não. Mas tenho certeza de que pensarei em alguma coisa. E dessa vez vou evitar levar um tiro.

A situação é horrível demais para que eu dê risada, mas aprecio os esforços de Riden para tentar descontrair um pouco. Olho para a vigia na minha cela. Ela oferece um vislumbre torturante da liberdade ao mesmo tempo que é completamente inútil.

Através dela, vejo que a frota se move mais para o alto-mar, e meu navio se move com eles apenas um pouco. Só o suficiente para que eu consiga ver a batalha que está prestes a acontecer, percebo. O navio está se movendo em meu benefício.

Embora os homens do meu pai estejam com todos os ouvidos tampados, isso não os impede de se comunicar. A frota já tem sinais no local. Meu pai tem bandeiras distintas que ergue no ar, cada uma com um significado diferente. Assim eles ainda conseguem coordenar um ataque.

Meu foco não está mais em mim e na minha tripulação, mas na minha mãe e nas sereias. Elas não vão vir até a superfície, vão? Não quando podem ver os cascos de todos aqueles navios. Elas devem saber que estão em desvantagem. Mas como vão saber que suas vozes não funcionarão nos homens? Elas vão se achar invulneráveis para enfrentá-los.

— Fiquem embaixo d'água — sussurro. Não vim até aqui só para perder minha mãe para a morte.

No início, nada acontece. Os navios ancoram e esperam.

Até que um homem é jogado ao mar.

Eu não vi acontecer, mas ouvi o barulho e então localizei o homem na água. Será que tiraram na sorte? Ou meu pai escolheu uma vítima qualquer, o atraiu até a lateral do navio e o empurrou?

Tudo é silêncio por um instante. Nada além do pirata se agita na água.

E então uma canção pode ser ouvida, fraca no início. Depois avassaladora. Presumo que o pobre rapaz na água não possa ouvi-la, porque ele não mergulha na direção do som. Enquanto isso, eu observo braços graciosos agarrarem-no antes de puxá-lo para baixo.

A água se agita mais uma vez, mas não por muito tempo. Várias outras canções se erguem até a superfície – os cantos mais bonitos e gloriosos que já ouvi. São todos diferentes, vindos de várias sereias ao mesmo tempo, mas, de algum modo, as melodias não se chocam. Elas sobem e descem juntas em cadências que partem meu coração.

Meus homens não são afetados. Seus ouvidos estão descobertos, a cera provavelmente roubada pelo meu pai durante o ataque, mas isso já não importa. Fiéis à promessa da minha mãe, as sereias não estão colocando os quatro homens que restam na minha tripulação sob seu encanto.

Elas cantam para todos os outros piratas, convidando-os a se juntarem a elas nas águas revigorantes, prometendo amor, calor e aceitação. Cabeças cheias de cabelos sedutores aparecem na superfície da água, as bocas abertas na canção. Elas se movem de maneira tentadora, buscando atrair os homens para a água.

É estranho quão claro é o som em meio à explosão da pólvora.

Gritos de batalha são carregados pelo vento. As sereias gritam e sibilam.

Os homens seguram arpões, esperando pelo momento certo para atirá-los ao mar, em alvos que não consigo ver com clareza.

Outros apontam canhões e mosquetões diretamente para a água, disparando e recarregando o mais rápido possível.

A água se transforma rapidamente em múltiplas correntes – as correntes das sereias nadando. Corpos luminescentes flutuam na superfície em um emaranhado de cabelos abundantes e pele manchada de sangue. E algumas das sereias começam a emitir cantos de luto em vez de sedução.

Enquanto os homens nos navios permanecem intocados, alguns não conseguem lutar de alturas seguras. Muitos são obrigados a entrar em botes a remo e a disparar arpões de uma distância menor. Outros nos botes apontam suas armas para a água, mas não conseguem recarregar rápido o bastante. Assim que disparam uma rodada no mar, braços de tons brilhantes, que vão do marfim, passando pelo marrom dourado até chegar ao negro meia-noite, saem de sob a d'água e puxam os homens para baixo. Uma sereia se lança para fora, salta sobre o bote como um golfinho faria e mergulha em um pirata distraído, derrubando-o no oceano consigo.

Ela tem uma beleza que é quase dolorida de olhar, o cabelo branco como a luz das estrelas, enfeitado com pérolas e conchas. Ele se cola ao seu corpo quando ela se lança para fora da água, chegando até a altura dos joelhos.

As sereias se parecem muito com mulheres humanas. Não fosse pelas unhas e dentes afiados e pela beleza incomum, ninguém seria capaz de dizer a diferença.

Mesmo sem a atração do canto das sereias, os piratas encaram, hipnotizados, a água. Isso custa a vida de muitos deles.

É uma coisa estranha para mim assistir em primeira mão à brutalidade e à beleza da minha própria espécie. Muito do que sou faz sentido. A assassina implacável em mim poderia ser parte da minha natureza, em vez de parte da minha criação.

Uma cabeça de cabelos vermelhos aparece acima da superfície do oceano.

— Não! Vá lá para baixo! — grito as palavras o mais alto que consigo, mas elas não podem ser ouvidas através da distância que nos separa, sobre os tiros de canhões e disparos de armas.

Homens apontam e se agitam no navio mais próximo da minha mãe. Armas são imediatamente substituídas por redes.

Leva algum tempo; a rainha sereia é uma criatura formidável. Pelo menos uma dúzia de homens perde a vida.

Mas eles a capturam. Eu observo quando ela é transportada para o *Crânio de Dragão*. Observo quando o restante das sereias que sobreviveram se retira sob a superfície. Agora que a rainha delas se foi, não há nada que possam fazer sem sua direção.

Ele vai interrogá-la. Vai torturá-la, até conseguir toda a informação que deseja.

E não posso fazer nada enquanto estiver presa em outra cela.

O oceano retorna à calmaria, como se uma batalha jamais tivesse acontecido. A noite atinge as águas, e os piratas vão dormir.

🐚

Tento gritar por Tylon. Talvez agora que as sereias perderam a batalha, os homens não estejam com as orelhas tampadas.

Mas, conforme a noite avança, sou obrigada a aceitar que nenhum deles consegue ouvir uma maldita palavra. Eles não respondem aos meus gritos. Não se aventuram na carceragem. Provavelmente estão dormindo em nossos beliches do outro lado do navio.

Me largo no chão, com os braços apoiados sobre os joelhos dobrados. O que posso tentar a seguir?

Riden se mexe na cela ao lado da minha. Pressiona o corpo contra as grades, onde consegue dar uma boa olhada em mim.

— Venha aqui — diz ele.

Eu me aproximo das grades o máximo que consigo. Várias conversas baixas começaram entre a tripulação. A nossa provavelmente não será escutada.

— Quero dizer uma coisa.

— O que é? — sussurro.

— Navegar com você e sua tripulação foi a primeira vez que gostei de ser um pirata.

Dou risada, um som alto e constrangido.

— Não tente me fazer sentir melhor. Perdi dois amigos hoje, e Niridia está machucada. Eu não quero rir.

— Você precisa manter o ânimo em alta. Vamos achar um jeito de sair dessa situação. Ele ainda não venceu.

Quanto mais ficamos sentados aqui no escuro, porém, mais começo a pensar que ele *venceu*. Estamos presos. Ele está com minha mãe. É questão de tempo até que ele tenha o tesouro também. Estamos trancados nesta carceragem com dois cadáveres. Meu coração está partido pelo tanto que perdi nessa jornada. Mais mortes e tortura são tudo o que nos esperam assim que voltarmos à fortaleza.

Não vejo como algo pode mudar desta vez.

— Capitã? — um sussurro atravessa a carceragem... e não vem de uma das celas.

CAPÍTULO
21

— Roslyn! — Eu me viro em direção a sua vozinha.

O sorriso dela expõe um dente solto virado, ligeiramente fora do lugar.

— Tenho algo para você. — Ela segura um molho de chaves.

— Eu sabia que você nos salvaria — diz Wallov, o orgulho paterno brilhando em seus olhos.

Como eu pude me esquecer da pequena Roslyn? Protegida todo esse tempo em seu esconderijo no cesto da gávea.

— Como conseguiu as chaves?

— Tive que esperar que o sujeito que parece uma menina caísse no sono — ela diz em tom de desculpas. Riden me dá um olhar que diz *Não falei?* — Ainda bem que ele estava com os ouvidos tampados o tempo todo, porque as chaves fazem barulho.

— Ladrazinha sorrateira — exclamo, orgulhosa.

Ela para diante da cela do pai.

— Da próxima vez que ficar zangado comigo, papai, quero que se lembre deste momento. — Ela insere a chave na fechadura. — Ah, e capitã?

— Sim?

— Quero lutar com a tripulação daqui a seis anos. — A voz dela muda levemente, como se tentasse adotar um tom mais adulto. Ela jamais conseguiria disfarçar a tonalidade de uma garota de seis anos, mas é algo adorável vê-la tentar.

Ergo uma sobrancelha para ela, conseguindo o que espero ser um olhar levemente severo.

Ela morde o interior da bochecha, mas espera para girar a chave.

Olho atrás dela, para Wallov, que tenta não rir.

— Sete — lanço.

— Feito — diz ela, girando o pulso. Um sorriso animado quase abre seu rosto ao meio.

Um tiro explode na carceragem praticamente silenciosa. Todas as cabeças se viram na direção da entrada, onde Tylon apareceu, com uma expressão furiosa no rosto.

Uma nuvem de fumaça esconde suas feições por um instante.

Meus olhos vão até a pistola que ele aponta diante de si.

Sigo a linha do tiro até onde Roslyn está parada.

O sangue jorra intensamente de sua cabeça.

E ela cai.

Um grito desesperado enche o súbito silêncio. Acho que eu posso ser a fonte, mas percebo no instante seguinte que é Wallov.

Meus olhos se voltam para Tylon, e digo as únicas palavras que fazem sentido quando o impossível se estende diante de mim.

— Você é meu.

— Não, não é. — Wallov abre a porta da cela antes que alguém possa se mexer. Ele se lança sobre Tylon, que só está a meio caminho de desembainhar sua espada. Mais piratas aparecem na carceragem atrás de Tylon. As garotas começam a sair das celas destrancadas, seguindo a liderança de Wallov.

Meus olhos se voltam para os membros tombados da minha

tripulação. Para a pequena Roslyn, que não se mexeu desde que caiu. Apesar dos gritos e grunhidos, não consigo me concentrar em mais nada.

Depois de um tempo, encontro minha voz:

— Me joguem as chaves!

Não sei com quem estou falando. Não sei se alguém consegue me ouvir sobre a cacofonia dos gritos da batalha.

Mas alguém deve ter me escutado, porque as chaves batem em uma das grades da minha cela e deslizam até o chão. Eu as pego e manobro em volta da fechadura da minha própria cela. Antes que eu consiga encaixar a chave, um dos homens de Tylon me ataca com seu alfanje. Puxo os braços e as chaves para dentro da cela bem a tempo, e a espada atinge as grades de metal, mandando faíscas para o chão. Ele me olha, me desafiando a fazer um movimento, contente por ficar parado ali até que eu me aproxime o suficiente para ele me alcançar.

A ponta de uma espada aparece diante de seu estômago. Um suspiro trabalhoso escapa de seus lábios, enquanto ele olha para o metal. Sorinda não espera que ele caia antes de arrancar seu alfanje das entranhas dele e seguir para o próximo alvo.

Um novo senso de urgência toma conta de mim quando uma poça de sangue se forma perto de Roslyn.

Destranco minha cela, jogo as chaves para Riden e corro até ela, mas Mandsy a alcança primeiro, arrancando uma faixa de sua calça para estancar o sangramento.

Mas eu sei o quanto é difícil sobreviver a um ferimento na cabeça. Ainda mais para alguém tão pequeno.

Dedos trêmulos procuram a pulsação dela.

Ainda está ali. Como é possível que ainda esteja ali?

— Acertou a cabeça dela de raspão, capitã — diz Mandsy. — Ele a fez desmaiar. Há muito sangue, mas consigo ver seu crânio intacto por baixo. Se eu conseguir manter o sangramento sob controle...

— Faça o que puder. Vou atrás de Tylon.

Eu me jogo na briga, arremessando piratas inimigos como se fossem pedras. Tenho barras de metal à minha disposição, então acerto cabeças com elas em minha busca por Tylon. Finalmente vejo Wallov no meio do caos. Ele segura Tylon pelos ombros e bate com a cabeça dele no chão várias e várias vezes. Não sei há quanto tempo Tylon está morto, mas Wallov não parece notar absolutamente nada.

Corro até ele e seguro seus braços na lateral do corpo.

— Wallov, ela está viva. Acalme-se.

É preciso um momento para as palavras o alcançarem, mas então, em vez de tentar continuar batendo em Tylon, ele tenta se livrar de mim. Para ir até Roslyn. Eu o solto.

Temos mais combatentes que os homens do navio. Depois de nos trancar na carceragem, a maioria dos homens de Tylon deve ter partido para se juntar à luta contra as sereias. Aqueles que permaneceram são abatidos rapidamente. Não poupamos ninguém.

Quando consigo me aproximar de Wallov e Roslyn, Mandsy já está com seu estojo. Ela costurou o ferimento na cabeça e o enfaixou. Depois vai até Niridia.

Dois de nós a seguram enquanto Mandsy tira a bala de sua perna.

— Pena que vocês beberam todo o rum — comenta Kearan. — Ela podia usá-lo.

— Não quero rum! — ela grita. — Quero minha espada, eu vou...

— Você não vai a lugar nenhum — digo para ela.

Mandsy enfia o alicate mais fundo na carne de Niridia. Minha imediata grita antes de desmaiar.

— Consegui! — avisa Mandsy. Ela começa a limpar e a fazer curativo no ferimento. Eu me sento sobre meus calcanhares, grata pelo fato de que, pelo menos, Niridia não está mais sentindo dor.

Agora que terminamos de cuidar dos que ainda estão vivos, cuidamos dos mortos. Enquanto observo os corpos de Reona e Deros à deriva no mar sob a luz das lanternas, juro que verei a justiça ser feita pelo modo sem sentido como eles morreram.

Eles não morreram lutando, protegendo o que amavam. Estavam enjaulados. Como animais.

Meu olhar se levanta da água. Vai até o *Crânio de Dragão*.

— Vou atrás de você — sussurro.

De volta ao porão, superviso o que sobrou da minha tripulação, verificando seus rostos e ferimentos.

— Temos duas opções agora — digo para o grupo. — Podemos fugir ou podemos lutar. Estou inclinada para a opção número dois.

— Eu também — informa Mandsy, ainda suja com o sangue de Roslyn e Niridia.

— Vou matar todos eles — anuncia Wallov, segurando Roslyn, que se recupera lentamente, de encontro ao peito.

— Não, Wallov — digo. — Você vai ficar aqui e vai cuidar dos feridos. — Com Niridia machucada, Mandsy precisa preencher o papel de minha segunda. — O restante de nós vai embarcar no *Crânio de Dragão*. Alguma objeção?

Quando não escuto nenhuma, conto para eles o meu plano.

Homens mortos são mais pesados do que vivos.

Tiramos as roupas que não estão muito ensanguentadas, e então levamos os cadáveres para uma das celas, empilhando-os sem cerimônia alguma um sobre o outro. É mais rápido do que jogá-los ao mar.

Não há roupas suficientes para todos, mas damos um jeito com o que temos. As garotas cobrem seus espartilhos com camisas dos homens. Enfiam os cabelos embaixo de tricórnios. Tiram lençóis e cobertas de seus beliches e enfiam nas calças para parecerem maiores, mais masculinas. Algumas até pedem permissão para usar meus cosméticos para desenhar pelos faciais sob os narizes e bocas. Não serve de nada para disfarçá-las de perto, mas, de longe, pode funcionar.

O corpo de Tylon é o único do lado de fora da cela. Suspeito de que ninguém gosta da ideia de tocar nele, mesmo na morte. Mas Riden segue na direção dele, como se pretendesse colocá-lo com os demais.

— Não — eu o impeço. — Vamos precisar dessa carcaça.

🐚

O amanhecer ainda não chegou. As estrelas no céu se refletem no oceano abaixo, prendendo-nos em um mundo salpicado de luzes. Os botes a remo atravessam a água, interrompendo a ilusão de paz.

Não carregamos lanternas conosco para atravessar o espaço entre o *Ava-lee* e o *Crânio de Dragão*. Precisamos da ausência de luz para nos disfarçarmos. Se vamos passar pelos homens, temos que estar o mais ocultos possível.

Embora não chamemos a atenção para nós mesmos, tampouco estamos tentando nos esconder. Estamos aqui, flutuando na escuridão. Facilmente vistos se alguém apontar uma luz na nossa direção. Mesmo assim, ocultos até isso acontecer.

Riden se senta ao meu lado no bote a remo. Coloca a mão sobre meu joelho, aperta e a remove.

— Vai dar certo — digo para ele.

— Eu sei. Estou tranquilizando você, não a mim mesmo.

Se conseguirmos alcançar o *Crânio de Dragão* em silêncio e eliminar todos no navio, podemos sair vitoriosos. O restante da frota não vai disparar seus canhões no navio do rei pirata. Assim que explicar como posso conseguir o tesouro, eles não vão se importar se seu rei está morto. Vão correr para o meu lado. É assim que os piratas atuam. Só preciso matar meu pai primeiro.

Pensei nisso várias vezes. Em matar meu pai. Quando ele me machucava. Quando descobri que ele trancou minha mãe. Quando ele ameaçou minha tripulação. Agora tento imaginar a cena, seu alfanje escorregando entre as costelas para se plantar em seu coração. O suspiro que vai sair de seus lábios. A expressão inerte em seus olhos.

Já matei centenas de homens. Por que meu estômago fica nauseado só de pensar em matar este? Ele é só um homem. Um reconhecidamente poderoso, mas apenas um homem.

Nunca matei minha própria carne e sangue, porém. Por que seria diferente? Será que vai ser diferente? Posso fazer o que precisa ser feito no final?

Preciso fazer.

Uma luz a bordo do *Crânio de Dragão* se move na beirada do navio, é erguida no ar e nos ilumina.

Fomos localizados.

É hora de esses disfarces cumprirem sua função.

O corpo de Tylon está apoiado na frente do bote, com o rosto apontado na direção dos homens a bordo do *Crânio de Dragão*. Já que metade de seu crânio se foi, precisamos manter a cabeça dele apontando para a frente. Eu me sento ao lado dele, discretamente mantendo seu corpo ereto. Seus olhos vidrados estão abertos, mas felizmente o navio está distante demais para alguém notar que ele não pisca.

Agora já são duas lanternas, mas nenhum alarme soa.

Agimos de maneira calma, casual. Algumas das garotas oferecem acenos mal-humorados. Sorinda protege os olhos da luz e não precisa fingir sua cara de irritação.

Três lanternas se reúnem, observando nosso barco se aproximar.

Então eles nos jogam uma corda. Devem ter reconhecido Tylon.

Nenhuma palavra é falada do nosso lado ou do deles enquanto somos içados pela lateral do navio. Por uma vigia, consigo ver quase cem homens dormindo em seus beliches, sem serem perturbados pela nossa aproximação.

Isso vai dar certo.

Sou a primeira a passar pela amurada. Analiso os três homens de guarda. Eles não dizem uma palavra enquanto olham meu disfarce. Devo ter passado no teste, porque ainda não tentam falar nada. Um deles entrega a lanterna para um dos outros e pega um pedaço de pergaminho. Ele escreve alguma coisa enquanto o restante das garotas se junta a mim a bordo.

Seu capitão está machucado?

Eles ainda estão tampando os ouvidos por precaução. Não conseguem ouvir nada. Seu único meio de comunicação é pelas palavras escritas.

Bem como eu esperava.

Estendo o braço, como se fosse pegar o pergaminho. Em vez disso, interrompo as vias aéreas do homem com um soco em sua garganta, antes de pegar meu alfanje e terminar o trabalho. Sorinda aparece atrás de mim e passa sua rapieira pelo pescoço de outro homem. Mandsy abate o terceiro.

Eles caem mortos aos nossos pés, sem fazer qualquer som. Não que alguém fosse ouvir se tivessem feito.

— Sorinda — digo. — Encontre qualquer um que esteja de vigia no convés e se livre dele. Mandsy, leve a tripulação lá para baixo e cuide silenciosamente do restante dos homens do navio. Se não os despertarem, será tão fácil quanto matar ovelhas. E mantenham os olhos abertos para ver se encontram a rainha sereia.

Enwen estremece a alguns metros de distância. Meus homens não estão com os ouvidos tampados. Ainda confio na promessa da minha mãe.

— E quanto a você? — pergunta Mandsy.

— Vou encarar o rei pirata.

— Não sozinha. — Riden caminha pela escuridão e se coloca com firmeza ao meu lado.

— Acho que isso pode ser algo que preciso fazer sozinha.

— Você não precisa fazer nada sozinha novamente se não quiser.

Quase dói olhar para aqueles olhos castanho-dourados. Sei o que ele quer dizer com essas palavras. Ele sempre estará ao meu lado, desde que eu o queira ali.

É muito tentador, mas...

— Não. Preciso de você lá embaixo. Estamos em minoria. Precisamos de todas as mãos para eliminar os mais leais ao rei pirata se quisermos sobreviver a isso. E discrição será necessária se eu quiser me esgueirar até o quarto do rei enquanto ele dorme. Uma só pessoa no quarto é melhor.

Ele assente com a cabeça, um gesto quase imperceptível, mas é um aceno mesmo assim. Eu o beijo por isso, odiando ter que me afastar tão rápido.

Mas e se essa for a última vez?

Eu o puxo novamente. Não me importo em desperdiçar tempo.

Os braços dele abraçam minha cintura, me esmagando, como se ele quisesse nos unir para sempre. Seus lábios são frenéticos contra os meus, e têm gosto de sal. Eu me pergunto se ele derramou algumas lágrimas pelo ferimento de Roslyn quando eu não estava olhando.

Saber disso, de algum modo, me faz amá-lo ainda mais.

Eu me afasto, ainda que doa, e me volto para o que sobrou da minha tripulação.

— Espero vê-los novamente, em breve.

— Seja nesta vida ou na próxima — diz Sorinda.

CAPÍTULO 22

O *Crânio de Dragão* tem mais de três vezes o tamanho do *Ava-lee*. Enquanto meu navio foi projetado para ser furtivo, o do meu pai foi feito para o completo oposto. Kalligan quer que suas vítimas vejam que ele está chegando. Quer invocar medo, começar a atacar a mente dos marinheiros muito antes de alcançá-los.

Sua bandeira tem o crânio de um dragão com as mandíbulas abertas, pronto para despejar fogo em seus inimigos. Homens no mar aprenderam a temer essa bandeira.

Sem dúvida, meu pai pensa em si como um dragão – a maior e mais poderosa criatura de todas. Dragões, no entanto, são mitos. Meu pai é muito real.

Ele é o dragão que devo matar.

Tudo no navio é uma mensagem para aqueles que estão a bordo. Enquanto subo os degraus da escotilha, não posso deixar de encarar os crânios colocados em ganchos na amurada. Cada um deles é um homem que meu pai matou. Não há um único gancho vazio nesta embarcação. As cordas são manchadas de vermelho: se é de sangue ou tinta, não sei dizer.

Quando dou o último passo, um grito estrangulado interrompe

o silêncio, e um corpo cai lá de cima. Sorinda deve ter matado outro dos vigias noturnos – alguém que estava nos cordames. É incomum em Sorinda permitir que suas mortes sejam tão barulhentas, mas todo mundo comete erros. Graças às estrelas, ninguém a bordo consegue escutar.

Fico paralisada com a mão na porta dos aposentos do meu pai. A realidade do que estou prestes a fazer me atinge novamente.

Parricídio.

Não. Não é isso. Kalligan é meu pai apenas no sangue. O que ele fez – comigo e com minha mãe – o impede de merecer esse título. Ele é só um nome. Kalligan. Um ninguém.

Há tipos diferentes de pais, Riden me disse uma vez. Eu ignorei suas palavras na ocasião. Não queria ouvi-las. Kalligan era tudo o que eu conhecia. Eu não percebia que as coisas podiam ser diferentes.

Ou será que percebia?

A imagem do cabelo manchado de sangue da pequena Roslyn toma conta de mim, uma labareda de dor e raiva se espalha pelos meus membros até então dormentes. Vi Wallov com Roslyn centenas de vezes. Sua gentileza e compaixão. Seu apoio e amizade. Sua disciplina gentil e direção.

Eu nunca percebi que era isso que eu devia ter tido.

E, por causa de Kalligan, Roslyn está lutando pela vida no meu navio.

Não encontro resistência quando empurro a trava da porta. Ele deve estar lá dentro, se o quarto está destrancado. Ele sempre tranca a porta quando sai.

Fecho a porta com cuidado atrás de mim. Não posso deixar de manter meus passos leves, minha respiração suave, ainda que eu saiba que, não importa como eu me aproxime, ele não vai me escutar.

Meu coração acelerado é o som mais alto enquanto atravesso sua sala de estar. Cadeiras ao redor de uma mesa. Um estoque de rum enche a parede com as safras mais finas. Seus aposentos são os únicos lugares no navio que não gritam morte.

O estúdio contém uma escrivaninha organizada com os pedaços do mapa e anotações da jornada ao lado deles. Passo por tudo isso para parar diante da porta de seu quarto.

Coloco o ouvido na porta e seguro a respiração.

Sua respiração profunda chega até mim como asas batendo ao vento.

Levo a mão à fechadura e paro por um instante, me perguntando qual será meu instrumento de morte. O alfanje? Por mais tentador que seja atirar a distância, a pistola não pode ser uma opção. Eu não ousaria usar algo tão barulhento. E se isso chegar aos ouvidos tampados de cera dos homens lá embaixo? Além do mais, isso é pessoal. Preciso estar ao lado dele quando acabar com sua vida.

Enfio a mão na bota, passando os dedos na calça, e tiro a adaga que está ali. O cabo é pequeno em minhas mãos, mas firme, e a lâmina horrivelmente afiada. Meu punho se fecha sobre o cabo de metal suave.

Tudo está pronto.

Tudo, exceto eu.

Penso mais uma vez na minha tripulação, em busca de forças, e abro a porta.

Primeiro, vejo minha mãe.

Ela está amarrada com cordas em uma cadeira. Os ombros dela foram presos no espaldar, suas coxas no assento, os tornozelos nas pernas da cadeira. Seus pulsos estão amarrados juntos, nas costas. A boca está amordaçada, e o rosto está levemente inchado, começando a mostrar os sinais da surra que Kalligan sem dúvida lhe deu.

Ela ergue os olhos com minha entrada, e os arregala ao me ver.

Levo um dedo aos lábios, embora ela esteja amordaçada.

Ela acena com a cabeça e me observa enquanto volto minha atenção para a cama. Matá-lo primeiro. Depois libertá-la.

Kalligan está deitado de bruços, a cabeça virada para a porta. Mas seus olhos estão fechados. Um braço está enfiado embaixo do travesseiro. Sei que segura uma grande adaga. Ele nunca dorme sem uma por perto. Como uma criança perigosa com sua boneca.

Não posso mais pensar nele. Não há tempo ou espaço para culpa ou indecisão. Nenhuma emoção. Apenas ação.

Caminho na ponta dos pés até a cama.

Um golpe rápido.

Agora.

Meu pulso se move para fora. Obrigo meus olhos a permanecerem abertos o tempo todo. Não posso correr o risco de errar.

Fico tensa um pouco antes que o metal afunde na carne...

Só que isso não acontece.

Ele encontra metal.

A mão embaixo do travesseiro faz um arco para fora, impedindo o golpe com a lâmina.

— Você devia ter trazido uma pistola — diz ele.

Isso está bem claro agora.

Ele empurra minha lâmina e se levanta com o mesmo movimento. De algum modo, tê-lo em pé torna tudo mais fácil. Não é difícil lutar com alguém que também está tentando tirar minha vida.

Isso muda tudo. Não se trata mais de ser furtiva. Trata-se de derrotar um oponente para quem perdi na luta com espadas tantas vezes quantas venci. Kalligan é imune ao meu canto. Somos parecidos em força. Tenho mais velocidade do que ele, mas ele me treinou a vida toda. Ninguém pode antecipar meus movimentos como ele.

— Abaixe a arma, Alosa — diz ele. — Implore o meu perdão. Pode ser que eu o dê. Depois que estiver satisfeito com sua punição.

— Não sou eu quem precisa pedir perdão.

— Você me julgaria? Porque é tão pura? Você é exatamente como eu. Não há nada que você não faria para conseguir o que tenho.

— Isso não é verdade. Eu não machucaria inocentes. Eu não...

— Mataria o próprio pai?

Passo a adaga para a mão esquerda e desembainho minha espada.

— O que estamos prestes a fazer não tem nada a ver com poder. Trata-se de fazer a coisa certa. — Perdi membros da minha tripulação por causa deste homem.

Ele pega o próprio alfanje, com uma expressão de indiferença no rosto.

— Não vai conseguir nada. Posso assegurar isso.

O navio balança ao mesmo tempo que a explosão de um canhão é ouvida no ar. O movimento é leve, não consegue derrubar nenhum de nós dois.

Mas certamente é o bastante para acordar todo mundo no navio.

Alguém na tripulação dele deve ter visto as garotas e disparado o tiro para despertar os outros.

— Você não é tão cuidadosa quanto pensa — diz Kalligan. — Tudo o que você faz, estou sempre um passo adiante.

Percebo então que estamos conversando, o que quer dizer que ele não está com os ouvidos tampados. Não como o restante de seus homens. Ele deve ter ouvido o barulho do homem que Sorinda matou. Deve ter sido leve, mas o suficiente para acordar meu pai.

— As sereias vão pegar você — digo para ele, tentando esconder minha raiva. Eu condenei toda a minha tripulação. Eles não devem ter matado homens suficientes de Kalligan durante o sono. Se é que conseguiram chegar tão longe.

Ele sorri, um sorriso nascido do triunfo e da cobiça.

— As sereias não podem me tocar. Sou imune.

Eu pisco. Sempre soube que *meu* canto não o afeta por causa dos laços sanguíneos que compartilhamos, mas ele não pode ser imune a *todas* as sereias. O que ele ganha mentindo?

Nada.

Gritos interrompem o silêncio lá fora. A noite terminou. Já posso ver o sol se erguendo pela janela.

Nossa batalha final já começou.

Ele faz o primeiro movimento, um golpe para tentar arrancar minha cabeça. Desvio e ataco sua barriga. Ele tenta desviar, mas minha espada o pega de lado. E a ponta da minha espada fica ensanguentada, como a cauda de um cachorro malhado.

Sei que isso não é o bastante para comemorar vitória. Meu pai não enfraquece como um homem normal depois de ser atingido. A dor o alimenta, o torna mais forte.

Faz com que ele me ataque.

Eu já comecei a recuar, fechando a porta de seu quarto diante de mim. Não dou as costas para ele. *Jamais dê as costas para o oponente.* Mesmo agora, o treinamento dele guia meus movimentos.

BAM!

Meus braços quase não conseguem proteger meu rosto. As lascas de madeira entram na minha pele quando a porta estilhaçada explode na minha direção. A sede de sangue tomou conta do meu pai. A batalha o enraivece e o faz esquecer a dor. Esquecer a razão. Em vez de abrir sua porta, ele jogou o peso do corpo contra ela.

É um movimento feito para assustar, para intimidar.

E funciona.

Erro um passo, mas consigo alcançar a porta que leva ao convés. Não quero ficar fechada nestes aposentos com ele. Não posso.

Preciso da luz do amanhecer lá de fora para capturá-lo. Para me lembrar de que ele é apenas um homem. Se eu evitar olhar muito fixamente para o rosto dele, posso esquecer que é o rosto que cresci vendo durante toda a minha vida. Um rosto que eu realmente amei.

Pressiono as costas na parede externa de seus aposentos, bem ao lado da porta aberta, e dou uma olhada de relance na cena lá embaixo.

As garotas estão bem ocupadas no convés do *Crânio de Dragão*. Já deixaram os dormitórios e estão encurralando os homens do meu pai que saem pela escotilha.

Mandsy, mulher brilhante, brilhante.

Um navio grande como este tem duas escotilhas, uma de cada lado, mas ela já dividiu a tripulação, metade em cada escotilha, e estão abatendo os homens do meu pai antes que eles possam cercá-las e usar sua vantagem numérica para sobrepujá-las.

Registro tudo isso em menos de um segundo.

Meu alfanje está posicionado na lateral do corpo, esperando para atacar meu pai quando ele expuser as costas ao sair correndo pela porta aberta.

Perco o fôlego e a espada quando um tiro atravessa meu braço direito.

O músculo arde enquanto abaixo o braço, espalhando fogo até as pontas dos meus dedos. Ranjo os dentes com a dor e com minha própria tolice.

Kalligan mais uma vez previu o que eu ia fazer. Ele não podia saber exatamente onde eu estava parada, então tentou adivinhar. Talvez não esteja tão descontrolado quanto imaginei originalmente. Ele só queria dar a aparência de ter pedido todo o juízo. Foi um tiro calculado.

Ainda que não seja letal, me custou meu braço da espada e – muito provavelmente – a luta.

Parte dos testes de resistência de Kalligan era me obrigar a praticar luta com ele usando meu braço esquerdo. Eu me pergunto se ele lamenta agora o fato de ter me treinado tão bem.

Enquanto dobro o corpo para recuperar a espada com a mão esquerda, a bota de Kalligan vem acelerada pela porta, colidindo com meu queixo e me fazendo voar para trás. Agora perdi minha adaga também.

Meus olhos reviram com a força do chute. A dor é tão enlouquecedora que me pergunto se o chute teria arrancado minha cabeça fora se eu fosse apenas humana. Minha garganta está apertada por causa da dor intensa, meus dentes ainda rangem, e o navio balança só por um instante, antes que eu me recomponha, ajustando minha visão.

Cometo o erro de tentar usar meu braço machucado para me endireitar. A mão cheia de sangue escorregadia e a dor aguda que atravessa meu braço me fazem cair no convés.

Kalligan grita alguma coisa. Não consigo entender as palavras, mas acho que são ordens para seus homens. As palavras são muito altas para serem para mim. Ele esqueceu momentaneamente que seus homens não conseguem escutar nada.

Felizmente, suas ordens me dão a chance de me recompor. Eu me levanto. Mas Kalligan ainda está parado entre mim e minha espada. Pego a pistola e a engatilho. Kalligan percebe o que estou prestes a fazer e se joga por sobre o leme para fora do castelo de popa.

Erro o tiro. A bala se aloja no convés, e amaldiçoo as estrelas na minha vista, a instabilidade da minha mão esquerda. Mas, com ele fora do caminho, consigo pegar minha espada e a seguro com firmeza.

Ele espera por mim no convés principal. Quando salto os degraus da escada, vejo os piratas de Kalligan subindo no convés pelas laterais do navio. Alguns deles devem finalmente ter tido a ideia de sair pelas portas de disparo.

— Mandsy! — grito quando aterrisso. — Eles estão vindo pelas laterais!

Ela se vira e os localiza, então grita ordens para o restante da tripulação. Corpos estão sendo empilhados perto das escotilhas. Os homens passam por cima de seus companheiros caídos e tentam alcançar minha tripulação. Vejo uma garota caída, o cabelo cobrindo o rosto. Acho que é Deshel. Um dos inimigos conseguiu segurar Radita. Ela bate com o calcanhar com força no peito do pé do homem, antes de acertar um soco em sua virilha. Sorinda já está a estibordo do navio, cortando os dedos dos homens que tentam segurar a amurada. Athella subiu em uma rede e se joga sobre os homens que atravessam a barreira das garotas na escotilha da popa.

Vejo Riden de relance antes de ser obrigada a voltar minha atenção para o rei pirata.

Kalligan está vindo na minha direção novamente. Não posso continuar deixando que ele fique na ofensiva. Não vou matá-lo dessa forma. Meu braço direito pende inútil na lateral do corpo. Tento não mexê-lo quando desvio do golpe seguinte do rei.

— Você já perdeu esta batalha — diz ele, e me dá uma saraivada de golpes.

— Ainda não. Quando bloqueio o golpe seguinte, mando meu braço machucado direto na cabeça dele, rangendo os dentes com a dor excruciante. Quase perco a consciência quando pontos negros aparecem no canto da minha vista.

Vale a pena. Ele não esperava por isso, e aproveito a chance para golpeá-lo também.

Nada do que faço é leve. Em cada golpe que dou, coloco toda a minha força, toda a velocidade que consigo reunir. Meu braço lateja de modo agonizante. Meus ouvidos ainda zumbem com o chute na cabeça que levei.

Uma das minhas garotas grita. Os homens estão reunindo suas forças. Números superiores invadem o convés. Preciso acabar com essa luta, para poder ajudá-las.

Nada do que faço me dá vantagem. O corte na lateral do corpo do meu pai mal sangra. Ele luta como se não sentisse dor. Vamos socar e cortar um ao outro até que um de nós caia de exaustão ou cometa um erro tolo. Já que estou mais machucada, é muito provável que seja eu.

Não deixo que o medo de perder me afete. Levarei esta luta até o final, não importa qual o resultado.

A morte se espalha pelo ar, um fedor único em si mesmo. Quase tropeço sobre um cadáver enquanto Kalligan tenta me empurrar de costas na direção da popa do navio. Os tiros já não permeiam mais o ar. Todos já esvaziaram suas pistolas. Não há nada além do choque de membros e de espadas. Athella não está mais sentada na rede. Está no chão, tentando ponderar as probabilidades. Um pirata inimigo vem por detrás dela e...

Afasto o olhar antes que ela seja atacada. Uma nova urgência e fúria alimentam minha luta com Kalligan.

— Renda-se — diz ele.

— Ficando cansado? — pergunto, com a respiração pesada.

O peito dele também arfa. Sei muito bem que ele não quer que eu desista porque acha que vai perder a batalha. Ele quer me derrotar. Tanto meu corpo quanto minha mente. Minha desistência vale tanto quanto uma vitória para ele. No entanto, pelo jeito como ele ataca com a espada e tenta me atingir com o punho, sei que ele quer que eu pague pela traição com minha pele.

Rendição não é uma opção.

— Estou cansado de *você* — ele responde. — Cansado da sua insolência e da sua fraqueza. Estou pronto para me livrar de você. Mas pouparei você para o final. Você pode ver sua tripulação sofrer primeiro.

— Matarei você antes que possa tocar neles — retruco.

— Eles estão sendo esmagados como roedores agora. Meus homens talvez não poupem nenhum. Então só terei você para descontar minha raiva.

— Não tenho medo de você.

— E quanto à sua tripulação? Você teme por eles? — Ele faz um gesto com o braço apontando para o lado, e ouso olhar.

Muitos já perderam suas armas. Estão sendo levados para a lateral do navio, amarrados com cordas. Mandsy e Sorinda estão lutando de costas uma para a outra. Sei que nenhuma delas vai parar até morrer. Riden também está abatendo oponentes. Está cada vez mais perto de mim, tentando me alcançar.

Chuto o ar quando Kalligan desvia do meu golpe.

— Você acha que me matar vai impedir isso? — pergunta ele.

— Olhe ao seu redor. — Sei que ele quer que eu pense em todos os navios de sua frota. — Mesmo se eu morresse, você e sua tripulação não sairiam com vida. Meus homens vão terminar o que eu comecei.

— Eles vão estar ocupados demais lutando uns contra os outros para tomar seu lugar e nem vão prestar atenção em mim. Eles não vão olhar uma segunda vez para seu cadáver. Seu nome será esquecido. Vai desaparecer da memória, e qualquer migalha de glória que você amealhou será esquecida. Ninguém se lembrará de você. Eu certamente não vou.

Ele duplica seus esforços. Corta meu braço já machucado, machuca minhas costelas, dá uma rasteira nas minhas pernas. Eu saio rolando para longe dele. Não paro até que minhas costas atinjam a amurada a estibordo. Fico em pé, mal conseguindo segurar a espada diante de mim.

Estou perdendo sangue demais agora que tenho dois ferimentos abertos.

Ele avança lentamente. Sabe que estou derrotada. Minha tripulação está completamente subjugada. Um terço dela mancha o convés de vermelho, caída em ângulos nada naturais, imóvel. O restante está encurralado em um canto.

E Riden – ele está quase ao meu lado quando três dos homens do meu pai o atacam no convés e tiram a espada da mão dele.

Olho ao redor, em busca de alguma coisa – qualquer coisa – que me ajude a derrotar Kalligan. Estou inutilizada. Não há nada que Riden possa fazer. Não há nada que minha tripulação possa fazer. Minha mãe está impotente nos aposentos do meu pai. E as sereias...

E as sereias?

Elas já foram derrotadas, perderam a vontade de lutar agora que sua rainha foi capturada mais uma vez. Elas provavelmente já abandonaram a área.

Mas e se ainda não se foram? E se estão reunidas lá embaixo, só esperando que sua rainha retorne para elas?

Não sou ela, mas sou a filha da rainha. Elas olharam para mim como se eu fosse uma intrusa, mas será que eu conseguiria chamá-las? Será que me ouviriam?

Como essa é a *única* opção que me resta, eu canto. A canção é uma nuvem de desespero e súplica. Um grito de socorro, lutando contra o vento, mergulhando na água, buscando nas profundezas por alguém que possa escutá-lo.

Posso senti-las, agora que chamo por elas. Centenas e centenas delas. Elas gritam sob as ondas. Temem por sua rainha, choram pelos caídos, temem por suas vidas. É tão...

Humano da parte delas.

Algumas se calam com meu canto, ouvindo. Sinto sua atenção se voltando para mim. Sou parte da linhagem real. Ela flui em minhas veias, corre com meu canto. Elas não precisam me escutar, mas se eu puder dizer as palavras certas...

— Sou Alosa-lina, filha de Ava-lee. Minha mãe está viva, mas é prisioneira neste navio. Vocês não vão ajudar? Vão lutar contra os piratas que ousaram invadir suas águas e roubar o que é de vocês?

Elas murmuram entre si. Sinto em seus cantos, no jeito como a água treme ao redor delas.

A resposta é fraca, mas uma delas me responde.

— *Você não faz parte da escória pirata? Não recusou o chamado da rainha quando ela a convidou para vir para casa? Mesmo agora, você permanece em terra firme, se recusando a se juntar a suas irmãs aqui embaixo.*

Meu pai me encara todo esse tempo, parado diante de mim.

— Está chamando as sereias? Elas fugiram, se recolheram na escuridão. Você é uma estranha para elas. Eu me assegurei disso.

— *Vocês estão em maior número do que os piratas* — explico. — *Minha lealdade não está com eles. Eu as ajudarei a derrotá-los.*

A dúvida transparece no canto que vem de debaixo de mim. As emoções são canções em si mesmas, saindo das sereias sem nenhum esforço, como se suas vozes não conseguissem se calar.

Nenhuma delas fala comigo agora. As sereias retomam seu lamento, até que minha voz me deixa, e não consigo mais ouvi-las.

— Largue sua espada — diz Kalligan. O tom de voz dele é cortante, final. Ele não pedirá novamente. Seu próximo golpe tirará uma vida.

— Alosa. — Essa voz é baixa. É de Riden. Ele está ali bem perto, com braços e pernas subjugados.

Largo minha espada como meu pai pede e me viro para Riden. Com alguns socos bem dados, faço seus captores o libertarem.

Eu o agarro, e nós dois pulamos do navio.

CAPÍTULO 23

A ÁGUA ME ENVOLVE, ME EMBALA, ME DÁ BOAS-VINDAS AO LAR. MEU corpo muda, se alonga, aprecia o novo ambiente. Meus músculos se sentem revigorados, prontos para voltar para a batalha.

Riden me observa, assegura-se de que sou eu mesma, antes de me dar um aceno encorajador com a cabeça e nadar para a superfície.

A risada do meu pai me alcança mesmo aqui.

— Sua capitã abandonou vocês! Ela prefere viver sua vida como uma fera irracional em vez de perecer com seu navio e sua tripulação. Eu não tinha percebido que criei uma covarde.

Não sinto nada com essas palavras. Minha tripulação sabe o que me tornei. Não vão acreditar nele. Devem saber que estou aqui para salvá-los, não para salvar a mim mesma.

Por enquanto, nado para o fundo, bem para o fundo, descendo em arco até as profundezas. Aqui é claro como o dia para mim, onde nenhum humano poderia ver ou suportar a pressão.

Eu as encontro com facilidade. As irmãs com quem eu teria crescido se tivesse vivido como sereia. Elas nadam em círculos ou descansam no fundo do oceano, com os braços jogados sobre os rostos, em derrota. Os membros se movendo inquietos, impotentes, mas ainda enraivecidos.

— *Estou aqui* — canto para elas. — *Agora vocês podem falar diretamente para mim. Me digam por que abandonaram sua rainha novamente.*

Um grupo de sereias mais velhas desvia o olhar. Seus cabelos obscurecem os rostos enquanto elas se mexem, inquietas. Elas já estavam aqui quando sua rainha foi tirada delas pela primeira vez. Estão envergonhadas – tanto que não conseguem nem olhar no meu rosto.

As sereias crianças são etéreas. Pérolas perfeitas neste mar. Elas ficam atrás de suas mães – pelo menos aquelas cujas mães ainda estão vivas. Uma garota com o cabelo de areia resplandecente se aconchega perto de uma mulher com cachos negros como a noite. A criança, que não deve ter mais do que cinco anos, canta pela morte da mãe. Ela viu a cena com perfeita clareza, o jeito como o arpão atingiu sua mãe, como seus olhos reviraram para trás, como ela afundou até o leito do oceano.

— *Precisamos fazer com que paguem pelo que fizeram* — digo.

— *Como?* — a sereia que abraça a órfã pergunta. — *Os homens não conseguem nos ouvir. O líder deles é imune.*

— *Como isso é possível?*

— *Ele se deitou com uma sereia e viveu. Agora a magia do nosso canto não o afeta.*

Todo esse tempo eu pensei que não podia controlá-lo porque tínhamos laços sanguíneos, mas é por causa do relacionamento dele com minha mãe, não comigo, que ele é imune.

— *E, mesmo se ele não fosse imune* — ela prossegue — *isso não nos ajudaria muito. Nossas vozes não funcionam quando estamos completamente fora da água, como a sua.*

— Elas não precisam funcionar. Vocês não têm braços e pernas?

— *Somos fracas fora da água. Não teremos mais força do que uma mulher humana.*

Dou um sorriso para elas. Tenho treinado mulheres humanas para lutar durante anos. Uma mulher não é impotente quando sabe o que fazer. E mesmo um homem se torna impotente quando é superado de dez para um.

— *A questão não é se vocês vão vencer* — prossigo. — *A única questão é se vocês vão escolher lutar. Vocês lutarão por sua rainha? Lutarão por suas águas e seu tesouro? Lutarão pelas suas pequenas?*

Minha canção é levada pela água, firme e inconfundível. Um chamado às armas. Uma exigência de sua princesa.

— *Não sou sua rainha. Vocês não precisam me obedecer como obedecem à minha mãe. Essa é uma escolha que precisam fazer. Uma escolha para vingar seus entes queridos perdidos, para salvar sua rainha, para proteger suas crianças. Sou uma intrusa. A vida que eu podia ter tido com todas vocês foi tirada de mim, mas estou aqui agora por escolha. Vocês não vão escolher se juntar a mim agora? Eu enfrentei o oceano por vocês. Vocês vão enfrentar a terra firme por sua rainha?*

Todo o canto delas para. Os acordes penetrantes de lamento cessam. As duras batidas de raiva diminuem.

No lugar disso, há convicção. Uma promessa. Como uma, elas cantam uma canção tão poderosa que traz lágrimas aos meus olhos. É um grito de batalha em forma de canção pura e celestial. Os navios lá em cima balançam com a força dele.

Mostro a elas sua vantagem sobre os homens – o que elas podem fazer para subjugá-los...

E então nós ascendemos.

Quando minha cabeça sai da água, canto e sugo a umidade para dentro de mim, me secando enquanto subo pela lateral do *Crânio de Dragão*. Espio por cima da borda do navio. Minha tripulação está amarrada ao mastro principal, todos juntos sob camadas de cordas. Uns cinco homens estão parados ali, vigiando, para garantir que ninguém fuja.

Um Riden encharcado está amarrado com os outros. Ele não teve escolha a não ser retornar ao navio e ser capturado mais uma vez até que eu retornasse. Dá para ver que Sorinda já conseguiu soltar as mãos sem atrair a atenção dos guardas. Mandsy está do lado oposto ao dela, a cabeça recostada no mastro; só está nocauteada, tenho certeza. Radita mexe os ombros, e um pirata avança na direção dela com a espada erguida.

— Pare com isso — diz ele. — Ou vou cortar você.

Ela lhe dá um olhar que diz exatamente onde ele pode enfiar a espada.

Ele dá um passo adiante, pegando uma mecha do cabelo dela com o alfanje e segurando-o na luz.

— O capitão disse que podemos fazer o que quisermos com vocês assim que começarmos a navegar novamente, desde que todas ainda estejam vivas quando chegarmos à fortaleza. Vou começar com você. — Ele aperta os lábios para ela e dá uma gargalhada, passando a espada pelo rosto dela como se fosse uma carícia.

— *Ninguém* encosta um dedo nas minhas garotas.

Ele é o primeiro a morrer. De costas para mim, ele não consegue ver quando me aproximo por trás, não consegue me ver estender o braço na direção de sua espada. Com uma mão em seu pulso e outra logo abaixo de seu ombro, eu puxo o braço inteiro dele para meu joelho, ignorando o espasmo de dor que explode no meu braço machucado com o movimento. O estalo resultante é uma batida feroz de tambor que se soma à música das minhas irmãs sereias. Pego a espada dele e a passo pela sua garganta.

A luta é suficiente para chamar a atenção dos outros guardas. Antes que consigam me pegar, jogo o alfanje para Sorinda, que o pega com facilidade e liberta a si e às outras.

Um dos homens do meu pai corre em direção ao porão, em busca de ajuda. Começo com os demais. Riden me dá um sorriso antes de saltar sobre o guarda mais próximo e arrancar a espada dele. Chuto a perna de outro e o prendo ao convés com a própria espada enfiada no peito.

Quando terminamos com os guardas, meu pai já apareceu mais uma vez, com as forças maciças de seus homens enfileiradas atrás dele. A lateral de seu corpo está com um curativo agora; a mão segura sua espada mais uma vez.

Ele não parece surpreso, só mais enraivecido.

— Você não sabe quando desistir, garota. Continua em desvantagem tanto quanto antes. Essa luta não terá um resultado diferente.

Um grito se ergue no ar. Primeiro um, depois outro, e mais outro. São distantes, chegando até nós dos outros navios da frota. Meu pai olha ao redor, mas não pode ver nada de onde está. Seus homens ainda não podem escutar nada. Eles não têm a mínima ideia do que está errado.

Até que as sereias sobem para o convés. Centenas. Tantas quanto o espaço permite.

A água cai delas em ondas, pingando de seus cachos longos e de seus corpos suaves, ensopando o convés imediatamente. Uma fila de sereias vai para o porão, enquanto os homens apavorados do meu pai disparam tiros, mas são impotentes contra a quantidade maior delas. As sereias os pisoteiam. Elas o obrigam a ir até a beirada do navio e os jogam na água. Elas lutam ao lado da minha tripulação, mandando almas para as estrelas a torto e a direito.

Eu nunca soube que Kalligan tivesse fugido do perigo, mas ele corre até uma posição mais alta, à vista de todas aquelas sereias em seu navio. Ele sobe pelo cordame, deixando seus homens sozinhos. E é quando percebo o quanto ele teme a morte. Ele está em uma posição de poder e segurança há tanto tempo que me pergunto se esqueceu o que é ter medo. E agora ele não precisa se preocupar em ser visto como fraco. Nenhum de seus homens vai sobreviver para contar.

Eu o deixo por enquanto. A prioridade é minha mãe.

Abro caminho entre as massas, derrubando piratas na minha frente, ajudando as sereias que precisam. Depois de um tempo, chego aos aposentos do meu pai.

Ela está bem ali onde a deixei.

Primeiro eu tiro a mordaça.

Ela tosse duas vezes e engole em seco.

— Você me salvou de novo.

— Foi minha culpa que ele a capturou novamente. Fui eu quem rastreou os pedaços do mapa para ele. — Uso um alfanje emprestado para cortar as grossas cordas que prendem seus pulsos.

— Ele está morto? — ela pergunta. É o tom de voz mais feroz que já ouvi nela.

— Ainda não. Está se escondendo da luta.

A batalha acaba apenas alguns minutos depois de começar. As sereias fazem um trabalho rápido com os piratas. Já estão de volta à água quando consigo levar minha mãe para céu aberto. Fico surpresa quando ela não se junta imediatamente às suas irmãs. Em vez disso, encara o mastro principal com propósito, onde Kalligan está em pé na trave abaixo da vela mais alta.

— Você perdeu — grito para ele.

— Não perdi até que uma espada entre no meu coração — ele responde.

— Mandsy, encontre uma serra — digo. — Se nosso amado rei não vai descer de livre e espontânea vontade, teremos que derrubar seu trono.

Um tilintar alto soa. É a espada do meu pai atingindo o convés.

O mais puro sinal da derrota.

Ele não é tolo. Sabe que perdeu. Não tem poder sobre mim. Minha tripulação e eu finalmente estamos salvos.

Seus pés se seguem, e todos no navio ficam em silêncio, observando-o.

— E agora o quê? — ele pergunta quando se ergue novamente. — Vou ter que encarar um pelotão de fuzilamento? Ser aprisionado até o dia da minha morte? Você não tem...

Suas palavras são interrompidas por um borrão vermelho fogo que se choca contra ele. Eles arrebentam a amurada de madeira e caem pela lateral no navio, uma bagunça de pernas, braços, cabeças e os gritos do meu pai.

Assim que atingem a água, sei que não verei meu pai com vida novamente.

A água se agita violentamente enquanto Kalligan tenta abrir caminho até a superfície. Há um grito abafado e aguado, um som que nunca o vi fazer antes. Minha mãe o puxa para o fundo. A água volta ao lugar e suas sombras escuras desaparecem.

Uma,

duas,

três bolhas.

E tudo fica imóvel.

O reinado do rei pirata chegou ao fim.

<hr/>

Os gritos de comemoração são de arrebentar os ouvidos. Eles se misturam com as canções de centenas de sereias que balançam o navio por baixo d'água. As garotas correm umas para as outras, enroscando-se em abraços ferozes. Estamos vivos. Ainda estamos vivos, e o rei está morto.

Por um breve instante, lamento pelo homem que pensei que meu pai fosse. Lamento pelos raros abraços, as palavras de conforto e encorajamento. Lamento pelo homem que me ensinou a lutar. Que foi um exemplo de liderança. Que me mostrou as alegrias da vida em alto-mar.

Lamento pela perda dele, e então me lembro da escolha final que ele fez. Ele queria controle e poder. Nada mais. Não sabia amar, só usar o que tinha para conseguir o que queria.

Então lamento pelo homem que uma vez acreditei que meu pai era.

E depois o deixo partir.

Eu me jogo nos braços de Mandsy, abraçando-a com o máximo de força que ouso sem esmagá-la ou sem mexer muito meu braço machucado. Em pouco tempo Enwen se junta a nós, passando os braços ao redor de nós duas. Uma risada de alívio escapa de mim quando olho ao redor para todos os rostos felizes. Nem mesmo Sorinda se desvencilha dos abraços destinados a ela. Quer dizer, até Kearan tentar.

Assim que Enwen e Mandsy me deixam para celebrar com outros, meus olhos buscam a pessoa mais próxima.

Param em Riden.

O olhar que trocamos parece estalar com sua própria energia. De repente, ele não está parado ali. Está aqui. Bem diante de mim. Até estar tão perto que nem consigo mais vê-lo.

Meus olhos se fecham quando seus lábios pressionam os meus. E, ainda que não seja nem de perto nosso primeiro beijo, parece algo novo. Nenhum de nós está carregando algum peso. Draxen não está aqui para nos manter separados. Meu pai não pode nos aterrorizar. Sequer uma ameaça de morte paira agora sobre nossas cabeças.

Este beijo é honesto. É real.

E nunca quero que seja diferente.

CAPÍTULO 24

— *Você não vai ficar comigo?* — minha mãe implora pela décima vez naquela hora. Passamos dias juntas sob a água, conversando, cantando. Minha tia, Arianna-leren, está parada perto dela. Agora que não temos restrição de tempo, minha mãe fez as apresentações. Arianna-leren é uma beleza, com cachos dourados que se acumulam ao seu redor em ondas mais grossas que as minhas.

As sereias já não me tratam mais como uma intrusa, agora que os piratas foram derrotados.

— *Você sabe que não posso* — digo. — *Já fiquei tempo demais, isso sim.*

— *Mas Kalligan está morto. Ele não é mais uma ameaça. Acrescentei o ouro dele ao espólio.*

Olho para a areia.

As sereias se importam com tão pouca coisa.

Elas não precisam comer. O oceano as nutre. Não precisam de roupas ou abrigos. Não há nada que possa causar danos a elas, desde que estejam embaixo d'água. O tempo não é algo com o que se preocupam. Elas vivem duas vezes mais do que os humanos. Ainda que minha mãe tenha dito que é provável que eu mantenha minha aparência jovem durante toda a vida, é também provável que meu tempo de vida seja igual ao dos humanos, já que passei a maior parte da vida vivendo como uma.

O modo de vida das sereias é uma existência bonita, despreocupada, passada na presença constante de seus entes queridos. Se eu nunca tivesse vivido como humana, tenho certeza de que acharia isso perfeito.

Tento encontrar as palavras certas para fazê-la entender.

— *Passei todos os dezessete anos da minha existência sobre o mar, exceto pelas poucas vezes em que fui obrigada a mergulhar.*

Já vi mais do que a perfeição.

— *Já amei e já perdi membros da minha tripulação* — prossigo. — *Aprendi a lutar com espadas. Sei a alegria que é subir em um mastro e me balançar em uma corda. Já desempenhei o papel de professora, de amiga, de confidente.*

As sereias não sabem o valor real dessas coisas, porque não conhecem nada além de paz entre elas. Os únicos conflitos que enfrentam são quando atraem homens para suas mortes.

— *Não posso viver minha vida sem as experiências humanas das quais gosto tanto* — explico. — *Prometo visitá-la com frequência, mas preciso ter uma vida diferente da sua.*

— *Asta-reven vai governar o encantamento enquanto você estiver fora, irmã* — minha tia diz.— *Não precisa temer por nós.*

— *Não é com o bem de vocês que me preocupo!* — diz minha mãe. — *Eu finalmente encontrei minha filha. Minha única filha. Não a quero longe da minha vista novamente.*

Eu me sinto acolhida por suas palavras, mas isso não me faz mudar de ideia. Faço minhas despedidas antes de voltar ao meu navio.

Os corpos dos que caíram já foram colocados para repousar no mar. O *Ava-lee* já está limpo de todo o sangue e outras sujeiras.

Acendemos lanternas para os caídos, e as sereias nos presentearam com todo o tesouro que o *Ava-lee* podia carregar.

— *É nosso presente para você* — disse minha mãe — *por salvar a todas nós.*

Começamos essa viagem com trinta e quatro. Agora somos vinte e dois. São muitos para nos levar de volta para casa e muitos para partir meu coração. Sentirei a falta deles terrivelmente. Dos dedos ágeis de Athella para abrir fechaduras, da força de Deros, das risadas de Deshel e Lotiya.

— Foi uma boa visita? — Niridia pergunta quando retorno. Radita e Mandsy trabalharam juntas para fazer uma muleta de madeira para ela. Ela a usa para andar pelo navio, apesar dos esforços de Mandsy para mantê-la na cama. Roslyn também está sarando. Está de cama, mas consciente agora, e o pai nunca sai do seu lado.

— Sim, eu poderia me acostumar a ter uma mãe reclamando de mim, mas agora sentirei saudade dela sempre que estiver longe. É ao mesmo tempo uma alegria e uma dor.

— Talvez ela venha nos visitar.

Solto uma gargalhada.

— Você quer deixar sereias vagando nas águas perto de onde quer que estabeleçamos nossa fortaleza? Eu nunca atrairia mais homens para minha causa.

— Mas evitaria que o rei das terras fosse atrás de nós — ela aponta.

— É verdade. Talvez eu deva pensar mais um pouco. Como estão as coisas por aqui?

— O navio está pronto. Que direção devo dar a Kearan?

Podemos ir para qualquer lugar. Fazer qualquer coisa. Meu pai não nos controla mais.

— Para a fortaleza — decido. — Vamos ver o que sobrou depois que o rei das terras passou por lá. Vamos nos livrar daqueles que não serão leais. Navegaremos até as cidades portuárias e limparemos os bairros piratas. Vamos construir. E deixaremos tudo melhor do que era antes. É hora de iniciar o reinado da rainha pirata.

Niridia dá um sorriso de aprovação.

— Kearan! Pare de olhar para Sorinda e aponte este navio para nordeste!

Fico parada na borda do navio, espiando ao redor do castelo de popa para dar uma última boa olhada na Isla de Canta antes de partirmos. Parte de mim sempre sentirá falta daqui, acho. Este é o lugar onde minha família reside. Mas voltarei quando tivermos tempo. Quando tiver construído o que primeiro comecei a destruir para meu pai.

— Tem dúvidas? — Riden apoia os antebraços na amurada, deixando sua pele tocar a minha.

— Não. Estou exatamente onde quero estar. Eu só gostaria de poder ter todos aqueles anos de volta, quando fiquei sem minha mãe.

— Você poderia ter todos eles agora — diz ele gentilmente. — Poderia viver sua vida entre as sereias e deixar tudo isso para trás.

Dou um sorriso e me volto para ele.

— Tanto você quanto minha mãe estão se esquecendo de uma coisa muito importante.

— O quê?

— Eu *amo* ser pirata, e não há mais nada que eu queira ser.

Ele relaxa consideravelmente.

— Graças às estrelas. Eu estava me esforçando muito para apoiar você e esquecer o que eu mais quero.

— E o que é?

Os lindos olhos castanhos brilham.

— Você.

— Já decidiu se quer ser um membro permanente da minha tripulação, então? — eu o provoco.

— Sim, capitã. — Ele tira o tricórnio da minha cabeça e passa os dedos pelo meu cabelo. — Navegarei com você para qualquer lugar. Não me importa aonde vamos ou o que vamos fazer, desde que eu esteja com você.

— Pode ser perigoso.

— Você vai me proteger.

Ele se inclina e me beija. Tão devagar que é enlouquecedor. Quando ele se afasta, eu digo.

— Eu comando o navio com rigidez, marinheiro. Espero que as regras sejam seguidas.

— E que regras seriam essas?

— Exige-se que todos os homens deixem a barba sem fazer por alguns dias. Isso os torna mais temíveis. Melhores piratas, veja bem.

Ele dá um sorriso tão largo que sinto meu coração derreter.

— Eu não tinha ideia de que você gostava tanto. — Ele leva os lábios ao meu ouvido. — Você não precisa transformar isso em regra e perturbar os outros homens. Farei isso se você pedir com jeitinho.

Ele passa os lábios pelo meu pescoço e eu estremeço.

— Mais alguma coisa? — ele pergunta.

— Também preciso ver você nos meus aposentos.

— É para já.

AGRADECIMENTOS

Já ouvi outros escritores dizerem que escrever o segundo livro de uma série é muito mais difícil do que o primeiro.

Eles estão certos.

Eu me diverti muito escrevendo este livro, mas foi uma luta, e tenho muitas pessoas a quem agradecer a ajuda.

Primeiro, tenho que mencionar minha incrivelmente talentosa editora, Holly West. Holly, não consigo dizer o quanto significou para mim você ter dado tanta atenção e carinho para este livro. Ele ficou mil por cento mais forte por todos os comentários perspicazes e sugestões brilhantes. Um milhão de agradecimentos por todo o trabalho duro que você colocou no original.

Rachel, obrigada por ser tão maravilhosa ao longo de outro livro. Amei ter você ao meu lado durante esse processo. Você é tão divertida com todos os seus presentes de girafa e conversa-fiada. Obrigada por defender esta série. Espero que façamos muito mais juntas.

Sou muito grata a toda a equipe da Feiwel and Friends, por todas as várias coisas que fizeram por mim e meus livros. Brittany, obrigada por responder a todas as minhas perguntas e por ajudar a mim e ao meu livro a chegarmos a novos lugares. Eu não poderia ter pedido uma publicitária melhor. Lauren, obrigada por toda a promoção que você organizou! Me diverti muito com isso. Obrigada, Liz, por embelezar minhas capas! Obrigada a Beka e Kaitlin pela técnica na revisão.

Obrigada, Anna, pela resenha maravilhosa do meu livro anterior! Obrigada, Elly, por ler e resenhar este livro agora.

À Korrina, Cori e todo mundo na OwlCrate, obrigada. Vocês ajudaram meus livros a alcançarem tantos novos leitores. A caixa que criaram ficou linda.

Alisa, você foi inestimável em me ajudar a consertar problemas na trama e em resolver cenas difíceis. Não sei o que eu teria feito sem você. Você é a melhor colega de quarto do mundo.

Não posso esquecer Chersti Nieveen, Kate Coursey, Courtney Alameda, Taralyn Johnson e Sarah Talley por me darem um feedback incrível ainda no rascunho deste livro. Obrigada por serem tão presentes e maravilhosas!

Um agradecimento precisa ser feito para minha mãe e Tara, por responderem a todas as minhas questões médicas para que os ferimentos fossem realistas.

Obrigada, Emily King e Megan Gadd, por serem amigas incríveis e fonte de apoio. Sei que sempre posso contar com vocês.

Também tenho que agradecer às minhas tias, Sue e Candace, por me levarem nas férias da minha vida. Obrigada por me fornecerem uma maneira de ter alguma experiência prática em velejar. Amo vocês duas!

Não sei como, de repente, tenho tantos amigos escritores, mas todos vocês me tocaram. Agradecimentos enormes a Gwen Cole, Ash Poston, Mikki Kells, Kyra Nelson, Katie Purdie, Erin Summerill, Summer Spence, Nicole Castroman, Ilima Todd, Taffy Lovell, Brekke Felt, Veeda Bybee, Charlie Holmberg e Caitlyn McFarland por todo o riso e noites de escrita.

Obrigada a todos os blogueiros, booktubers e clubes de livros que me apoiaram e deram um amor extra à minha duologia, em especial Bridget, da *Dark Faerie Tales*, AliBabaDeBooks, *Brittany's Book Rambles*, *FearYourEx*, Sara, também conhecida como *Novel Novice*, o pessoal do *Swoony Boys Podcast*, Karina, do *24hryabookblog*, Rachel, do *A Perfection Called Books*, *Mundie Moms* e *YA and Wine* (em especial Krysti e Sarah).

Obrigada, Tiff, Greg, Lucy e Ruby, por serem tão pacientes comigo enquanto eu me ajustava à minha nova carga de trabalho e calendário de viagens. Sou tão abençoada por conhecer vocês!

Tenho a melhor família do mundo. Becki e Johnny, obrigada por me ajudarem a me afastar do computador e por jogarem *Overwatch* comigo. Mãe e pai, obrigada pelo apoio constante. Pai, seu trabalho como carpinteiro é incrível, e eu amo o que você faz. Mãe, você é uma costureira tão talentosa. Obrigada por me fazer um chapéu de pirata. Agradeço aos meus avós, tias e tios por me darem lugares para ficar e para passear e por apoiarem a mim e aos meus livros. Amo todos vocês.

E, é claro, obrigada a todos os meus leitores. Obrigada por me procurarem nas redes sociais. Suas palavras gentis me ajudam a ir em frente e fazem todas as partes difíceis da escrita valerem a pena.

LEIA TAMBÉM...

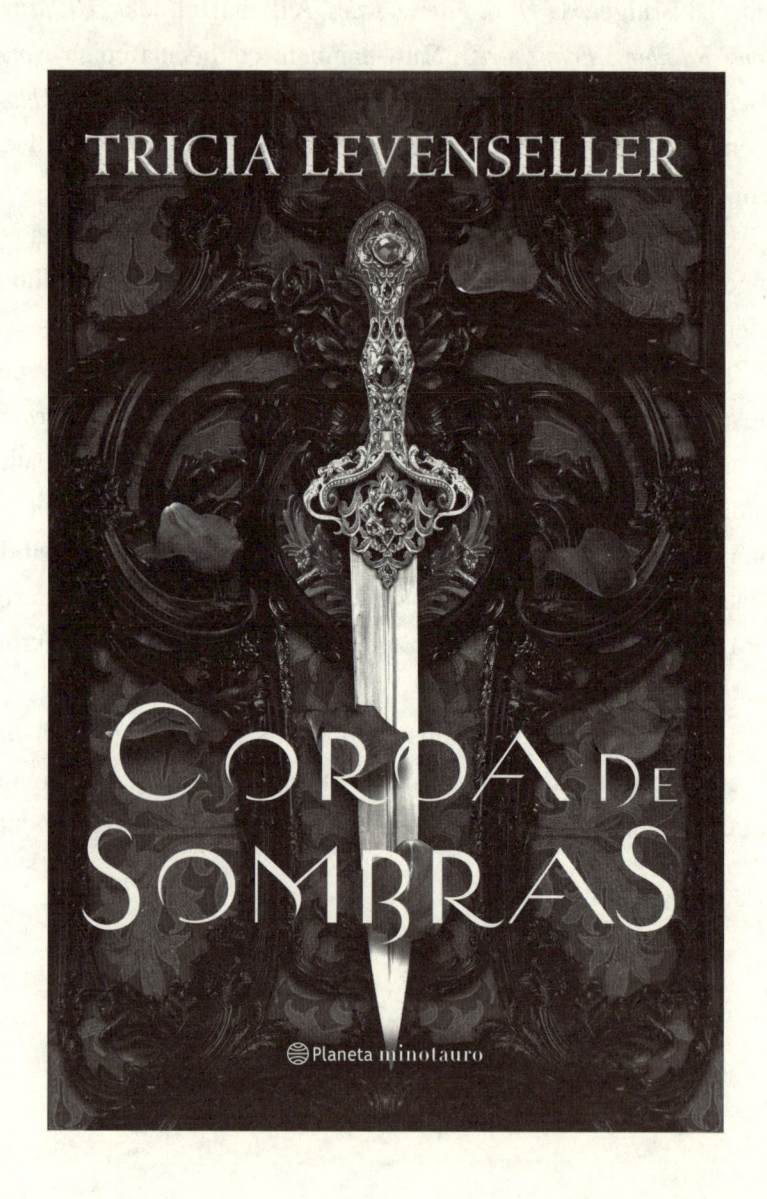

TRICIA LEVENSELLER

COROA DE SOMBRAS

Planeta minotauro

Alessandra Stathos está cansada de ser subestimada, mas ela tem o plano perfeito para conquistar mais poder:

1. cortejar o Rei das Sombras;
2. se casar com ele;
3. matá-lo e tomar o reino para si mesma.

Ninguém sabe qual é a dimensão do poder do Rei das Sombras. Alguns dizem que consegue comandar as sombras que dançam em volta de si para que façam o que ele desejar. Outros dizem que as sombras falam com ele, sussurrando os pensamentos de seus inimigos. De qualquer maneira, Alessandra é uma garota que sabe o que merece, e ela está disposta a tudo para alcançar seu objetivo.

Mas ela não é a única pessoa que tenta assassinar o rei. Enquanto o soberano sofre atentados de todas as partes, Alessandra se vê tendo de protegê-lo por tempo suficiente para que ele faça dela sua rainha... Mas ela não contava que a proximidade entre os dois poderia colocar o próprio coração em risco. Afinal, quem melhor para o Rei das Sombras do que uma rainha ardilosa?

Editora Planeta Brasil | 20 ANOS

Acreditamos nos livros

Este livro foi composto em Century Old Style Std e impresso pela Geográfica para a Editora Planeta do Brasil em outubro de 2023.